文春文庫

静かな炎天

若竹七海

文藝春秋

目次

静かな炎天

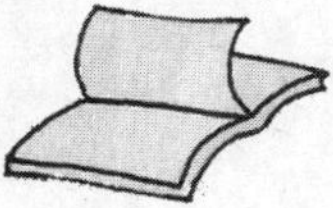

青い影

七月

1

その事故が起きたのは、天候不順が日常と化した二〇一四年六月末のことだ。当時、関東平野は始終、ゲリラ豪雨に見舞われていた。

人々は天気予報サイトに会員登録し、落雷保護仕様のスイッチ付きタップを購入した。ニュースは連日のように床下浸水の映像を流し、商品が水に浸かった程度の被害では誰も驚かなくなっていた。わたしが暮らす京王線の仙川《せんがわ》駅周辺の町が大量の雹《ひょう》に襲われたときは、大騒ぎになったが。雹は大量の水とともに住宅地の低地へと流れ込み、大の男の膝丈くらいまで雪のように積もったのだ。シュールで、黙示録《もくしろく》めいた光景だった。とはいえそれは、ごく局地的な現象だ。一週間もたつ頃には、住民たちの不満は、梅雨が明ける前に始まった猛烈な蒸し暑さへと移っていた。温暖化を招いたのはわたしたちが享受している便利な生活であって、それと引き換えにゲリラ豪雨や紫外線や雹に襲われている。頭ではそうわかっていても、実際、ひどい天気に痛めつけられていると、自業自得だなんて思えない。

わたしは葉村晶《はむらあきら》という。国籍・日本、性別・女。吉祥寺にある〈MURDER BEAR BOOKSHOP〉というミステリ専門書店のバイトにして、同じ本屋が副業で、というか、冗談で始めた〈白熊探偵社〉の調査員である。

三十歳からの十数年間、西新宿の探偵事務所と契約するフリーの調査員だったが、しばらく前にこの事務所が閉鎖された。探偵稼業は稼げるが、けっこう疲れる。これを機会にしばらく休養をとろうとぶらぶらしていたとき、旧知の富山泰之《とやまやすゆき》に出くわした。

富山は〈MURDER BEAR BOOKSHOP〉のオーナーのひとりで、店長も務めており、店舗の移転に当たり、手伝いを探していた。彼の座右の銘は「立っているものは親でも使え」である。気がつくとわたしは、親でもないのにこき使われていた。もちろん、本屋の手伝いなどほどほどにして、すぐに調査員に戻る予定だったのではあるが。

しかし春になって、わたしはある大きな事件に巻き込まれ、探偵を辞めかけた。寸前で、やっぱり探偵は天職だと思い返してはみたものの、現在のわたしの身分は「ミステリ専門書店の二階に探偵事務所を構える女探偵」にすぎない。それも、「事件の際に負った怪我のおかげで、いまだに体力が衰えた状態の女探偵」だ。

四十歳をすぎると怪我の治りは遅くなる。なにもしなければ体力は戻らない。走り込めば膝を傷め、腹筋すれば腹がつる。とかくこの世は生きづらい。

そこで、せめて少しでも歩くことにして、家から店まで徒歩で通い始めた。歩けば一時間ちょっとの距離で、トレーニングにはちょうどいい。ただし、仙川からほぼ真北へ向かって歩くことになるから、背中を思い切り日に焼かれる。風呂に入ってふと鏡を見ると、腕や首の後ろ側がとんでもないことになっていたりするのだ。

しかたなく日焼け止めを塗りたくり、ＵＶカットのシャツを着て帽子をかぶり、手袋にサングラスで完全武装。さらに日傘をさしたが、全身を覆っているわけで、風通しが悪い。蒸す。制汗剤を使っていても脇の下に汗が流れ落ちる。

こんな不快な思いまでして体力向上に努めているのだが、そもそも日傘をさして歩いてトレーニングといえるのか。

その日の午後、わたしは何十回目かの自問を繰り返しながら、吉祥寺通を歩いていた。気持ちのよくない空模様だった。わたしがいるところは晴れて、日光が容赦なく照りつけている。前方、北側の空には分厚くどす黒い雲がわき出している。湿度は高く、気温も高く、遠雷が聞こえる。降れば土砂降りだろうが、この道に雨宿りできる場所は少ない。晴雨兼用傘では豪雨に耐えきれまい。

急ぎ足になって、杏林《きょうりん》大学病院前をすぎた。熱中症の恐怖をやたら植えつけられているせいか、少し歩いただけで喉が渇く。コンビニで水を買い、飲みながら東八道路を渡り、人見街道を越え、ようやく狐久保の交差点にさしかかった。ここをすぎれば、吉祥寺まではもうすぐだ。

背後から仙川発吉祥寺駅南口行きのバスがやってきて、熱い空気を吐き出しながらわたしを追い越した。

下校時間を過ぎているためかバスは混んでいて、立っている乗客も見受けられた。それでもうらやましかった。あれに乗ってりゃよかった、中はさぞ涼しかろう、と思いつつ、わたしはバスのお尻を見送った。

タイミングよく交差点の信号が青に変わり、旧型のバスは大きく息をつくような音をたてそのまま直進した、次の瞬間だった。

雷のような不気味な低音が近づいてきたと思ったら、連雀《れんじゃく》通側で信号待ちをしているセダンの後ろから、大型のダンプカーが現れた。ダンプカーは猛スピードでセダンをはねとばし、そのままバスの後部に衝突した。耳をつんざくような音がした。バスはものすごい勢いでぐるっとまわり、真横になった。一瞬、ダンプカー越しにバスが見えた。乗客が窓に向かって手をついていた。高校生らしく制服を着た男の子で、そのすべすべの肌と、強張《こわば》った顔と、見開かれた目がはっきりと認識できた。

バスがくるりと転回して、その顔は見えなくなった。車体はそのまま回り続け、やがてガツッという音をたててなにかにぶつかり、こちらにタイヤを見せる形で横転した。大地が揺らいだように思えた。

ダンプカーはそれでも止まらなかった。傾いて、砂利《じゃり》をまき散らしながら直進し、交差点を吉祥寺側からこちらに渡っていたブルーの小型車にぶつかった。そしてさらに傾いた姿勢のまま南側に下り、交番の脇のガードレールを突き破り、建物にとんでもない勢いで突っ込んで、停まった。

あらゆるものの動きが止まった。そう感じたが、そんなはずはない。わたしの脳みそが情報処理を拒否しただけのことだ。本当は、なにも静止してはいなかった。ダンプカーの車体は不吉な音を立てながら身震いのようなものを繰り返し、クラクションが鳴り続け、バスの窓ガラスが時間差で地面に砕けた。連雀通を渡る歩行者信号が点滅を始め、ぴよぴよぴよぴよ、とマヌケに鳴った。

それで我に返った。とたんに全身をアドレナリンが駆け巡り、胃と手足から血の気が引いた。鼓動が激しさを増し、頭がくらくらした。

「たいへんだ……」

ひとりごとを言うと同時に、斜め前を歩いていた男が大声をあげながらバスに駆け寄った。それをきっかけに、事故を目撃した皆がいっせいに動き出した。緊急電話をかける者、背後から追突されてつぶれたセダンの運転席のドアを開けようとする者、走ってくる車を停める者、バスの後部の壊れた窓を外し、中へ手を差し伸べて乗客を引っ張り出す者、どうしていいかわからずに、うろうろするだけの者。

どこかで悲鳴があがった。泣き声がして、助けて、と叫んでいる声も聞こえた。怒号もしたし、すげえ、と喜んでいるような声もした。火花がぱちぱち鳴り、金属音が響き、タイヤが破裂して、誰かが邪魔ななにかを道ばたに放り出し、近所のドアや窓が開き、それらすべてがわんわん鳴って、すさまじい喧噪《けんそう》になっていた。

交差点には大勢の人間が行き来していた。わたしも日傘をたたみ、サングラスを外しながらバスに駆け寄った。脇の建物から人が出てきて、こっちに座ってもらっていいから、と叫んでいた。自力で歩いてバスから出てきたひとたちに手を貸し、そちらに誘導した。焦げたアスファルトやガソリン、排気ガス、あらゆる不快な臭いが立ちこめていた。

事故にあった乗客たちは茫然として咳き込み、まるで亡霊のようにのろのろと歩き出てきて、座れるところにへたりこんだ。わたしが手を貸したおばあさんは、むせ返りながら植え込みの端に腰をおろしては立ち上がり、バスに戻ろうとしていた。

「あたしの荷物、荷物がどこかに、たしかキャベツを袋に入れておいたんだけど、あたしの荷物……」

二十人ほど出てきたところで、人の流れが止まった。

バスの後部に入り込んで、歩ける人間を外へ誘導していた男が車内から顔をのぞかせた。わたしの斜め前を歩いていたブルーグリーンの作業着の男で、三十代半ばくらいだろうか。作業着の背中に、帚《ほうき》を背負ってバケツを提げたペンギンと清掃会社の名前が刺繍され、胸のバッジには〈荒木《あらき》〉とあった。荒木は誰へともなく話しかけてきた。

「後ははさまれちゃってたり、意識がなかったりするひとばっかりなんだよ。オレ一人で運び出すのはちっとムリなんだ」

「救急隊が来るのを待ったほうがいい。下手に動かして、半身不随とかマズいだろう」

近所から来たのか、つっかけをはいた老人が言った。誰かが賛同し、誰かが叫んだ。

「爆発しないのか。バスのエンジン止まってないみたいだけど」

みんなが黙った。ガソリンの臭いが鼻をつく。車内をのぞき込むと、横倒しになった右側の窓の上に、数人が倒れて動いていない。運転席側からものぞきこんでいる救助者が見えた。あちらから外へ出たひともいるようだ。

「火が出たら、みんな死ぬぞ」

荒木と同じ作業着の男が、うわずったように繰り返した。荒木は無言で中へ戻っていき、つっかけの老人を含めて何人かが後に続いた。言い出しっぺの男は黙って見送って後ずさり、バスから離れていった。

遠くからサイレンが聞こえてきたので、わたしも離れることにした。こういう場合、なによりも腕力と機動力だ。動きの鈍い四十女がうろうろしても邪魔なだけ。できることを探そうと思った。

交差点を見渡した。セダンの運転手らしいひとが車から出て路上で四つん這いになり、背中をさすられながら嘔吐していた。ダンプカーに駆けあがり、運転席に話しかけているひともいた。反対側では、白髪頭の男性が横断歩道に座り込んで、血まみれの頭を抱えていた。ティッシュを出して、そのひとに渡しているスーツ姿の男たちも見えた。

彼らの後ろには、ダンプカーにはじき飛ばされたブルーの小型車が停まっていた。土砂まみれで、天井がへしゃげている。サングラスをした若い女性がその小型車の助手席側のドアを開け、車と同じ色のハンドバッグを取り出した。みながぎくしゃくと強張った動きをみせているなかで、彼女はブルーのバッグをさげ、蛇のように滑《なめ》らかに障害物をよけて離れて行った。

バスから離れたところには、軽傷者の集団が座り込んでいた。涙を流しながら、狂ったようにスマホの画面を指でなぞっている女の子。体育座りをして、膝に頭をつっこんだまま動かない男性。乗っていたバスが事故にあって、約束の時間に間に合わないと思います、申し訳ありません、とスマホに向かって繰り返しているサラリーマン。あのおばあさんはまだ、キャベツと荷物についてしゃべり続けていた。

ようやくやるべきことを思いついた。

道を渡った側にある自動販売機に駆け寄って、ペットボトルの水を何本も買った。眼鏡をかけて高級自転車にまたがったまま、歩道の真ん中を塞《ふさ》いでいる大学生らしい男がいたので、水を軽傷者たちに届けてくれるように頼んだ。だが、彼はスマホでこの惨状を撮影するので忙しく、うるさそうにこちらを見て、返事もしなかった。結局、通りかかった何人かの中年女性がペットボトルを受け取り、座り込んでいるひとたちのもとに運んでいってくれた。

その頃には、最初の救急車が到着し、最初のパトカーと消防車が現れた。なにをすべきかわかっている人間の到着が、これほどありがたいものだとは思わなかった。警察官が危険箇所から人々を押し出し始めた。青い上っ張《うわっぱ》りの救急隊員が怪我人に向かって膝をつき、オレンジの消防隊員がてきぱきとバスに入っていく。

「あの、それ、売り切れになってますよ」

誰かが声をかけてきた。わたしに話しかけているのだと気づくのに、少々時間がかかった。コンビニのエプロンをつけた男性で、まっすぐわたしを見て声を張り上げていた。

「その、自販機の水」

わたしはぽかんとして彼を見、自分の手元を見た。いつのまにか、水を買わねば、という強迫観念にとりつかれ、自販機のミネラルウォーターのボタンを繰り返し強く押していたのだが、ボタンの下には売り切れのランプがついていた。どれくらい水を買ったことか。見ると、地面に座り込んだ多くの乗客たちが、すでにペットボトルを手にしているではないか。冷静なつもりでもこんなものだ。

わたしは赤面した。

「こういうときは、水よりも甘いのを飲んだほうがいいよ。血糖値をあげるために」

エプロンはそう言って、立ち去った。

わたしは忠告通り甘ったるいコーヒーを買い、どこかで飲もうと人ごみをかきわけた。もう、道は渡れなかった。現場に近づこうとするひとと、駆けつけようとする野次馬と、見ては悪いような気になってその場を離れようとするひとと、押し合いへし合いの状態になっていたのだ。その場の半分の人間がスマホをかざし、シャッター音を響かせ、あるいは動画を撮影し、興奮したように誰かに電話していた。こいつら全員、蹴飛ばしてやりたい、と思った。

たぶん、天の誰かも同じことを考えたに違いない。鈍い重低音が聞こえた。事故がらみの音かと思ったら、雷鳴だった。空いっぱいに黒い雲が広がって、あたりは暗くなっていた。

やがて、雨粒が落ちてきた。

2

救助活動が困難になるほどではなかったが、そこそこの強さの雨が野次馬はもちろん、事故の目撃者も散会させてしまった。わたしは自分でも説明のつかない衝動にかりたてられて、弱っちい晴雨兼用傘のせいでずぶ濡れになりながらもその場に残り、四十分後に雨が上がったときには、武蔵野南署交通課の矢部《やべ》という警察官に事故を目撃したことを告げ、〈MURDER BEAR BOOKSHOP〉の名刺を渡していた。

後でまた連絡するかもしれない、と彼女は言った。交差点には監視カメラがあったし、後続のタクシーにも車載カメラがあった。バスにも車内と車外、それぞれに向けられたカメラが設置されていた。目撃証言が必要になるかどうかはわかりませんが、その折はご協力をお願いいたします。

その日からしばらく、事故はトップニュースだった。最初は死者一人、重軽傷者二十三人、うち心肺停止が三人となっていたのが、時間が経つにつれ死者の数が増えていき、三日後には死者五人となっていた。

亡くなったのはバスの乗客三人と、小型車を運転していた女性と、ダンプカーの運転手だった。運転手の死因は解離性大動脈瘤で、走行中に発病し、激痛に気絶したまま交差点に突っ込んだのだろうということだった。

運転手は一ヶ月前に健康診断を受けていた。異常は見つかっていなかった。煙草も酒もやらず、趣味は釣り。サンバイザーの裏に孫の写真を貼っている、温厚で平凡な男だった。マスコミは運送会社の勤務状況や関係の法律を調べたり、道路状況や国交省を取材したりしていたが、どうやっても悪の権化を見つけられずにいた。

事故は病気が引き起こしたものだ。誰が悪いわけでもなかったのだ。

と、割り切るにはしかし、もう少し時間がかかりそうだ。死亡した乗客のうち、ふたりは高校生だった。情報番組で彼らの写真を見た。あのとき、ダンプカーの向こうで回転していたバスの車体、その窓に瞬間、見えた若い顔。

とはいえ、どんな悲劇が起きようが、地球はまわっている。日常は続く。時間はすぎて行く。事故の当事者にとってもそうだ。いわんや、たんなる目撃者においてをや。生きていれば腹が減る。食べるためには働かねばならぬ。

わたしが勤める〈MURDER BEAR BOOKSHOP〉の店舗は、富山の共同経営者の土《ど》橋保《ばしたもつ》が母親から相続した、二階建てモルタル作りのアパートを改装したものだ。一階は書店と倉庫、二階はサロンと事務所を兼ねたスペースになっている。

人通りの少ない吉祥寺の住宅街の中にあるから、偶然通りかかって立ち寄る客はまずいない。売り上げの多くはネット販売によるものだし、フェアを決め、それにちなんだイベントを企画して、参加者を募集。それでようやく人が来る。逆に言えば、企画がなければ客なんか来やしない。

「七月半ばに始める、次のフェアですけどね」

バス事故からしばらくしたある日、富山店長が言った。ミステリ専門書店を立ち上げるくらいだから筋金入りのマニアで、イベントの企画の大半は富山が考えている。

「〈甘いミステリ〉っていうフェアはどうでしょう。お菓子が登場するミステリの特集です。女性客狙いでね。女って欲深いわりに、不思議と小金《こがね》はさくさく使いますからねえ。特にほら、甘いものに」

暑さもあいまって寝不足だった。そっとあくびをかみ殺したが、富山は気づきもしなかった。

「〈甘いミステリ・フェア〉なら並べる本にも事欠きませんよね。コージー・ミステリってジャンルには、コーヒー探偵にお茶探偵、クッキー探偵にドーナツ探偵、チョコレート探偵その他、シリーズがごまんとある。そこそこのファンからマニアまで、広く喜ばれそうだと思いませんか」

「そういえば『ジェシカおばさんの事件簿』のレシピ本が、倉庫にありましたね」

返事をしないわけにもいかなくなって答えると、富山はおや、わかってきたじゃないですか、と言って続けた。

「シャーロック・ホームズ、アガサ・クリスティー、ジェイムズ・M・ケインにナンシー・ドルー、ロアルド・ダールのレシピ本もありますよ。変わったところでは『LEN DEIGHTON'S ACTION COOKBOOK』があります。硬派なスパイ作家レン・デイトンのレシピですが、デザート部門も充実してます。イギリス人のソウルフード、レモンメレンゲパイのレシピも載ってるんですよ」

「はあ」

「裏表紙の内側には、『イプクレス・ファイル』を映画化したとき、主役のスパイ、ハリー・パーマーを演じたマイケル・ケインに卵の割り方を教えているデイトンの写真があります。マニアでもレシピ本まではチェックしてないでしょうから、ウケますよ。いいでしょう、この企画」

「はあ」

「そうだ、ミステリ・ティーパーティーを開きましょうか。ミステリに登場するお菓子を並べて、ゲストを招いて懇親会をするんです。どのミステリにちなむかで、いろんなミステリ茶会が開けそうですよね。坂木司《さかきつかさ》先生に来てもらえたら和菓子のお茶会ができるし、ジョアン・フルークに来てもらえればクッキーのお茶会ができるし、アガサ・クリスティーに来てもらえればバートラム・ホテル風のお茶会ができる」

「それはムリかと」

「葉村さん、クッキーくらいなら焼けますよね」

「……はあ？」

「一応、昭和の女子だし。クッキー作りとマフラー編みが必須だった時代に中高生だったんですよね」

えーと、それはいったいどういうこと、と詰め寄りかけたとき、店の電話が鳴った。相手は武蔵野南署交通課の矢部と名乗った。〈甘いミステリ・フェア〉の話をしていたときには消えていた事故の記憶が、光の速度で舞い戻ってきて、脳髄を直撃した。

矢部は不気味なほど丁寧な口調で、できるだけ早く署においで願えないでしょうか、と言った。今日、お仕事のあがりは何時でしょう。八時ですか。では、夜の九時では？お待ちしますので。

九時に出向いた。事故から一週間。いまさら目撃証言の調書をとるなんて妙な話だなと思ったら、とんでもないだまし討ちが待っていた。

武蔵野南署は古めかしいたたずまいで、建物に入ると湿り気たっぷりの淀《よど》んだ空気に包まれた。受付で交通課の場所を訊いた。〈振り込め詐欺、多発中！〉〈空き巣、居空きが急増中!!〉という文字が流れる電光掲示板の背後、一階の奥にあった。

矢部は窓際のデスクに座っていた。

あのとき、矢部は雨具をつけていて、分厚い黒のフード越しに顔をあわせたのだ。あらためて見ると、同い年くらいだろうか。頬がふっくら目がぱっちり。警察官の制服を着たキューピーに見えた。

矢部の脇にパイプ椅子があって、そこに女が座っていた。生気を吸い取られ、しなびたような女だった。白髪まじりのつやのない髪を後ろで一つに結わえ、腫《は》れぼったい顔に化粧気はなく、自宅での普段着そのままのような格好をしていた。

近づくと、ふたりは立ち上がった。矢部はわたしに向かって一つうなずき、パイプ椅子の女に言った。

「この方が、先ほどお話しした事故の目撃者です。こちら門脇寛子《かどわきひろこ》さん。先日の事故で亡くなられた、門脇兼美《つぐみ》さんのお母さんです」

うわー。

わたしは矢部をにらみつけた。矢部はさらりと視線をはずし、柔らかな口調で言った。

「覚えておいでかどうかはわかりませんが、兼美さんはブルーの小型車を運転していて事故に巻き込まれました」

胃の中がひんやりとなった。土砂で窓が汚れ、ブルーの小型車の内部はほとんど見えなかった。門脇兼美二十八歳の死が報道されたとき、その惨状を目撃せずにすんだと気づいて、わたしはほっとしたのだった。

お悔やみめいた口上をなんとかひねりだした。お悔やみとはそらぞらしいものだ。相手の心痛と、ありきたりな言葉の間には、何万光年もの距離がある。

門脇寛子も居心地悪そうに頭を下げ、なにか言い出そうとして、矢部を見た。矢部が咳《せき》払いをした。

「実はですね、事故が起きて以降、兼美さんの持ち物が行方不明になっているんです。あのとき、レスキューが車の座席を切断して兼美さんを助け出し、病院に搬送しました。そのどさくさにまぎれて、持ち物が消えてしまったわけなんです。もちろん」

矢部は慌てて言い足した。

「現場は何度も探したし、レスキューや救急隊にも聞きましたよ。車も病院も救急車も、何十回も調べたんです。そこで事故の目撃者の方たちの話も聞かせてほしい、と思ったんです。事情が事情ですから皆さん協力してくれたんですが、見つからないわけです。持ち物の行方までご存知の可能性は低いと申し上げたんですが、誰かがなにかを見てらっしゃるかもしれない、と必死に頼まれまして。なにぶん、亡くなったお嬢さんの形見ですからね」

「夜分、お仕事でお疲れのところ、申し訳ありません。お話をお聞かせください。お願いします。お願いします」

門脇寛子は深々と白髪まじりの頭をさげた。ピンク色の地肌が見えて、痛々しい。

おいおいおい。わたしは再び矢部をにらみつけた。

だいたいの筋は読めた。事故現場から遺留品が消えた。探しても出てこない。これ以上探すのはムリだから、あきらめて忘れてね、というのが警察の本音だろうが、娘を亡くした母親にそんなこと言えない。警察に娘の遺品をなくされた、などと騒がれても困る。目撃者に話を聞かせろと言われたら、会わせないわけにはいかない。

とはいえ個人情報保護やかましきご時世、下手な相手に声はかけられない。適当な目撃者を見つくろうことにした。目をつけたのが葉村晶というわけだ。大雨なのにあの場に残り、率先して担当者に名刺を残した、おめでたい目撃者。

「あのとき、お嬢さんの小型車のことはあまり気にしていなかったんです」

門脇寛子にすがるように見つめられ、わたしはしぶしぶ口を開いた。期待させて申し訳ないが、わたしの目撃談はあまり役に立ちそうもないのだ。

「わたしは杏林大学病院側から吉祥寺に向かって歩いていました。交差点の南側にいたわけです。お嬢さんの小型車は連雀通の右手側……東側にはねとばされたんですよね。ちょうどダンプカーの車体の陰になっていたし、バスに気を取られてそっちに走っていったものですから」

「そうですか。皆さん同じように、ダンプやバスに気を取られていたようですね。娘のことは、誰も気にしてくれなかった」

門脇寛子がしょんぼりとうつむいた。悪気はないのだろうが、こんなことを言われて罪悪感を感じない人間がいるだろうか。

そうです、わたしは半ばやけになって考えた。お嬢さんのことは全然気にしませんでした。見捨てました。無視しました。ほっときました。だって……。

あれ？

そういえば事故直後、わたしは小型車の運転手をまるで心配しなかった。車はひどい有様だったのに。ガラスが土砂まみれで内部がのぞけなかったため、だけではなくて。

「なんでだっけ」

わたしは口に出して首をかしげた。矢部が妙な顔つきになった。

「はい？」

「いえ、あのときわたし、小型車の運転手は気にしなくていいなと思ったんです。事故の直後じゃなくて、バスから歩けるひとたちが外に出てからのことなんですが」

横転したバスの側から交差点を見渡した。ダンプカーや横断歩道に座り込んでいるひと、それをフォローしている人々、そのとき小型車を見たのだ。

「誰か小型車のそばについていたから……じゃないな。えーと」

不意に記憶が甦《よみがえ》った。小型車の助手席側のドアから、車と同じ色のバッグを取り出していた女性がいたからだ。パステルブルーの小型車など運転しているのは女性に違いない、という頭があり、車とバッグをお揃いにしてるなんてオシャレだな、とも考えた。彼女が運転手で事故にあって、でもたいした怪我もせず車から降りたのだと、無意識のうちにそう考えてしまったのだ。

ふたりに話した。矢部が唇を引き結び、門脇寛子は泣きそうになった。わたしはふたりを見比べた。

「ひょっとして、娘さんの行方不明の持ち物って、ブルーのハンドバッグなんですか」

門脇寛子はハンカチで顔を押さえ、うんうん、とうなずいて、わたしでも知っている高級ブランドの名前を挙げ、バッグはその限定商品なのだと言った。

「あのコが祖母からもらったお小遣いで買ったばかりでした。でも本当のことを言えば、バッグはどうでもいいんです。わたしが取り返したいのは手帖なんです」

「手帖、ですか」

「あのバッグに入っていたはずです。車やバッグと同じようなペールブルーの表紙で、長く使ってますから、だいぶ汚れておりましたけれど」

門脇寛子の顔が涙と鼻水でぐちゃぐちゃになった。あれからずっと、こうして泣き続けているのだろう。

「兼美は大学で英米文学を専攻して、在学中にイギリスに留学しました。そこでアフタヌーンティーにはまってしまって。有名な菓子職人さんの店や、イギリスで人気のティールームやホテルで働きながらいろいろ学んだんですよ。いずれは自分のティールームを開きたいと、学んだことを留学中に買った手帖に書き込んでおりました。お菓子のレシピとか、作り方のコツとか。『ママ、スコーンにはデヴォンシャークリームとラズベリーのジャムが一番あうわ』。そんなことを言いながら、手帖にメモしてました」

無意識にだろうが、門脇寛子は娘の言葉を少しゆっくりとしゃべった。一瞬、会ったこともない門脇兼美が同じようにしゃべるところを、目《ま》の当たりにしたような気になった。

「あの青い手帖にはあのコの人生すべてが詰まっているんです。なのに、身動きもできないあのコの鼻先から盗んでいったなんて。大切な手帖をとられて、あのコがどんなに悲しい思いをしたか」

門脇寛子は泣き崩れた。おさまるまで待ったが、そのうち呼吸もままならずに顔色が変わってきたので、診療室に連れて行って休ませることになった。矢部が家族に連絡し、迎えのてはずを整えた。なんだか手慣れていた。察するに、門脇寛子は「消えた娘の形見の手帖」に執着し、矢部はずっと彼女の相手をしているのだろう。キューピーの顔にも多少、疲れが見てとれた。

騒ぎが一段落したところで、矢部に言った。

「ひどい話ですね」

「悲しいかな火事場泥棒って案外、珍しくないんですよ。ディザスターのさなかには理性のハードルがさがっちゃうんでしょうかね。もちろんまともな市民ならそんなこと思いつきもしませんが、傘立てに自分のよりもいい傘があったらそっちを持って帰って当然、なんて思考の持ち主は、もともと犯罪への敷居が低いのかもしれません。平気でそういうことをするんです」

「それじゃ、わたしが見たあの女性は事故の後、車に近づき、ドアが開いたのでのぞき込んでバッグに気づき、どさくさまぎれに持ち去った、と」

「そういうことになるでしょうね。門脇美さんに同乗者はいなかったし」

当然ながらバッグだけではなく、門脇美の状態にも気づいたはずなのに。

矢部は難しい顔になった。

「その女について思い出してください。身長は？　小型車の車高に比べてどうでした？」

矢部のサポートで、懸命に記憶を甦らせた。身長は一六〇センチ前後。比較的スレンダー。ホワイトジーンズに縦ストライプの長袖シャツ、中くらいの大きさの黒いリュック、素足にオレンジ色のスリッポン。髪はショート。濃い色の大きめのサングラスをかけていた。あのサングラスで、あの女性＝ドライバーだという思い込みが補強されたんだよな、と思った。あのとき自分もサングラスをかけていたのに。

「顔はわかりません。横顔を一瞬見ただけですから。口紅の色？　特に印象に残ってないですね。覚えているのは、ずいぶんしなやかな動きだと感じたことだけです。だから若い女性、と思ったんです」

考えてみれば、事故にあった直後だったらあんな蛇みたいに動けるわけがない。今頃それに気づくなんて、どうかしている。

矢部はわたしの話をメモしていたが、ますます難しい顔になってきた。ムリもない。こんな女、吉祥寺界隈には佃煮《つくだに》にするほどいる。もっと特徴的だったらよかったのに。タトゥーを入れているとか、耳がピアスだらけとか、目が三つあるとか。

「こんな情報じゃ、役に立ちそうもないですね」

「他の目撃者にも聞いてみますよ。問題のバッグにも手配をかけます。製品番号が入っているから特定は可能です。ただ、単純に自分が欲しくて持ち去ったのだとしたら、質屋に売ったりネットオークションにかけたりはしないでしょう。それに」

矢部は言葉を飲み込んだ。言いたいことはなんとなくわかった。前科持ちの窃盗犯でないなら、探すのは難しい。見つけ出せても、金目の物以外は処分している可能性が高い。特に手帖なんて、下手したらすでに焼却炉の灰になっている。

　矢部が盗犯係に連絡し、眠そうな担当者がやってきた。同じ話を繰り返させられた後、窃盗の女性前歴者の顔写真を見せられることになった。顔はほとんど見ていないと繰り返したが、強引に押し切られた。

　しかたなく見始めたが、警察のシステムは融通がきかない。若い女だと言っているのに、おばさんやおばあさんの写真ばかり出てくる。窃盗犯にはスリや万引きも含まれるから案外、中高年が多い。四十歳以下、身長一五五センチから一六五センチの女の顔写真だけを呼び出せないのかと言ったが、聞こえないふりをされた。

　何時間もつきあわされて、当然ながら、空振りだった。ご苦労様でした、ひょっとするとまたご協力をお願いするかもしれません、とそっけなく解放された。署の外へ出ると、まだ暗かったが、東の空の黒みが少しだけ薄くなっていた。

3

　歩いて帰る途中、事故現場を通った。花と水とお菓子がまだ、たくさん供えられていた。ひとけのない、静かな交差点で、ただ信号だけが規則的に青になり、明滅して赤になった。遠くから地響きをたててやってきた大型トラックが、信号が変わりかけたところで、スピードをあげて交差点を曲がった。振動で花束が崩れ、地面に散らばった。

「サングラスにストライプのシャツ。オレンジ色のスリッポンねえ」

おにぎりを手際よく棚に並べながら、杉浦邦生《すぎうらくにお》は小首をかしげた。

「髪の短い女だって？　ここらにゃ沢山いるからな。なにしろお客さんの数が多いから。毎日顔を合わせているとか、よほど印象的な相手でなければ、覚えてないんだよ。覚えないようにしてるっていうのもあるし」

あの〈蛇女〉が門脇美美のバッグを持ち逃げしたのは、救急車両の到着前だ。ネット検索してもそれらしい画像は見つからなかった。事故が起きて五分程度だったから、まだ撮られた画像が少ない。さらに生々しすぎた画像もあったのだろう、事故から一週間をすぎた現在、かなり消去されている。

がんばって探した結果、ようやくある画像の中に、それらしい人影を発見した。遠ざかっていくところ。右手にたぶんバッグ、背中にたぶんリュック。ただ手ぶれがひどく、どんなに拡大してもバッグが青いかどうかわからないくらい遠い。

マップとストリートビューで〈蛇女〉が立ち去った先を確かめた。道なりにコンビニがあった。そこであのエプロン姿の男性を思い出した。甘いものを飲んで、血糖値をあげろと忠告してくれたのだ。

この日は月曜日だった。〈MURDER BEAR BOOKSHOP〉は今日明日が定休日。時間はある。個人的なわだかまりを解消するために、少しばかり調べてみたってバチはあたらないだろう。朝起きたとき、そう思ったのだった。

訪ねてみると、幸い本人が店にいた。〈白熊探偵社〉のほうの名刺を差し出すと、いかにもうさんくさそうに見ていたが、事故について話すうちにわたしのことを思い出したようで、〈店長・杉浦邦生〉とある名刺をくれた。

忙しそうな杉浦の後をついて歩き、亡くなった娘さんとその母親、悲劇的なバッグ紛失の物語を語り聞かせた。杉浦は気の毒がった。そこで〈蛇女〉を持ち出した。もちろんバッグを盗んだとはいわず、小型車の側にいたからなにか知っているかも、と話した。

杉浦は、娘さんの形見だもんねえ、お母さんに返せるといいよねえ、と真剣に言ってくれたのだが、

「覚えないようにしてる？　お客さんをですか」

「コンビニって今じゃ、お客さんの情報がかなり集まるから。その気になれば、住所も連絡先も家族の人数も、収入や支出の見当もついちゃうんだ。声をかけて喜んでくれるお年寄りとかは別だけど、そうでなければあんまり覚えないようにしてる。知ってると口を滑らせかねないでしょ」

えらい。立派だ。わたしはガッカリした。

「それじゃあ事故の日の外の監視カメラ映像なんて、見せてもらえませんよね」

「そりゃダメだよ葉村さん。あなた、警察でも店の人間でもないんだから」

杉浦はおにぎりを並べ終えると含みのある目つきでこちらを見た。

「正午に入る予定のバイトにドタキャンされてね。二時には来られるって言うんだけど。やつが来るまでレジに入ってくれるバイトがほしい。コンビニって昼休みの十二時すぎが一番混むんだ。うちじゃあね、バイトも店の人間だと思ってるんだよ」

五分後、わたしもエプロン姿になっていた。杉浦の言葉通り、正午すぎから目が回るほど忙しくなった。フリーターだった頃、コンビニのバイトをしたことがあったが、当時とは作業がいろいろ違う。ポイントの付け方や宅配便や、はてはコピー機の紙づまり、ATMのトラブルなど。たった二時間でへとへとになった。四十を越えて、適応能力も落ちている。先行きが楽しみだ。

二時を過ぎて、ホンモノのバイトが来ると、わたしはバックヤードに通された。杉浦は事故の日時に近い画像を呼び出すと、監視カメラ映像の見方を教えてくれた上、絶対に見ちゃダメだ、短期のバイトが勝手に見ていいものじゃないんだから、と念押しをしてどこかへ消えた。急いで見た。驚いた。見始めてすぐ〈蛇女〉がコンビニの前を通り過ぎたからだ。サングラスをかけたままだから顔はやはりよくわからないし、カメラは彼女の左側にあるのでブルーのハンドバッグもはっきり映ってはいない。

静止画にしてスマホで写真を撮り、杉浦や他の店員たちに見てもらった。ついでにあらかじめネットで検索しておいた、ブルーのハンドバッグの画像も見せた。バッグは染めた馬のしっぽの毛を編んだ生地でできていて、持ち手は鼈甲《べっこう》風。ブランドのロゴのチャームがついていた。高級ブランドの限定品だけあって、ネットオークションにも出ていない。事故より前に一度出品されたときには、定価の三倍の値段で落札されていた。

杉浦たちの反応はぱっとしなかった。このあたりは吉祥寺への通り道だし、不特定多数の人間が往来してる。この女性が近所に住んでいるとはかぎらないよね。

「でも彼女、スリッポンをはいてましたから」

わたしは言った。

「あの日は大気の状態が不安定で、夕方からは雷雨になる、ところによっては激しく降るという予報でした。実際、事故直後に大雨になりましたよね。布製のスリッポンで遠出はしないと思うんです」

天気予報など気にしない、いきあたりばったりのタイプかもしれないが。

「だったら店長。シガさんを紹介してあげたら？」

バイトの女性が口添えしてくれた。

「シガさん？」

「このあたりの大地主にして不動産屋さん」

杉浦が言った。

「アパートや賃貸マンションをたくさん持っているし、昔気質《むかしかたぎ》で店子《たなこ》の顔を一度は見ておくことにしてるらしいから、ひょっとするとひょっとするかもよ。電話しておくから、話を聞いてみなよ」

礼を言って教えてもらった道筋をたどり、〈志賀不動産〉に行った。目つきの鋭い老婆が店番をしていた。まさにその老婆が〈志賀さん〉だった。

彼女は新聞紙の上に甘栗を出し、剝《む》いてくれと言った。関節炎で手の節々が痛い、特に今日は栗の皮を押しただけで痛むんだよ。

「こういうの、やめられなくて困ったことはない？」

剝いてやる端から口に甘栗を放り込みつつ、志賀さんは言った。

「鼻血が出るよ、と子どもの頃に親に脅されたもんだよ。年を取ると、鼻血も吹き出物も出なくなる。出るのはガスばっかり。失礼」

いっそ爽快なほどの音を立てておならをすると、志賀さんは満足したらしい。新聞紙で皮を包み、丁寧に甘栗の袋の口を閉じ、老眼鏡をかけて〈蛇女〉の画像を見た。

「うーん。わかんないねえ」

長らく眺めていたが、しまいに志賀さんは首を振った。

「三十年くらい前から、若い女がみんな同じに見えるんだよ。たぶん、うちの店子ではないと思うけど」

バッグの画像も見せたが、同じような反応だった。

「こういうのまるで興味なくってさ。あ、でも、この先に服屋があるんだよ。なんかフランス語の名前の服屋だよ。うちの店子。輸入物の古着を扱ってるから、こんなのにも詳しいんじゃないかねえ。電話入れといてやるから、行って話、聞いてみなさい」

古着屋はバッグの画像を見て、あ、これ限定のレアものですよね、と興奮したが、〈蛇女〉ともども見かけたことはないと言い、このへんの住人なら彼らが詳しいかも、とデリバリー・ピザ屋のオーナーを紹介してくれた。ピザ屋は配達員全員に話を聞いてくれたが、やはり見かけたことはないという返事だった。でも、ことによると、交差点の近くのマンションの建設現場の警備員ならなにか知ってるかも。毎日あそこに立っているし、あの警備員、女好きだから。行って聞いてみたらどうですか。名前は知らないけど、若い頃の丹古母鬼馬二《たんこぼきばじ》にそっくりだから、見ればわかりますよ。

交差点側に戻った。通常、世間は探偵の聞き込みにこれほど協力的ではない。大事故の記憶がまだ、みんなに新しいのだ。

警備員はマンションの建設現場の脇に置いた風呂場用の椅子に座り、魔法瓶から麦茶をそそいで飲んでいるところだった。彼は〈蛇女〉に見覚えがある、と言った。

やっとあたりを引き当てたかと喜んだが、そこまでだった。見覚えはある。間違いない。でもどこで、いつ、どんなシチュエーションで見たのか不明。この警備現場で見たとしても、右から来て左へ行ったのか、その逆か、まるで覚えていない。

聞き込みはここで行き止まりになった。

事故のあった時間に近づいてきたので、狐久保の交差点に戻り、しばらく人の流れを観察してみた。ことによると〈蛇女〉は、あの時間にここを通る習慣なのかも、と思ったのだ。しかし小一時間立ってみたが、それらしい女の姿はなく、一方で、気が遠くなるほど大勢の若い女たちが交差点を通過していった。なるほどこれでは〈蛇女〉が誰の記憶にも残っていなくて当然かもしれない。

あきらめて吉祥寺通から離れ、住宅街に出た。なんの収穫もなかったおかげで、疲れていた。誰に頼まれたわけでもない、自分が勝手におこなっている調査だ。八つ当たりする相手も自分しかいない。

駅まで出て、喫茶店〈ゆりあぺむぺる〉でコーヒー飲んでバスで帰ろう。そう思って足を速めたとき、着信があった。志賀さんだった。

「ちょいと知り合いにもあたってみたんだけどね。井の頭公園の近くの住宅街に、スリッパ……じゃなくて、なんだっけ。スリッポン？　その専門店があるんだって。のぞいてみたらどうかねえ。オレンジ色のも売ってるかもよ」

検索をかけた。いまいる場所から近い。

このあたりは、ザ・郊外の住宅地、と言わんばかりのエリアだ。道がまっすぐのび、きちんと区画整理され、ところどころにミニバスの停留所やベンチが設置されている。住みたい町ベスト1の住宅街だけあって、空き家などほとんどない。低い塀越しに見ると、どの庭も芝が貼られ、犬が走り回っているか、家庭菜園になっている。

腰を曲げ、杖をつき、オバ車を押して歩く人生の大先輩数人とすれ違った。歩みは遅く辛《つら》そうだが、ステッキがイヤリングとお揃いの紫色だったり、オバ車がステンレス製でスニーカーも銀色だったりとおしゃれだ。『悪魔の手毬唄』に出てくるような腰の曲がった老婆を見たが、麦わら帽子も靴もネイルも真っ赤でキメていた。

ナビを頼りに進むと、住宅とは異質の建物が見えてきた。青と白のストライプの日よけ、ガラスのドア、タイル。あれがスリッポンの専門店だろう。

近寄りかけたとき、自動ドアが開く音がして女が出てきた。お疲れさま、と店に向かって声をかけ、駅の方角へ歩いて行く。オレンジ色のスリッポンをはいて黒のリュックを背負い、蛇のようにしなやかに動き、路上駐車の車をよけた。

その歩き方。間違いない。〈蛇女〉だ。

後を追った。前を通り過ぎながら店をのぞきこんだ。同じメーカーのスリッポンが多種類、箱と一緒にウインドウに陳列されていた。アメリカ製の靴やコットン製品を主に扱うセレクトショップらしい。扉に筆記体で〈SCARLET PIMPERNEL〉とあるのが店の名前だろう。店にはもうひとり店員がいて、仏頂面で化粧を直していた。

特に急いでいるようでもないのに、〈蛇女〉の足は速かった。ちらりと腕時計を見たかと思ったら、急に近くの家の石段をあがった。足音もなくなめらかに門を開けて中に入り、しかし玄関を素通りして庭のほうへ回って行く。

表札を確かめた。昔ながらの住宅で、達筆の木製の表札が掲げられている。「安永《やすなが》」と読めた。

あの〈蛇女〉は安永というのか。そう思ったとき、宅配便のワゴン車が安永邸の前に停車して、若い男前のドライバーが降りた。ワゴン車の後部に〈この車の担当者は小浦《こうら》隆司《たかし》です〉とあった。〈小浦隆司〉は後部からネット通販会社の箱をとると石段をあがり、門のチャイムを押した。

玄関が開いて、茶色のスリッポンをはいた五十代くらいの女性が出てきた。なにやら嬉しそうに小浦に話しかけ、ハンコを持っているのになかなか押さない。小浦のほうも女性に答え、ふたりは談笑している。

立ち止まるわけにもいかないので、少し前に出た。そのままさりげなく安永邸を一望して、びっくりした。

安永邸の庭に面して開け放たれた窓から、〈蛇女〉が滑り出てきた。彼女はごく自然な態度で家の角に立ち止まった。安永さんからも宅配業者からも隠れるような形で、そのまま静かに待っている。

やがて安永さんが玄関ドアを閉め、宅配便のワゴン車が走り去ると、来たときと同じく滑るように門を出て、石段を降り、何事もなかったかのように歩き出した。

4

住人の留守を狙って忍び込む空き巣には、侵入のための技術がいる。一方で、住人が在宅中、庭に面した窓を開けっ放しにしているその隙をつき、屋内に入り込み、リビングやキッチンにおきっぱなしのバッグなどから現金だけを抜き取って、一分足らずで仕事を終える居空《いあ》きには、確かな観察眼となによりも度胸が必要だ。わたしは舌を巻いた。考えていたよりも〈蛇女〉は手強《てごわ》い。偶然にも事故現場に居合わせて魔がさし、門脇兼美のバッグを持ち逃げしたモラルに欠けたシロウト。と思っていたら、とんでもない。なんとまあ、プロの窃盗犯だったのだ。それも、たぶん捕まったことのない。

画像録画モードにしたスマホを握りしめて、〈蛇女〉のあとを追った。

店の前で見かけてすぐに録画を開始しなかったことを、後悔した。安永邸での家宅侵入の一部始終を記録しておけばよかった。あの眠そうな盗犯係の担当者がどこまで〈蛇女〉逮捕を真剣に考えているか、心もとない。事故車両から盗みを働くなど、世間一般には極悪非道に近い行為だが、法律的な見方はまた別だろう。

しかし、居空きの決定的な瞬間をおさえた映像があれば、たぶんあの盗犯係の目の色も変わったはずだ。返す返すも口惜しい。

井の頭公園の中へ入り、池を越えてジブリ美術館のほうへ抜けた。尾行の経験は相当に積んできたつもりだが、〈蛇女《はな》〉は難しい相手だった。周囲に警戒を怠らず、足が早い。若くてきれいな女性だが華がなく、群衆にまぎれてめだたない。オレンジのスリッポンだけが目印だ。

雑踏で見失いそうになるのを、必死に食い下がった。歩きながら帽子をとり、日焼け防止のシャツを脱いだ。素通しのサングラスをかけ、スリー・ウェイのショルダーバッグをフォーメーション・チェンジしてリュックにした。変装と呼べるほどではないが、目の端に似たような色味が常に入っていると気になるし、それがきっかけで尾行に気づかれることもあるのだ。

吉祥寺通を南下すると、狐久保の交差点に出た。〈蛇女〉は献花台をよけ、そのまま連雀通を西へ歩いていく。

八幡神社の前に出ると南西へ渡り、バス停に並んだ。新小金井駅行きのバスが来た。彼女が乗り、わたしも続いた。ひっきりなしに汗を拭いている恰幅《かっぷく》のいい男がわたしを押し上げんばかりに乗り込んできた。

〈蛇女〉は最後部に進んでいった。彼女が腰をおろす前に、後部ドアすぐ後ろのシートに座った。新小金井駅まではこの道をまっすぐ。駅まで行くつもりだろうか。

予想は外れた。駅の一つ前のバス停で、彼女は降りた。続こうかと考えたとき、さっきの汗かき男がものすごい勢いで出口を飛び出た。このうえわたしまで飛び降りたら、めだってしかたがない。

バスの中から様子をうかがった。幸い、バスが赤信号で停まると、彼女はその鼻先の横断歩道を渡った。そのまま少し西へ進み、次の路地を右に折れて住宅街に入って行った。

そこから先は見られなかった。残念だったがしかたがない。顔がわかった。勤め先も、住んでいるだろうエリアも特定できた。上出来だ。

バスは終点の新小金井駅で停車した。

冷房の効いたバスから、湿度の高い外気の中に降り立ったとたん、頭がくらくらした。考えてみたら、正午にいきなりコンビニのバイトに入って以降、飲まず食わずだ。適当な店を見つけて入り、サンドイッチとコーヒーを頼んだ。

食べながら、〈SCARLET PIMPERNEL〉のSNSを調べた。期待していなかったのに、いきなり〈蛇女〉の顔写真が現れた。『このスリッポンはちゃちく見えるけど、はいてびっくり。すごく歩きやすくて、最近ではこれでうちから店まで連雀通を歩きます。もう手放せません』という書き込み。〈店長・緑川操《みどりかわみさお》〉と記されていた。

やっとたどり着いた。これが〈蛇女〉の正体だ。

今度は緑川操を調べてみた。電子世界との関わりは店だけなのか、ざっと調べたかぎり、個人名ではSNSに見当たらない。ただ、あの路地の先のエリアを調べていると〈緑川内科クリニック〉に行き当たった。ホームページでは、五年前の更新が最後だ。記載の電話番号にかけたが、「現在使用されておりません」となった。

親が病院を経営していたが、現在は閉鎖されている。そんなところだろうか。

これで、名前と顔と勤め先と住まいがわかった。叩けば埃《ほこり》の出る人間だということもわかった。後は警察に調べてもらおう。

店を出て、通話できる場所を探した。そのとき目の前を緑川操が横切った。リュックなしの手ぶらで、さっぱりした白シャツを着て、白いデッキシューズにカーキ色のカーゴパンツに着替えている。顔立ちが中性的なのもあいまって、少年のように見えた。スマホを録画モードにして尾《つ》けた。

着信があったらしく、緑川操がスマホを耳に当てた。嬉しそうになにか話している。そのまま線路沿いを南下して、やがて野川に出た。すでにあたりは真っ暗だった。録画できているかどうか心配になり、機材に気を取られた。

目を離したのはほんの一瞬だったのに、顔をあげたときには、緑川操の姿は消えていた。

ひとりで尾行はやっぱり難しい。自分を慰めながら方向を変えた。どのみち矢部に一報を入れるつもりだったのだ。深追いせず、野川沿いに東八道路まで出て、どこかで京王線方面行きのバスを捕まえよう。

開き直ってのんびり歩き出したとき、野川の対岸からひとの気配がした。なにげなく目をやって、仰天した。

街灯の下で緑川操が若い女と立ったまま絡み合い、口づけを交わしていた。たいへん濃厚な場面だった。しばらく唖然として眺めてしまった。

ふたりの位置はくるくると入れ替わった。その都度《つど》、街灯の明りに緑川操の顔が浮かび、相手の女の顔が浮かんだ。目の飛び離れたひらべったい顔の、小柄な女だった。ノースリーブでミニのワンピースを着て、ゲタをはいていた。

見ていたのは、わたしだけではない。まだ真夜中というには時間があって、涼しい野川沿いには犬の散歩をするひとや、勤め帰りらしい通行人などの人目があった。それに気づかぬわけもないのに、ふたりは口づけをしては抱き合い、抱き合ってはまた口づけを交わしていた。

前触れもなく雨が降り出さなかったら、そのまま傍若無人《ぼうじゃくぶじん》なラヴシーンは続いていたかもしれない。葉が雨に叩かれてざわっと鳴り、次の瞬間にはあたりはバケツをひっくり返したような大雨に見舞われていた。傘を出すヒマもなかった。野川の水面も見えず、雨音以外になにも聞こえず、危険を感じるほどの雨だった。笑い声を聞いた気がして振り返ると、緑川操の白いシャツが雨の幕の奥に消えていくのが見えた。

今度こそ、今日はこれまでだ。

家に帰り、熱い湯につかって葛根湯《かっこんとう》を飲み、〈SCARLET PIMPERNEL〉をもう一度調べた。明日の火曜日、開店は十二時。店長は夕方六時までのシフトになっていた。

翌日、六時少し前に店の近くまで行った。

前を通り過ぎると、緑川操が大きな買い物袋を捧げ持ち、客を送り出しているところだった。きれいな白髪の上品な奥様、といった感じの客は表に出ると袋を受け取りながら緑川操の手を握り、

「また、来るわね」

と彼女の耳元に唇をくっつけかねないほど顔を近づけて、言った。緑川操はゆっくりと微笑み、客の耳元でなにか言った。

ただ仲のいい客を店員がお見送りしているだけかもしれないが、ゆうべのシーンが脳裏に焼きついているせいか、そうは見えない。緑川操は店に戻り、今度はスツールに座った別の客に向かってひざまずき、スリッポンをはかせている。

店の周囲を一周して、戻った。途中、安永邸の前を通った。なにごともなかったように静まり返っている。それを見ながら、緑川操のことを昨日のうちに矢部に知らせなかったのはなぜだろう、と自問した。とっとと知らせるべきではないか。警察の組織力を使ったほうが、門脇美のバッグは早く取り戻せるだろうに。

闘争心がわいてしまったのだ。緑川操という女に。コイツのしっぽは絶対にわたしがつかんでやる。

結局、緑川操が店を出たのは七時をすぎてからだった。〈SCARLET PIMPERNEL〉ロゴ入りの紙袋を携《たずさ》え、緑川操に見送られて店を後にする客は、約一時間の間に五人もいた。住宅街のなかの店で、バーゲン中でもないのに、なかなかの集客力かつ販買力だ。しかし、吉祥寺の駅に向かって歩く緑川操にはやはりオーラがなく、集中していなければ見失いそうだった。

緑川操は高架下をくぐり、ハモニカ横丁に移動して漬け物と塩鮭を買った。ショッピングモールのアイルランドの店に立ち寄って紅茶を買うと、今度はプチロードという路地を行き、階段を上って二階にある喫茶店に入っていった。

幸い、向かいにも似たような喫茶店があった。急いで上がると客はいなかった。窓際の席につくと、緑川操のいる店の内部が見通せた。わたしはブレンドを注文し、緑川操の様子が撮れるように機材をセットした。幸い敵も窓際に座っている。こちらを気にする気配はない。運ばれてきたアイスコーヒーにストローをさし、路地を眺めながら飲んでいる。

わたしも地上を見下ろした。プチロードのロフト側から男が歩いてきた。赤のTシャツは盛り上がった筋肉でぴちぴち。シルバーのネックレスをいくつもかけ、ニットの帽子をかぶっている。男には見覚えがあった。安永邸にいた宅配便のドライバー。小浦隆司。

これが偶然であるはずがない。ふたりは共犯だったのか。

安永さんは緑川操のとよく似た色違いのスリッポンをはいていた。あの店の常連なのかもしれない。となれば店長の緑川操なら、たとえば安永さんが昼間ひとりでいるかどうか、などの内部事情を聞き出すことができる。そこで示し合わせ、宅配便が到着する直前、緑川操が庭に潜む。小浦が安永さんに話しかけ、玄関に引きつけておく。そのすきに緑川操が庭から屋内に侵入し、庭に面した、たぶんリビングを物色し、逃げ出す。

庭には足跡を残したかもしれないが、同じスリッポンを家人もはいているとなったら、証拠にはなりにくい。だから平気で人目につきやすいオレンジ色のスリッポンをはいて、家宅侵入を働いたわけだ。よく考えている。たいした二人組だ。

小浦は軽快な足取りで喫茶店への階段を駆け上がった。しばらくして窓際に現れ、緑川操と同じテーブルにつく。

やがて緑川操が黒のリュックから封筒らしきものを取り出した。かなり分厚く見える。そのまま封筒をテーブルに滑らせ、小浦隆司がそれを受け取った、次の瞬間だった。

小浦隆司の後から喫茶店に入った男たちがいた。彼らは奥のテーブルにいたが、急に立ち上がって窓際までやってきた。あ、と思った。そのうちのひとりは、新小金井駅行きのバスに後から乗ってきて、緑川操の次に飛び降りた、あの汗かき男だった。

あのときはずいぶんせっかちで迷惑なやつだと思ったが、今日の汗かき男は落ち着いていた。ごく自然に小浦の手を押さえ、なにか言いながら封筒を取り上げた。小浦隆司の顔が強張り、青ざめるのが、汚れた窓越しにもはっきりとわかった。なにか言いながら立ち上がった緑川操も、もとの椅子に押し戻された。

やがて、ふたりは男たちに促され、店を出て行った。見下ろすとプチロードは、片耳にイヤホンを差し込んだ目つきの悪い男女でいっぱいだった。小浦隆司と緑川操が、店を出たとたんに逃げ出そう、などと考えていたとしても完全にムダだった。ふたりは彼らに取り囲まれ、団子状に路地を出て行った。わたしも急いで店を出た。

吉祥寺の夜は混んでいた。だが、多くのひとたちはその集団に多少の違和感を覚えて振り返ったくらいで、そのまま目的地に急いでいる。集団の先を見ると、東急の前に覆面パトカーらしい乗用車が数台停められていて、小浦隆司も緑川操もその車に押し込まれた。

わたしは茫然と車列を見送った。

5

「今年の初め頃から、武蔵野から三鷹にかけての一帯で居空き被害が増えていました。うちでも警戒を呼びかけていたんですけどね」

小浦隆司と緑川操の連行騒ぎから五日後のことだ。

武蔵野南署交通課の矢部は〈MURDER BEAR BOOKSHOP〉の固定電話の向こうで、きまり悪そうに言った。

おっしゃるとおり、彼女の署でも警戒を呼びかけていた。署内の大部屋入口の電光掲示板で〈空き巣、居空きが急増中!!〉と。とはいえ、どんなに面《つら》の皮の厚い役人でも、あれに犯罪抑止効果があるとは主張しづらかろう。

「居空きというのは、被害者が被害に気づかないこともあるんです。だから、被害届が空き巣よりも少なくなる。ガラスが割られたり、鍵が壊されたりといった、目に見える侵入の痕跡がないわけですから」

昼間に誰かが在宅している住宅を狙うわけだから、被害に遭うのは高齢者が多くなる。現金がなくなっていることに気づいても、どこかに落としたんじゃないかとか、物忘れがひどくなったのかと思ってしまう。

「それに皆さん、自分は神経質だとか、用心深いとか、少しでもいつもと違っているようなことがあればすぐに気づく、と思い込んでいるんですよ。だから振り込め詐欺もなくならないんですけどね。在宅中に誰かが家に侵入してきたら私は絶対に気づく、そう自信をもっているわけです。そうなると、お金がなくなっても別の理由を探して、居空きとは思いつきもしない。特に、財布から万札だけ抜き取る、という手口だと、被害は表に出にくいんです」

確かに、財布のお金が思ったより少なかったからといって、誰も居空きなど考えない。自分の勘違い、場合によっては家族や訪ねてきた知人を疑ってしまう。

「そんなわけで犯罪があまり表に出ず、うまくいったものだから、味をしめて、彼らの手口もだんだん大胆になりました。財布ごと盗んだり、バッグごと盗んだり、貯金箱を持っていったり。さすがにこれで被害者も居空きに気づき、被害届も出されるようになりました。そうなると手口の情報も増えます。被害者宅が小浦隆司の担当エリアとダブっていることに三鷹北署が気づいて、少し前から彼をマークしてたんです」

なるほど。武蔵野南署は蚊帳《かや》の外だったわけだ。

小浦隆司と緑川操が連行された直後、わたしは矢部に連絡した。またしても不気味なほど丁寧に署に来てもらいたいと頼まれ、出向くことになった。緑川操を探し当てたことを話し、目撃したことも説明した。案の定、説明は一度では終わらなかった。矢部、先日の盗犯係の眠そうな担当者、別の盗犯係、盗犯係の責任者、その他その他。緑川操について話を聞きたがる人間が行列を作った。

同じ話も四回目には退屈となり、面白くしようかと考えた。例えば、緑川操ったら、野川の近くで若い女と濃厚な口づけを交わしてたんですよー、とか。事実だが、そこは飛ばした。事故直後、緑川操が青いバッグを持ち去ったところを見て、安永邸に侵入するところを見て、連行されるところも見た。これ以上、目撃が続くと逆にうさんくさいと思われ、信憑性《しんぴょうせい》を疑われかねない。

なにをアウトプットするかは自分で選びたい。たとえ相手が警察でも。

隠しているわけではないが、話さないことがある、ということに武蔵野南署が気づいたかどうかはわからない。話を聞きたがる人間は多かったが、それほど熱を感じなかった。しょせん、よその署が解決した事件だもんな。そんなふうに考えていたのかもしれない。

翌日、今度は三鷹北署に呼ばれ、かの汗かき男改め生田《いくた》巡査部長から、緑川操の安永邸家宅侵入の目撃について調書をとられた。さらにその翌日には、小浦隆司と緑川操の逮捕が報じられた。情報番組ではゲストに呼ばれた元刑事が、居空きの手口について念入りに説明していた。

かんじんの青いバッグの話はまったく出なかった。

「小浦隆司をマークするうちに、実行犯は別にいる、と三鷹北では考えたようです」

説明する義理もないのに、矢部は不気味なほど親切にあれこれ話してくれた。

「小浦がたびたび公衆電話を利用していたことから、通話記録を調べて緑川操が浮かび、彼女にも尾行をつけていたそうですよ。ただ捜査側の人員不足もあったし、ふたりはめったに顔をあわせなかった。直接会って盗んだ金や物をやりとりしている現場を急襲し、度肝を抜かれているうちに自白させる、そう計画して機会をうかがっていたら」

チャンスがやってきたというわけだ。

それにしても、その後、着替えた緑川操が若い女と逢い引きしていたのに、尾行がついていた気配はなかった。さらにいえば、あの汗かき生田刑事の尾行は、話にならないくらいヘタクソだった。しかも調書をとられてわかったのだが、わたしと同じバスに乗り合わせたことや、そもそもわたしが緑川操を尾行していたことに、まるっきり気づいていなかった。

あれでよくふたりを逮捕できたものだ。

「小浦隆司は絶対に捕まらないとタカをくくっていたらしくて、捜査陣のもくろみ通り、すぐに自白したようです。安永さんが銀行から下ろして直後に盗まれた金——当然、関係者の指紋が残っていたんですが——を手にしているところを押さえられたわけですから、観念するしかなかったんでしょう。二人の関係は、医者だった緑川操の父親が認知症になり、〈緑川内科クリニック〉を休業したところから始まったようですね。病院には患者のカルテが残っていた。操は父親の書いた古いカルテを読むことができた。それで小浦隆司の父親の件を知って、隆司を恐喝しようとした」

「恐喝ですか」

「小浦隆司の父親はある大企業の役員だったんですが、十年前に自宅で首を吊りました。そのとき呼ばれたのが緑川医師ですが、医師はカルテの隅に英語で〈Autoerotic Asphyxiation〉と書き残していました」

うわー。

「それって、つまり自殺じゃなくて」

「窒息プレイ。自分で自分の首を絞めて、性的な快感を得る遊びだそうですね。一説によれば、アメリカでは毎年千二百人程度がそれで死んでいるとか。緑川医師はアメリカの医大で学んだ経験もあるそうで、だから知ってたんでしょう」

矢部は淡々と言った。

「日本にもけっこうな数の愛好者がいるそうですよ。ただ、知り合いの法医学者によれば、そういう不適切な死を迎えても、発見した家族が痕跡を消すので自殺扱いになることも多いそうです。それはともかく、小浦隆司は恐喝されてもびくともせず、逆に守秘義務違反で緑川医師と操を訴える、と言い出した。小浦隆司も父親の死後、遺産を使い果たし、しかたなく宅配便のドライバーとして働いていた。で……どっちかが思いついたわけです。おたがい金はない。恐喝も裁判も儲からない。だったらふたりで組んで、カルテの個人情報を元に居空きを働くのはどうか、と」

「どっちが思いついたんですか」

「小浦隆司は緑川操だと言い、緑川操は小浦隆司だと言っている。三鷹北の知り合いの話じゃ、どちらかというと緑川操のほうが、ずるくて頭が切れるそうですけどね。どっちが主犯になるか、検察次第でしょう」

話し終えて、矢部は大きく息をついた。つられてため息をつきかけて、我に返った。

「あの、そんなことより、門脇美さんの青いバッグはどうなったんですか」

「葉村さんから教えてもらったコンビニの監視カメラ映像と、ネットにアップされた事故直後の画像を見せて問いつめたら、バッグの持ち逃げについては認めました。小型車をのぞき込んだら兼美さんが血まみれになっていて、その後のことは頭に血がのぼって覚えていないそうです。後になって許されないことをしてしまったと怖くなり、バッグは中身ごと燃えないゴミの日に出した。そう言いながら泣いていたって聞きました」

嘘だ。あれはそんな人並みな女ではない。

言いかけて、口をつぐんだ。緑川操が本当はどんな女なのか、わたしにわかるはずもない。あわせてたった数時間、尾け回しただけなのだ。

「緑川内科クリニックの家宅捜索でも、青いバッグは出てきませんでした。三鷹北署も門脇親娘の話を聞いて、本気出してくれましたから間違いないです。財布やポーチ、手帖らしきものも見つかりませんでした」

「そうですか」

門脇寛子が気の毒だ。娘の形見をあれほど探し求めていたのに。

そう言うと、矢部は少し早口になった。

「そのことなんですが、葉村さんがお嬢さんのバッグを探しまわってくれたことを話したら、門脇さん感激なさいまして。いろんなひとが兼美のためにずいぶん力を貸してくれた。それなのに、母親のわたしがいつまでもバッグや手帖にこだわっていてはいけない。犯人が捨てたというなら、無理にでもあきらめることにするが、最後に一言、葉村さんに御礼が言いたいと」

おいおいおい。まさか。

「わたしの個人情報、伝えちゃったわけじゃないですよね」

「えーとですね、それがですね、目撃者の名前はお伝えしてなかったんですが、つい。で、葉村晶と名前を言ったら、どういうひとかと訊くので、いただいた名刺にあった本屋の名前ですか、〈MURDER BEAR BOOKSHOP〉をつい」

「ちょっと待ってください。まさか来るんですか、ここに」

「たぶん」

道理で、とわたしは思った。いくら武蔵野南署の交通課で、三鷹北署の事件捜査とは距離を置いているとはいえ、警察官が自分から電話してきて事件の裏話をぺらぺらしゃべると思ったら。

電話を切るのと同時に、看板猫と富山が連れ立って、二階から降りてきた。富山が企画した〈甘いミステリ・フェア〉の準備は着々と整いつつあった。スイーツの出てくるミステリの在庫をかき集め、特集コーナーからあふれ出んばかりに並べておいた。知り合いから借りてきたフェイクの菓子や、お菓子の写真をコラージュして作ったポップで飾りつけた。来てくれたお客さんに配る特集の小冊子も、二百五十部、出来上がった。

わたしは自分の仕事をきちんとやった。そのつもりだ。

「葉村さん、なんですかこれは」

富山はかじりかけのクッキーを手に眉を寄せていた。焼いて持ってきて、二階のサロンに置いておいたのを、見つけて食べてみたらしい。

「ビックリしました。普通、クッキーってマズく作るの難しいですよね。どうやったらこんなことになるんです？　本を買ってくれた人へプレゼントするつもりが、これじゃ罰ゲームですよ」

「だから断ったじゃないですか」

わたしは口の中でもごもご言った。クッキーを焼いて来いと強引に押し切られて、ゆうべ家で作ったのだが、富山の要求した量が十二グロス。通常のクッキーのレシピの材料を何倍かにする際、どこかで計算を間違えたらしい。

「ミステリお茶会の募集もしちゃったんですよ。すでに定員いっぱいなのに、どうするんですか。レン・デイトンのレモンメレンゲパイとか、クレイグ・ライスのチョコレートケーキとか、クリスティーのシードケーキとかも、葉村さんに焼いてもらうつもりだったのに」

「はあ？　そんなの、作れるわけないじゃないですか」

「しかたない。ミステリがわかっていそうで、お菓子が焼けるひとをネットで探してみますよ。やんなっちゃうな。お茶会の参加費で稼ぐつもりだったのに、よけいな経費がかかります」

ぶつぶつ言いながら二階へ上がっていく富山を、クッキーをかじりながら見送った。あそこまで言われるほどマズくはないと思う。味がしないだけで。堅いだけで。ぼそぼそしているだけで。

残りをポリ袋に放り込んでいると、店の入口のチャイムが鳴った。

髪を染めてアップにし、サマーウールのスーツを着た門脇寛子は、先夜とは別人のようだった。まだ目のまわりが腫れ、顔もむくんでいるが、薄く化粧もして落ち着いてみえた。挨拶《あいさつ》と感謝と遠慮とが、お悔やみ同様、そらぞらしくとびかった。とはいえ、それが途切れて気まずくなるのはもっと避けたかった。

しかしそのうち、おたがい言うべき言葉を失った。門脇寛子は所在なげに店内を見回していたが、〈甘いミステリ・フェア〉の一角に目を留め、あら、と言って文庫本を手に取った。ダフネ・デュ＝モーリアの『レベッカ』だ。

「兼美はこの本を読んで、アフタヌーンティーにはまったんです」

門脇寛子は頁《ページ》をめくりながら、懐かしそうに言った。

「最初のほうで、ヒロインがマンダレーを思い出す箇所があるでしょう。四時半のお茶会のことを。兼美はあのシーンが大好きで、手帖に書き写してました。おいしそうなお菓子がたくさん出てきて……」

門脇寛子はこみあげてきたものを飲み込み、頁を開き、声に出して読み始めた。

『バターをたっぷり使ったクランペットがいまも目に見える。それに三角形のパリッとしたかわいらしい小さなトースト、さっくりと軽い熱々のスコーン。何をはさんであるのか、謎めいた風味のとてもおいしいサンドイッチ、それとあの特製のジンジャーブレッド。口の中で溶けてしまいそうなエンゼルケーキ、そしてオレンジピールやレーズンたっぷりのこってりしたケーキ。』

「一度、本当にこんなお菓子が並んでいるお茶会をしてみたい、それが兼美の夢だったんです。全部作って、お母さんに食べさせてあげるって。絶対に……雪のように白いテーブルクロスと」

門脇寛子はまた、息を飲み込んだ。わたしはできるだけ軽く言った。

「謎めいた風味のサンドイッチに、兼美さんはなにをはさむつもりだったんでしょうね」

門脇寛子は無理に微笑んだ。

「クミンシードで味つけしたひよこ豆のペーストです。『レベッカ』を読んで決めたわけじゃないんですよ、あのコのオリジナルで、わたしの好物なの。そういうことも、あのなくなった手帖に書き留めてた……」

ごくんと音を立てて唾を飲み込むと、彼女は『レベッカ』上下巻をとって、差し出した。

「これをいただけますか。もう一度読んでみたいので」

家に娘さんの本があるんじゃないかと思ったが、黙ってレジを打った。新しい本の匂いはひとを励ます。時には、喪失の物語が喪失を包んでくれる。

門脇寛子が『レベッカ』を抱きしめるようにして帰っていくと、入れ違いに富山が戻ってきて、手にしたタブレットをわたしに突きつけた。

「見つけましたよ、ミステリ好きの菓子職人。ＭＩＨＡＲＵさん。自宅で焼き菓子を作って、ネット販売してるんです。少なくとも、食べられるお菓子を作る技術は持ってそうですよ。文章も書いてましてね。『レベッカ』のお茶会についても、なかなか詳しく紹介してますよ。クランペットの作り方とか、スコーンにはデヴォンシャークリームとラズベリーのジャムが一番あうとか。作中に出てきた、謎めいた風味のサンドイッチには、クミンシードで味付けしたひよこ豆のペーストをはさむのがいいとか」

わたしは富山の手からタブレットをひったくった。

やっぱりだ。あの嘘つき蛇女。死に瀕した門脇recent美の持ち物を盗み、燃えないゴミの日に出したと泣いてみせ、さらに兼美の夢さえも盗んで、愛人と一緒に利用するとは。

タブレットの画面の中で、自作のお菓子を手ににっこり笑っている女は、あの夜、野川で緑川操と一緒にいた若い女だった。

作中引用『レベッカ』ダフネ・デュ・モーリア　茅野美ど里訳　新潮文庫

静かな炎天

八月

1

その軽自動車は真夏の日ざしの下で、アマゾン原産のカエルみたいな緑色に光り輝いていた。または、スライムみたいな緑色。あるいは、うっかり飲んだらとんでもないことになる浴室用洗剤のような。いずれにせよ、気づけよ危険、と言わんばかりに人目を引いている。

「この車、ハンドブレーキが不思議な場所にあるんですよ」

自宅のある千葉から車を転がしてきた富山泰之は、ニコニコしながらそう言った。新調した補聴器の調子がいいのだと言う。

「一度、どこだったか忘れて、ブレーキかけっぱなしで走っちゃいました。ものすごく焦げ臭くなって往生しましたよ。気をつけてください」

わたしは絶句したまま、キーを受け取った。金曜日だった昨夜、〈白熊探偵社〉に依頼人がやってきた。依頼内容はある人物の行動確認で、当然ながら対象者に尾行を気づかれるわけにはいかない。依頼人とその話をしたとき、富山もそばにいて話を聞いていた。依頼人が帰った後、よかったら尾行用にうちの車を使いませんか、最近、きこえが悪かったんで乗ってないし、と言い出したのも富山だった。

なのに、なんだこの車。

「ガスは満タンにしてありますし、二十万キロしか走ってません。色がオシャレでしょ。三年前に塗り直したんですよ」

「尾行用の車がオシャレでどうするんですか」

「車はやっぱり見た目ですよね。そうだ、今度、イラストレーターの杉田比呂美《すぎたひろみ》さんに頼んで〈白熊探偵社〉のステッカー作ってもらおうかな」

「わあ、すてき。成田山のお守りの隣に貼れば、さらにめだちますねえ」

イヤミと皮肉をこめて言ったのに、富山はうんうんとうなずいた。

「やっぱりミステリ専門書店の専属女探偵だし、小道具もしゃれてるほうが葉村さんも気持ちがアガりますよね。わかりました。任せておいてください」

やめてくれ。

カエルに飛び蹴りでもしてやろうかと思ったが、今さら替えの車を用意する時間はない。おまけにご近所の目もある。富山泰之がオーナーであり、わたしのバイト先でもあるミステリ専門書店〈MURDER BEAR BOOKSHOP〉は吉祥寺にある。いわゆる閑静な住宅街の中だから、近隣の音声、物音が筒抜けだ。各家庭の事情も手に取るようにわかる。

例えば、裏の篠田《しのだ》家は昼間無人だが、夜になると家族七人全員が帰宅してにぎやかになる。例えば、向かいの鶴野《つるの》家では、リストラされていたご亭主が再就職、娘さんが国費留学に旅立ち、肩の荷を下ろした奥さんは、けさからリウマチ持ちの母親をつれて、二泊三日の湯治《とうじ》に出かけている。また例えば、先々月の終わり頃、店の隣家で町内会長を務める糸永《いとなが》家に、ご主人の母親が施設を追い出されて出戻ってきた。これがおそろしくきついバア様で、薬が効かず、辛いのはアンタたちのせいだと息子や嫁を叱責する。時には隣近所がやかましいとわめきちらす。

戸外の駐車場で長話しようものなら、またバア様がわめき出す。わたしはあきらめてカエルに乗りこみ、そーっとドアを閉めて、キーをひねった。二十万キロ「しか」走っていない車のエンジンは、けたたましい雄叫びとともに動き出した。

出だしはともかく、ハンドルを握るわたしの心は軽かった。本屋のバイトも悪くはない。同好の士が集まり、同じ本の同じ箇所が気に入った、などと言い合うのは楽しい。本の上げ下ろしは肉体労働だが、調査の仕事よりはるかにラクだ。死にそうな目に遭うことも——ないわけではないが——少ない。

それでも、どんなに大変でも、やはりわたしには探偵仕事が天職なんだろうと思う。それに、実入りのほうも本屋のバイトとは比べものにならない。一割を〈MURDER BEAR BOOKSHOP〉が冗談で立ち上げた〈白熊探偵社〉に手数料として納め、残りの取り分から国と市と年金と健保にむしりとられても、ずっと儲かる。吉祥寺からのドライヴ中、鼻歌が止まらなかった。

午前十一時すぎにマルタイの住む蒲田の家の前に到着した。もめずにそのまま出てきてよかった。〈袋田《ふくろだ》〉と表札のある豪邸の玄関扉が開き、マルタイこと袋田浩継《ひろつぐ》が表階段をのそのそと降りてくるところだった。

着古したTシャツにトロピカル柄の短パン、ツッカケ。寝癖のついたぼさぼさの頭。むくんだような顔でうつむき、だらだらと歩いている。

依頼後にネットで調べたかぎりでは、父親は品川にある大病院の院長、姉ふたりも医者、中流の上以上という家庭環境のはずだが、品格のかけらも感じられない。家から離れた駐車場に入り、八月の日ざしを容赦なく浴びた車体にさわってしまい、慌てて手を引いたとき以外は、生気に乏しかった。もっとも、熱帯夜と猛暑日の連打を浴び続けている関東平野の住人は現在、彼にかぎらず、白昼のゾンビに限りなく近い。

袋田はサングラスをかけて、車に乗り込んだ。サングラス越しなら、緑がぐっと渋く見えるのか、こちらを気にする様子もなく追い越して南下していく。

車にセットしておいたカメラを起動させ、後を追った。

袋田浩継は二十三歳だった五年前、運転していた車をバス待ちの列に突っ込ませ、七人を撥《は》ね飛ばし、車を乗り捨てて逃走した。幸い死者こそ出なかったものの、一時は心肺停止になるほどの重傷者を三人も出す事故となった。

後に警察の捜査で、袋田が直前まで飲食店をはしごし、酒をかっくらっていたことが判明したが、危険運転致死傷罪の適用は見送られた。なにしろ事故の様子をとらえていた監視カメラには、袋田が車から飛び出し、俊敏に逃げ出す姿がはっきりと残されていたのだ。危険運転致死傷罪の適用は、正常な運転が困難だったかどうかで決まる。皮肉な話だが、あれだけそそくさと逃げ出せたのだから正常な運転は可能だった、ということになる。

結局、ひき逃げその他で彼にくだされた判決は懲役六年。三ヶ月前に交通刑務所から出てきて親戚の会社に就職し、親の豪邸で暮らしている。重傷者は、いまだに事故の後遺症に苦しみ続けているというのに。

「あの男は免許取り消し後の欠格期間の六年が終わるとすぐ、親に新車を買ってもらい、運転を始めたと噂《うわさ》で知りました。車がなければ生活できない地方ならともかく、東京でですよ。まともな神経なら、あんな事故を起こしておいて、運転なんかできるはずがない──」

角野史郎《かどのしろう》と名乗った依頼人は、膝の上に置いたこぶしをぶるぶる震わせていた。彼の息子は袋田が起こした事故に巻き込まれ、下半身に障害が残った。

「息子はけなげにリハビリを続けています。それだけに、息子がかわいそうで、だから、なおのことあの男が許せないんです」

その噂が本当なのかどうか、袋田浩継の素行調査をお願いしたい、今度こそ運転免許を取り上げられそうな様子をおさえられれば、なおありがたい、とりあえず一週間、と角野は言って、手付けにと五十万円を差し出してきた。

おいしい依頼によだれが落ちそうだったが、こちらもこの仕事は長い。事前のデメリット告知で、トラブルを回避しておくことにした。

「喜んでお引き受けしますが、報酬として最初の三日間は一日七万円、それ以降は一日四万円と、かかった経費をいただくことになります。場合によっては大手の調査会社に応援を依頼しますし、最初からその大手を紹介もできますが」

「いえ、こちらにお願いします」

角野はきっぱりと言った。〈白熊探偵社〉のどこが気に入ったのか知らないが、ぜひというのを断る理由は見当たらない。仮の契約書を差し出すと、角野は胸ポケットから〈日本お散歩振興協議会設立三十周年記念〉と書かれたボールペンを取り出し、みごとなペン回しをしながら読んで、サインをしてくれた。

〈MURDER BEAR BOOKSHOP〉の常連客で、この春、大学生になったばかりの加賀《かが》谷《や》の友人が、わたしの代わりに本屋のバイトに入ってくれることになった。貸しのある大手調査会社の知り合いに、いざというときの助っ人も頼んだ。備えは万全。袋田浩継に爪の先ほどでも弱みがあれば、洗いざらいあぶり出してやる。

意気込むまでもなかった。袋田の車は五分と走らないうちにウインカーを出し、ファミレスの駐車場へと入っていった。迷うことなくあとへ続いた。昼前のことで、店はまだ空《す》いていた。袋田は喫煙用の席に陣取り、煙草に火をつけながらソファに座った。わたしはバッグに忍ばせた隠しカメラをうまく向けられるカウンターに座り、袋田の店内での様子を見守り、会計をすませてやつが出て行ったあと、袋田の画像がきちんと録画されていることを確かめた。

問題なかった。袋田の元にビールが運ばれてきて、だらしない格好で脚を組んだ袋田がそのビールを一気に飲み干し、お代わりを頼み、ピザと一緒に中ジョッキを傾けつつスマホをいじっている様子がきちんと撮影できていた。小一時間ほどして、支払いを終えた袋田浩継が店を出る様子も。そしてその後、駐車場に移って車に乗り込み、みずから運転しているところも録画できた。

これなら、免許取り消しの根拠には十分になる。はずだ。

飲酒運転で人様の人生を狂わせておきながらなんてやつだ、と思う一方で、つい、にやけてしまった。調査開始からわずか数時間で、依頼人を満足させられるだろう成果をあげたのだ。もう帰ってもいいな、と思ったが、せめて一日くらいは追跡しないとさぼっていたとでも思われそうだ。それに、一週間みっちり調査して、例えば、袋田が毎日のように飲酒運転を繰り返していたとわかれば、逃げ道はなくなる。ちょうだいできる調査費も増える。

袋田の新車は第二京浜に入り、多摩川を渡って川崎に入った。二台はさんで後ろから見たかぎりでは、運転ぶりはごく普通だった。側道で待ち構えている白バイを見かけたが、袋田の車が止められることはなかった。スムーズに東芝の工場をすぎ、今度は寿司屋系のファミレス前でウインカーが出た。袋田の車は吸い込まれるように入っていった。

あとに続こうかと思ったが、駐車場はほぼいっぱいだった。カエル車で無茶な割り込みはできない。舌打ちしながら行き過ぎて、バックミラーをのぞき込んだ。同じ駐車場に入っていくふたり乗りのオートバイの向こう側に、袋田の車が入口近くの空きスペースに停車しようとしている様子がちらりと見えた。

遠藤町の交差点は渋滞していて、近くにパーキングも見当たらない。このあと、袋田はどちら方面に向かうのか。仮に、府中街道を右折して新川崎駅の方向へ行こうとしているとしても、すでにこちらは右折レーンを外れてしまっている。大型トラックの群れの中で、いまさら車線変更などできない。しかしまあ、こうなったらもう焦《あせ》っても始まらない。

うまくいったと浮かれたらこれだ。しかしまあ、こうなったらもう焦っても始まらない。流れに逆らわずに車を走らせ、川崎駅前近くの幸通から府中街道に入って、そのまま直進した。ラジオで熱中症のニュースを聴きながら河原町で府中街道から左手に入り、気象情報を聴きながら第二京浜に合流した。

再び、寿司屋系ファミレスの前にさしかかったとき、すでに二十分以上経過していた。駐車場の入口には袋田の車があった。あの調子で酒を飲んでいるとすれば、一時間はそのままだろう。

同じコースをさらに二周した。走りながら考えた。今日は土曜日だ。親戚の会社とやらで働いている袋田も、土日は休みなのだろう。だから飲みたいのはわかるとして、なぜまたファミレスで飲んでいるのか。家で飲めばいいじゃないか。あるいは、歩いていける場所の居酒屋とか。飲酒と運転が別なら、誰にもとがめられないのに。

飲酒運転経験者には、アルコール依存症が多いと聞く。収監中に酒毒は抜けたが、娑《しゃ》婆《ば》に戻ってつい、めでたいと乾杯してしまい、一杯くらいが二杯くらいになり、ついには元の木阿弥《もくあみ》になったとか。両親は新車を買い与えたくらいだから運転は認めているのだろうが、「酒を飲むな」と息子に厳命しているのかも。だから家や近所では飲めず、親の目の届かないところでこそこそ飲んでいるのだろうか。この節、ファミレスや牛丼チェーンやファストフードで軽く飲むのがはやりだそうだが、おそらく六十代後半の両親には、そんなのぴんとこないだろう。

第二京浜を南下すること四回目、寿司屋系ファミレスの前にさしかかると、袋田が車の脇に立っているのが見えた。遠目にもわかるほど赤い顔をして、サングラスを取り落としている。遠藤町の交差点の渋滞がありがたかった。車列がぴくりとも動かないおかげで、袋田より前に出ないですむ。

やがて、袋田の車が駐車場からビックリするほどの勢いで前に出てきた。合流地点にいたアウディにぶつかる寸前でなんとか止まり、そのまま無理やり車列に割り込もうとしている。乱暴だな、と舌打ちしたとたん、車列が動き出した。袋田の新車は鼻先をゆらしながら急速に前に出て、急速にブレーキを踏んだ。ひやっとしたが、そのまま車の流れに割り込んで、走り始めた。

こちらは中央の車線であとを追った。土曜日も二時を過ぎて、第二京浜はますます渋滞がひどくなってきた。走り出してすぐに、車列の動きは止まった。

カエルの運転席の座り心地はひどかった。お尻が真っ平らになったような気がするし、肩もこってきた。カメラを袋田の車に向けたまま、ハンドブレーキを引いて肩をまわし、手を尻の下に置いてこぶしでマッサージした。

狭い運転席で身体をほぐしつつ、ちらと袋田の車に目をやったときだった。視界に一台のオートバイが割り込んできた。例の寿司屋系ファミレスの駐車場に、袋田のあとから入っていったふたり乗りのオートバイだ。この暑いのにふたりとも革のツナギを着て手袋をし、フルフェイスのヘルメットというハードななりで、すぐに思い出せた。

オートバイは袋田の新車の脇に止まった。後ろの人物が降りて新車の前に回り込むと、いきなりハンマーらしきものでフロントガラスを殴りつけた。ビシッと音がするのと同時に窓ガラスにひびが入った。

「てめえ、なにすんだよ」

これにはさしも生気のない袋田も、思わず叫んで運転席から飛び出てきた。フロントガラスにひびを入れた襲撃者につかみかかろうとしている。オートバイを運転していたほうがいつのまにか背後に回っていて、特殊警棒らしきもので袋田を背後から殴りつけた。頭を抱え込んだ袋田の顔面を、今度は最初の襲撃者がハンマーの柄《え》で殴りつけ、新車に血が飛び散った。

うずくまり、わたしの視界から消えた袋田に、さらに攻撃が加えられたようだった。その間、襲撃者はふたりともなにも言葉を発せず、やがて無言のままオートバイに戻り、走り去った。

オートバイの爆音が聞こえなくなって初めて、わたしはぽかんと開けていた口をようやく閉じた。

2

あとになって録画した映像を確認してみたところ、袋田浩継襲撃に要した時間はわずか四十七秒だった。この手際のよさと、袋田の車に続いてファミレスに入ったこと、車の窓にひびを入れることができる特殊なハンマーや特殊警棒を用意していたことから、どうやら袋田を狙った計画的な襲撃と思われた。

もちろん、痛めつけるのが目的で、殺すつもりはなかったのだろう。車列が動き出したので、道路上に倒れている袋田の脇を通り過ぎたが、脚がありえない方向に曲がってはいたものの、袋田はぴくぴくと動き、かろうじて意識もあるようだった。

近くを歩いていた人たちが騒ぎ出し、通報する声がした。わたしはその場を走り去った。イライラしながらもう一周して二十分後に戻ると、警察が出て交通整理をしているなかを、救急車が走り出すところだった。渋滞がひどく、一度は緊急車両に置いてけぼりを食ったが、めぼしをつけて一番近い川崎市内の病院に行ってみると、袋田浩継がERに運び込まれるところに出くわした。

遠目では怪我の程度まではさすがにわからない。が、酸素マスクをあてがわれ、大声で話しかける救急隊員に答えている様子もない。かなりの大怪我とみて間違いない。

カエルとわたし自身が怪しまれないうちに、病院を出た。依頼人の角野史郎を電話で呼び出し、彼の住む西荻窪の商店街にあるギャラリー兼カフェで落ち合った。

事情を説明すると、角野は心底びっくりしたらしく、回していたボールペンを取り落とした。実績のない小さな探偵社を選んで雇い、調査させたらその日のうちに調査対象者が襲われた。これが偶然であるはずがない、と思ったのだが、そう考えたのもミステリの読みすぎかもしれない。世の中には偶然が存在する。

「あの男を恨んでいるのは、私たち一家だけではないですからねえ」

角野はしみじみと言った。後遺症に苦しんでいる被害者は他にもいるらしい。その被害者が誰かを雇ってやらせた。角野史郎はそう考えているようだ。

「あの様子じゃ袋田浩継は、しばらく入院ということになるでしょうね。ですので調査はいったん打ち切ります。明日にでも報告書、録画した映像、経費その他の明細と領収書、お預かりしたお金の残金をお持ちします。それでよろしいでしょうか」

角野は毒気を抜かれたらしく、ペン回しを再開しながらうなずいた。この分だと、あの襲撃動画が警察に提供されることはなさそうだ。角野としては犯人に感謝して、袋田浩継のことなど忘れるつもりに違いない。

だとしても、もはやわたしの関知するところではない。仕事は終わったのだ。

まさか、日のあるうちに〈MURDER BEAR BOOKSHOP〉に帰ることになるとは思わなかった。ときどきうめき声をあげるようになったカエルをおっかなびっくり走らせながら、舌打ちをした。調査が一週間続けば三日間は七万プラス四日間四万で、しめて三十七万円。二割を上納しても三十万ほどになったはずだ。

わたしは光熱費込みで家賃七万円、調布市仙川にある農家の離れを改造したシェアハウスに暮らしている。最近、この農家の母屋《おもや》が半壊したことや、六月に仙川近辺を襲った雹の被害で隣接する葡萄《ぶどう》畑が壊滅したことなど、諸般の事情で建て替えが取りざたされるようになった。まだ大家の岡部巴《おかべともえ》の口からはっきりと言い渡されたわけではなかったが、そう遠くない未来に、引っ越し先を探さなくてはならない。

三十万の臨時収入があれば、引っ越し費用になったのに。

左折しながらそう呟いて、ふと、左肩に違和感を覚えた。痛い、というほどはっきりした感じではないが、なにか「うまくない」という感じがする。狭い運転席で身体をほぐしているさなかに襲撃があって驚き、知らず知らずのうちに変な動きをしてしまったようだ。

カエルを店の敷地内に入れ、狭い隙間から抜け出ようとして身体をひねったとき、今度ははっきりと左肩の痛みを感じた。慌てて外に出て、左腕をまわしてみる。

あれ。なんだこれ。なんかマズい。

肩全体、特に肩甲骨《けんこうこつ》から腕の脇にかけて痛みがある。まさかこれは、噂に聞くところの〈四十肩〉では。

身体が資本のおひとりさまだという認識は十分に持っているから、食事に気をつけ、ストレッチと筋トレを心がけている。春に数回、入院したあとはできるだけ歩くようにし、軽くジョギングもしていた。煙草もやめたし、甘いものも節制し、体脂肪率を落とした。なのに、なんでこうなる。

腹立ち紛れに駐車スペースの小石を蹴り飛ばしたが、肩に響いてよけいに痛くなっただけだった。さらに石がイベント予告の貼り紙をしてある看板にあたり、カーンと鳴った。

しまった、と思った瞬間、わりに近くでカーテンと窓が開く音がした。同時に、うるさい、あたしを苦しめる気かうんぬんという、甲高いわめき声が聞こえてきた。わたしは慌てて店舗に駆け込んだ……いや、駆け込もうとした。

店の一階の入口のめだつ場所に、三冊百円均一のワゴンを出している。読書好きのご近所さんや通学途中の中高生が利用するのは、もっぱらこのワゴンだ。さらに富山店長の方針で、時々さりげなく掘り出し物を紛れ込ませてあるので、ミステリマニアの間でも話題になり、おかげでこんな来づらい場所でも定期的に足を運んでもらえるきっかけになっている。

そのワゴンが見当たらない。それどころか店が開いてない。土曜日だというのに、店の電気は消えたままで扉も閉ざされていた。

預かっている鍵で中に入った。店に異状はないようだし、レジの中身もいつも通りに見えた。

富山店長に電話をかけた。調査が終わったことを報告し、店が開いていませんが、と聞いた。

「今日は富山さんが店番じゃなかったんですか」

「実は、調査中の葉村さんの代わりにバイトに入ってくれる予定の、加賀谷くんの友だちがさっき来たんですけどね。まだ十八歳の若さで高木彬光《あきみつ》のファンなんですよ。バイト代で墨野《すみの》隴人《ろうじん》シリーズを買ってもらえることになりまして。在庫ありましたっけ」

なんの話だ。

「あの、それで今日、店は？」

「探偵仕事が終わったなら葉村さんお願いしますよ。こっちは家がなかなか見つからなくて、往生してるんです」

通話は切れた。わたしは電気をつけ、左肩をかばいながらワゴンを定位置に出した。

それから二階に行った。二階のイベントスペースはイベントのないときにはサロン、というか常連のたまり場になっている。二階ではエアコンが静かに作動し、六人ほどのミステリファンが涼みながら、ミステリ談義を繰り広げているところだった。

富山について尋ねると、くだんの加賀谷が手を挙げた。

「お昼すぎに、古書の買い取り依頼の電話が来たんですよ。それで富山さん、店閉めて出かけました」

「買い取りって、どこ？」

「川越だそうです」

店に降りて、レジの陰で肩に湿布をし、夜八時まで店番をした。日が落ちて涼しくなると、客が次々にやってきた。のぞきにきただけのひともいたが、たいていはせっかくここまで来たからには、となにかしら買ってくれる。八月に入ってから〈サマーホリデー・ミステリ・ミニフェア〉というのを始めたが、どういうわけだかこの日だけで、クリスチアナ・ブランドの『はなれわざ』が三冊も売れた。

うち一冊を買ったのは、自宅で書道教室を開いているご近所の須藤明子《すどうあきこ》さんだった。こちらも糸永家と隣接していて、静かな暮らしぶりであるにもかかわらず、教室に通う子どもたちの声がうるさいと例のバア様にわめきちらされている。

「お盆休みにはお教室お休みだし、明日から両親の墓参りに九州に行くの。これはその行き帰りに読むわ」

さすが書道の先生だけあって、暑いのにうす化粧、パンスト姿の須藤さんは、本にカバーをかけるのを待つあいだにそう言った。

「お盆には、このあたりもだいぶ静かになりますね」

「うちの向かいの田河《たがわ》さんちも、家族でハワイに行くんだって聞こえよがしにしゃべってたから、ご近所の人口は間違いなく減るわね。でも、おたくがお盆も営業してくれるんで、留守にしても安心だわ」

「お盆期間中は、平日にもイベントがあるので。ただそのぶん、うるさいって言われちゃいそうですけど」

「うるさくないわよ。このあいだなんか、あれ、なにかイベントが終わった直後だったのかしら。おたくから大勢ひとが出てきて驚いたくらいだもの」

「本屋ですから、壁は本棚と本で覆われていて、防音になってるんです。イベントのときは遮音カーテンも引きますし」

「普通の家よりも音は漏れにくいわよねえ」

なのに糸永家のバア様ときたら、とおたがい口に出さずに軽く非難した。糸永静男《しずお》氏は町内会長を務めるほどで町内からの信頼が厚い。みな、バア様には辟易《へきえき》していても、介護する側が気の毒で口には出せないのだ。

ところで、と須藤さんは言った。

「この店って調査会社も兼ねているって聞いたんだけど」

確かに探偵だが、調査員は実質わたしだけ、手が足りなければ大手に助っ人を頼みますが、という事情を説明し、なにかあればよろしく、と〈白熊探偵社〉の名刺を渡した。

それで終わりかと思ったが、須藤さんは、よかった、頼みたいことがあるんだけど、と身を乗り出してきた。

「ひとを探してもらいたいの。石塚幸子《いしづかさちこ》っていう、わたしの従妹《いとこ》なんだけど」

須藤さんはプリントした紙を差し出してきた。紙には名前と生年月日、本籍地、他に会社名や住所がいくつか並んでいた。

「これが七年前、最後にもらった年賀状の住所」

須藤さんは高島平団地の住所を指差した。

「さっちゃんは母方の従妹なの。母方の親戚で生き残っているのはわたしと彼女だけだし、ふたりとも東京に住んでいたんだけど、あんまり親しくなくて。電話してみたけど不通になってるし、この住所に出した手紙は帰ってきちゃうし、いまどうしてるのかさっぱりわかんないのよ」

九州にある母方の祖母の家が問題なのだ、と須藤さんは説明した。祖母は二十年前に亡くなったが、その直後に須藤さんの母親が倒れ、祖母の家は相続の手続きもとらずに放ってあった。祖母の入っているお墓があるお寺には毎年、盆暮れとお彼岸にお花代と管理費を送っており、たぶんそこを自治体が調べたのだろう。祖母が住んでいた空き家の管理について、

「ごちゃごちゃ言ってきちゃったのよ」

須藤さんは嘆息した。

「あんなへんぴな場所にある家なんだから、そのまま朽ちていったって誰も困らないと

思うのよ。それを取り壊せだの固定資産税がどうとか、うるさいの。もうね、よっぽど相続放棄しようかと思ったわよ」

でもなんだかそれも責任逃れみたいだし、あとでもう一人の相続人であるさっちゃんともめたくもないし、とにかく一度彼女と話をしたいんで探してもらえないかしら、と須藤さんは言った。

費用の説明をしたが、須藤さんは気にしなかった。

「祖母の形見分けのときに壺をもらったんだけど、それがあとでけっこう高く売れたの。そのお金をなにかのときのためにってとってあったんだわ」

こういうときのためよねえ、と須藤さんは言って、前金にと現金で十万円くれた。

こうも早く次の仕事が舞い込むとは思っていなかった。〈白熊探偵社〉と看板を出したところで、ミステリ専門書店付きの探偵社に調査を依頼する物好きなどいないと思っていたが、案外そうでもなかったわけだ。須藤さんは以前からうちでよく本を買ってくれ、わたしとも言葉を交わすようになっていた。外聞をはばかるわけでもない調査なら、顔見知りの人間に頼むほうが安心だったのかもしれない。

ありがたい話だ。このところ不運続きの葉村晶に、ついに運が向いてきたのかもしれない。

翌朝、角野史郎に渡す報告書その他と返却する預かり金を持って、八時過ぎには家を出た。四十肩がひどく痛み、車の運転は危ぶまれるので歩きだが、左肩にバッグがかけられない。それどころか息をしても痛い、という状態なので、冷湿布で肩全体を覆い尽くしており、自分でもかなり匂う。この湿布はその昔、祖母が愛用していた。なんだか、死んだ祖母を肩に乗せて歩いているような気になってきた。

角野に会って渡すものを渡し、西荻窪から中央線で新宿に出た。東京は少し郊外では南北に移動する手段がバスしかない。しかしバスの乗り継ぎで高島平まで出るのは面倒くさい。おまけにこの左肩では、バスの揺れに耐えられる自信もなかった。

地道に山手線、都営三田線と乗り継ぎ、一時間以上かかってようやく高島平団地にたどり着いた。それと知られた巨大団地を訪れるのはこれで二度目。最初は確か、二十五年ほど前、大学時代にバイトに来たのだ。四半世紀か。猛暑のせいではなくて、団地の中にいると谷底から山を見上げている気になるからだけでもなくて、めまいがした。

とりあえず、年賀状にあった最後の住所に行ってみることにした。今日もいやというほどよく晴れていて、谷底には陽炎《かげろう》が立っていた。ひとけはない。

キオスクで買っておいた水をすっかり飲みきった頃、番地の建物にたどり着いた。中に入ろうとしたとき、どこかでドアの開閉音が聞こえ、やがて日傘片手に出てきた女性がいた。駆け寄って、軽く自己紹介し、尋ねた。

「以前、この団地に住んでいた石塚幸子というひとを探しているんですが、ご存知ありませんか」

女性は目をぱちくりさせた。

「石塚幸子なら私ですけど」

3

　七年前、空きが出たのでそれまで住んでいた七階から一階に引っ越したのだ、と石塚幸子は言った。当時、夫が患《わずら》っていて、たびたび救急車を呼ぶことがあったため、そうしたのだそうだ。その後、夫が死に、さらに一階の別の部屋に引っ越したのだという。

「この部屋のほうが一人にはちょうどいい広さだったし、ま、気分転換にね」

石塚幸子は麦茶をいれてくれながら、笑った。須藤明子のほうが背が高く、石塚幸子のほうが二十キロほど体重が多めに見えたが、ふたりとも笑顔がよく似ていた。

「その二度目の引っ越しのときに固定電話を解約したんだったわ。そう言えば年賀状も出さなくなっちゃって。年取ると、いろいろ面倒なのよね。明子ねえさんからの手紙？　いまはほら、訪問販売とかうっとうしいから郵便受けにもドアのとこにも名前出してないし。あちらはあの一戸建てにずっといるだろうから、いざとなったらすぐ連絡くらいつけられるって、甘く考えてたのねえ」

　わざわざ探偵を雇わせるなんて、ねえさんには悪いことしちゃったわ、と幸子は肩をすくめた。

　石塚幸子の目の前で、須藤さんに電話をかけた。熊本の空港に降り立ったばかり、という須藤さんは、事情を説明すると爆笑した。それでも、一日分の調査費用と経費はとっておいてくれ、ということになった。それならこちらとしても申し分ない。

石塚幸子に電話を代わったが、ほんの二言三言でふたりの通話は終わった。けげんそうなわたしの顔を見て、スマホを返してくれながら幸子が言った。

「親しくないのよ、私たち。明子ねえさんとうちの母親、姉妹なんだけどものすごく仲が悪かったの。だから、伯母さんとこの伯母さんの葬式に私は出てないし、うちの亭主が死んだときもねえさんには報《しら》せてないわけ。ま、九州から帰ってきたら、むこうから連絡してくれるそうだから」

「そうですか」

またしてもこんなに簡単に依頼が片付くなんて、幸運期がやってきたのだろうか、と思いながら、来たルートをたどって吉祥寺に戻った。お盆前の日曜日、かなりの人出だった。ちょうど十二時だしランチをとろうと思っていたのだが、どこも満席だろう。アトレでシウマイ弁当を買って〈MURDER BEAR BOOKSHOP〉に行った。日ざしがキツく、折りたたみの日傘をさしたかったが、右手しか使えない。持ち慣れたショルダーバッグが重く感じられた。

店に戻ったら冷湿布を取り替えよう、いや、氷嚢《ひょうのう》を作ろう、と思いながら店にたどり着いて、驚いた。店舗はモルタル二階建てのアパートをリノベーションしたもので、二階の外廊下の下が一階部分の通路になっている。そこに、数人の客がたむろしていた。

「どうしたんです？」

加賀谷をはじめとする常連客たちだった。よほどヒマなのか、行く場所がないのか、昨日も二階で見かけた連中ばかりだ。

「どうしたんですって、葉村さんを待ってたんですよ。開店は十二時でしょ。そっちこそなにしてたんですか」

本来、角野から依頼された調査をするために、今週一週間、わたしは店には出ないことになっていた。そのために加賀谷の友人で、十八歳のくせに高木彬光のファンとかいう大学生をバイトに雇ったのだ。その彼に、

「今日から来てもらうことになってるし、仕事の説明や鍵の受け渡しのために富山さんも出てくるはずでしょ」

「それがその」

加賀谷がばつの悪そうな顔をした。

「その友人、浅川《あさかわ》っていうんですけど、急にお盆には故郷《くに》に帰ることになったって、昨日の夜に連絡があったんです」

なんだそれ。

外でしゃべっていたせいか、またどこかで窓が開く音がした。糸永家のバアア様の声が聞こえてくる前に、ともかくも二階を開けて冷房を入れ、コーヒーメイカーをセットして、待っていた連中を中に入れた。暑いなか待たされた、と彼らは文句たらたらだった。土日は昼からサロンを開放、とホームページでうたっているくせに、なんだよ。

聞こえないふりをした。ゆうべのうちに富山には、須藤さんからの依頼についてメールを入れておいた。返信はなかったが、逆に言えば、店を開けろとも指示されていない。わたしのせいじゃないやい。

むかっ腹がたったので、店を開けるのは後回しにして、二階の冷蔵庫から氷を取り出し、ビニール袋に詰めて一階に下りた。レジの椅子に座って肩を冷やしながら、富山に電話をかけた。

「ああ、やっと店を開けたんですね」

開口一番、富山は言った。

「常連の方たちからお叱りメールが入っているんですよ。困りますね、日曜日は十二時には開店してもらわないと」

「ゆうべ、今日は別の調査依頼を受けて出かけるって連絡しましたよね。いまここにわたしがいること自体、ものすごいラッキーなんですっ」

「いろいろ参りましたよ」

富山はため息をついた。

「顔合わせのときは浅川くん、ミステリ本屋でバイトなんて嬉しいです、なんて言ってたくせに、実家に帰らなくちゃいけなくなった、って突然、逃げましたからね。しかも、昨日は川越まで買い取りの依頼で出かけたのに、その家が見つからなくて熱中症になるし。葉村さんは開店時間を守ってくれないし」

「だから、そんな指示は受けてませんってば……熱中症？」

「救急車で運ばれて、点滴一本ですぐに帰れましたけど。そんなわけで今日は店には出られません。明日の月曜日は夜からイベントなので、絶対に行きますが。そうだ、葉村さんも明日は五時までに来て、イベント用の書籍コーナーを作ってくださいね」

いろいろと言いたいことはあったが、救急搬送されたんじゃしかたがない。通話を終えるとワゴンを出し、常連に負けず劣らず不満げな看板猫に餌と水を与え、肩にタオルを乗せ氷嚢を当てた格好でレジに座って、シウマイ弁当を食べた。顎を動かすだけで肩に響く。経木《きょうぎ》の香りのしみついた、硬めのごはんをよくかんで食べるのが好きなのだが、半分ほどで我慢できなくなった。

たかが四十肩だと甘くみていたが、これはひどい。セルフ・メディケーションでなんとかなるのか、不安になってきた。しかし、行きつけの整形外科はお盆休みで一週間以上、閉まっている。それに、医者に行けば治るとも思えない。そんなに簡単に治るなら、ネット上にこれほどたくさん、四十肩の民間療法が出ているわけがない。

動けない痛みでレジに座ったきり、なにもできずに午後がすぎていった。夕方近くになって、雷鳴が轟《とどろ》き、大粒の雨が叩き付けるように降ってきた。屋根の下とはいえ、ワゴンが濡れる。急いで店に入れる作業をしたら、さらに左肩が痛み出した。にもかかわらず、雨は十分ちょっとでやんで、あたりは静かになった。

夕立のおかげで涼しくなり、外食しようと街に出る家族連れなど、ぽつぽつと客がやってきた。〈サマーホリデー・ミステリ・ミニフェア〉のうち、パトリシア・モイーズの『死の天使』、ピーター・ベンチリーの『ジョーズ』、ジョルジュ・シムノンの『メグレのバカンス』、有栖川有栖の『月光ゲーム』が売れた。

シムノンを買ってくれたのは、ご近所の鈴木さん夫妻だった。ふたりとも元教師で、八十歳をすぎているはずだが、夫婦そろってよくしゃべる。

「サマーホリデーといえば、イギリスでのバカンスを思い出すわ」

鈴木妻が微笑み、夫が重々しく言った。

「このひとが言い出しっぺで田舎に行ったんだ。遠目には絵のように美しいマナーハウスに泊まったが、ひどかった。飯はマズい。カーペットは犬の毛だらけ。お湯は出ない。なのに目の玉が飛び出るほど宿泊費が高い」

「天蓋付きのダブルベッドに寝たのは、後にも先にもあのときだけでしょ。あたしは感動したわ。お姫様気分が味わえたんだから」

「カビ臭くて窒息しそうだった。あんな体験は一度で十分だ」

「本場のティータイムを体験できたじゃないの。焼きたてのスコーンに本物のデヴォンシャークリーム」

「しなびたキュウリのサンドイッチ」

「サーモンのパイ。一口サイズでビックリするほどおいしいの」

「私の分まで、このひとが食べたんだ」

「濃くて熱くておいしいお茶。なぜかしらね。マネしようと思っても、うちでは絶対イギリスのお茶の味にならないの」

「こうやってこのひとは、アフタヌーンティーに出かけさせようとしている」

「招待していただいたのよ。この時期はお客さんが少ないから、賑《にぎ》やかしにもなりますしって」

鈴木妻が微笑み、夫は仏頂面になった。

「昔からタダほど高いものはないという。下手な好意に乗せられると見返りを求められるかもしれないから、私はいやだと言った。なのにこのひとときたら、サブリミナル効果を狙って、毎日のようにアフタヌーンティーの話だ。おかげで明日の午後は、この暑いのにお出かけだ」

肩に響くのを承知で、笑わずにはいられなかった。

「あなた、こちらに聞いてもらいたいことがあるんじゃないの？」

鈴木妻が微笑み、鈴木夫がそうだった、こちらは調査の仕事もしていると聞いたが、と訊いてきた。〈白熊探偵社〉の名刺を渡して概要を説明すると、夫が、では仕事を頼みたい、と言った。

「まずはこれを聞いてもらいたい」

鈴木夫がスマホを操作して、差し出した。若い男の声が始まった。

『もしもし？　ボクだけど』

鈴木夫が、鼻にかかったような声で、ふわあ、というような返事をすると、男は続けた。

『ちょっと困ってて、助けてほしいんだ。いま、吉祥寺の飲み屋なんだけど財布を落としたみたいで、支払いができなくて。これから友だちが行くから、現金を渡してもらえないかな。できれば三十万がいいんだけど、手持ちがなければ十万でもいい。でないと、店から出してもらえなくて』

鈴木夫が、代金は支払わなければならないが、店から出してもらえない、というのは監禁されているのと同じで問題だ、と言った。警察に連絡したらどうかね。

ここで急に別の人間が割って入った。若干、ドスのきいた男の声だ。

『ああ、電話代わりました。あのねえ、ことを荒立てたくはないが、無銭飲食も立派な犯罪です。警察沙汰になったら、こっちだって客商売なのに大迷惑だし、そうなったら無銭飲食の被害届を出して、徹底的に戦いますよ。こいつに前科がつきますよ。犯罪者になって人生を棒に振りますよ。困るのはこいつのほうだ。そこんとこ、わかってんですかねえ』

いや、わからない、と鈴木夫は答えた。払う意志があるんだし、逃げたわけでもないのに無銭飲食の罪は成立しないと思う。警察も同じ意見だろう。とりあえず、一一〇番するから店の名前と場所を言いなさい。

とたんに、ぶつっと音をたてて通話は終わった。鈴木夫はご褒美を待ちかまえる犬のような顔つきで、わたしを見た。

「すごい。よく録音できましたね」

「固定電話に録音装置をセットして、すべての通話を録音している。今の世の中、油断できんからな」

「このひと、前に中学の同級生からの電話で、投資詐欺にひっかかりそうになったのよ」

鈴木妻がばらした。鈴木夫がむっとしたようになにか言いかけたので、慌てて割り込んだ。

「これ、いつかかってきた電話なんですか」

「五日前の夜中だ。我々はもう寝ていた。おかげで頭が働かなくてね。友人とやらを家にこさせ、同時に警察を呼んで逮捕させるべきだった。まあ、そうしなくてよかったのかもしれないんだが」

「どういうことです？」

「電話をかけてきたのは、このひとの教え子かもしれないのよ」

鈴木妻が言った。鈴木夫はうなずいて、

「大隣正樹《おおどなりまさき》ってコの声に似ているんだ」

鈴木夫は定年退職後、三鷹にあるフリースクールでボランティアをしていた。そのときの人脈で学習支援のＮＰＯなどから声がかかるようになり、数年前まであちこちの教室で教えていた。大隣正樹とは七年前、家の近所で開かれていた無料の学習塾で知り合ったのだという。

「両親が離婚して、母親は仕事を掛け持ちしていた。高校受験の勉強で来ていたが、そもそも栄養がたりていないようで、十五歳だというのに小学生に見えた。それで、休みで給食のないときなど、よく飯に誘った。そんなわけで彼のことは、ふたりともよく知っている」

高校に入学してからも、しばらくは連絡をとりあっていたのだが、その後、母親が亡くなり、大隣正樹も引っ越していった。二年ほど前に、一度だけ電話があった。調理師免許をとって働いているという内容だったが、どこの店かについては言葉を濁した。しばらくしてから、その学習塾の同窓会をすることになって、かかってきた番号に折り返してみたが、通話はできなくなっていた。

「言葉遣いとか礼儀作法とか口を酸《す》っぱくして教えたが、うまくいかなくて、正樹くんのしゃべり方もこんな感じだ。声も彼に似ている」

要するにこの通話が、正樹くんからの本物の借金の申し込みなのか、声が似ているだけの〈助けて詐欺〉なのか、わからないわけだ。

「警察に相談しようかとも思ったが、事情がはっきりしてからのほうがいいと思ってね。ただの勘違いかもしれないし。それに、万一のときのために、正樹くんの事情を本人の口から聞いておきたい」

「わたしたち、彼のことが心配なのよ」

「どうだろう。大隣正樹くんがいまどこでどうしているか、調べてもらえないだろうか」

次から次へと依頼の連打。どうなっているんだか。

わたしは内心驚きつつ、こちらの条件を提示し、こういう仕事は大手の探偵社に頼んだほうが、結果が早く出ると説明した。が、鈴木夫は首を振った。

「彼が無実だったら、詐欺の疑いをかけたことを知られたくない。それに、探偵の知り合いはこちらだけだ。まずはあんたに頼みたい」

そう大金も払えないので、とりあえず一日だけ調べてもらい、長くかかりそうだったらそのときまた考える、と鈴木夫妻は言って、十万円を差し出してきた。

となれば、断る理由はない。大隣正樹について、知りうるかぎりの情報を書き出してくれるように頼んだ。鈴木夫妻はいったん帰っていったが、閉店時間に戻ってきて、情報を大隣正樹の写真と一緒に持ってきてくれた。書き出してくれと言ったら、本当に手書きだった。夫が書いたのだろうか、教師生活四十年のわりには読みにくい字だ。

帰ってゆっくり読むことにした。ともかく肩をどうにかしないことには、調査に集中できない。

帰宅してすぐにシャワーを浴び、食事をしていつもより早くふとんにもぐりこんだが、熱帯夜のこの日、四十肩と調査や店番の疲れで体力を消耗しているはずなのに眠れなかった。少しまどろんでも、寝返りを打ったとたんに痛みで目が覚める。その繰り返しだ。カーテンの向こうがうっすら明るくなってきたので、あきらめて起きた。大隣正樹の情報を苦心惨憺《さんたん》読みこなし、ついでにネットで検索をかけてみた。

すぐにヒットした。大隣正樹は一昨日、詐欺グループのひとりとして調布東警察署に逮捕されていた。

4

大隣などという名前がそうあるとも思えなかったが、同名異人の可能性もゼロではない。日が高くなるのを待って、調布東署の知り合いに電話をかけることにした。事情を説明すると、刑事課所属の捜査員・渋沢漣治《しぶさわれんじ》は、暑いわ忙しいわで寝てないのに、またまめんどくさいことを、とうめいていたが、調べて折り返し連絡をくれた。

「本籍地、生年月日、すべて一致してる。間違いない。葉村の大隣正樹は、こっちの大隣正樹だ」

「ネットには、青森県の八十代の女性から六百万円をだまし取った疑い、って出てたけど」

「そう。とりあえず、上京型の『母さん助けて詐欺』容疑で逮捕されたんだが、実はそれだけじゃないんだ。詐欺グループの内部分裂があってな。相手側を四人、山中に拉致《らち》って集団でぼこり、崖下に蹴り落として置いてきた。ひとりは自力で下山したが、ふたり死んで一人行方不明になっている。大隣正樹のほうの一派は、山中での暴行事件が明るみに出る前に、この元は仲間だった連中の親にまで電話をかけて、金を持ってこさせたんだから性悪だよ。しかも詐欺に気づいた親には、あらかじめ用意しておいた、息子が詐欺電話をかけている隠し撮り動画を見せて、警察に言うならこいつをネットに流す、とさらに脅迫したらしい」

うわー。

「実際に、連中を崖から蹴り落としたのは大隣正樹ってことで、他のメンバーの供述は一致してる。大隣ってのは名前に反して小柄で童顔だが、そういうやつにかぎって、意外に冷酷なんだよな」

その先生たちには気の毒だが、じきに殺人罪で再逮捕だろう、と渋沢は言った。

遅まきながら渋沢には、お中元にビールの詰め合わせくらい贈っとくべきだな、と思い、盛大に感謝して電話を切った。例の六日前に鈴木家に入った深夜の電話については、もちろん話していない。

あの電話は本当に飲食店でトラブり、助けを求めてのものだったのかもしれないし、詐欺の一環だったのかもしれない。そのへんの事情はわからないが、鈴木さん夫妻からの依頼は、大隣正樹がいまどこでどうしているか調べてほしい、というものだった。ならば、これで依頼はまっとうしたことになる。詐欺罪で逮捕され、調布東警察署に勾留《こうりゆう》中。以上。

またも午前中に調査が終了した。これで七万円は受け取れないな、と思いながら、湿布を張り替え、バッグの中身を極力、減らして家を出た。歩くと痛むので吉祥寺までバスを使うことにしたが、月曜日のバスは混んでいた。降りるとき乗客と左肩が触れた。涙が噴き出した。

鈴木さん夫妻はふたりとも家にいた。詐欺の覚悟はしていたようだが、さすがに殺人の容疑には驚いていた。夫婦は、すぐにでも調布東警察署に出向いてみる、と言った。担当者に話をきいて、場合によっては弁護士の手配など考えなくてはならない、なんなら直接会って罪を償うように説得もしたい、と鈴木夫が言い、妻もうなずいた。

「ティールームのご招待が今日だったのだけど、それどころではないもの。残念だけど」

「そもそも招待を受けたのが間違いだったんだ。これで断る口実ができた。むしろよかったんだよ」

「葉村さん、勾留中にお弁当って差し入れできるものなのかしら。正樹くんはスコッチエッグが好きだったわ。それにチキンライスにタコさんウインナー」

「ちゃんと野菜も入れてやりなさい。健康が第一だ」

ショックはショックだったのだろうが、やるべきことができたせいか、なんだかふたりとも生き生きしてみえた。わたしは、なにしろ部屋から一歩も出ずに解決してしまったので、と料金のディスカウントについて話そうとしたが、鈴木さん夫妻は聞かなかった。約束は約束だ、というのだ。結局、経費なしで七万円の支払いを受け、その場で領収書を切り、預かっていた十万円から三万円を返却した。

鼻歌まじりに鈴木家を辞し、〈MURDER BEAR BOOKSHOP〉に移動した。朝の気象情報に猛暑日の太鼓判を押され、覚悟はしていたものの、それ以上に暑かった。日ざしに加え、熱風がアスファルトから吹き上がってくるようだ。

ぎらつく太陽のもと、見渡すかぎりひとけはない。普段も人通りの少ない住宅街だが、暑さとお盆によりさらに静けさを増していた。留守宅が多いせいか、エアコンの作動音すら聞こえない。

その静寂《せいじゃく》のあいまに、鈴木家のふたりが慌ただしく支度《したく》をしている声や、篠田家で飼っている鳥の鳴き声が、いつもより明瞭に聞こえた。せいぜい物音に気をつけながら店の戸を開けたが、二階の窓のところに立っていた糸永家の主《あるじ》である町内会長と目が合ってしまった。

平日に店舗を訪れる客は少ない。通常、月曜日と火曜日が休みだ。ただ今日は、夜七時からイベントがある。容疑者に刺されて重傷を負い臨死体験をした元刑事の作家、医学用語を用いた犯罪心理学的な短歌で注目される元看護師の歌人、この店の共同経営者でもあるテレビ・プロデューサーの土橋保の三人による〈怪奇夜ばなし〉という納涼イベントだ。灯りを消し、ローソクをともし、声をひそめての怪談。応募が殺到し、夜には二十五人の客が来店することになっていた。

イベントのために来ると富山は言っていたが、怪奇小説を選んでミニ・コーナーを作ったり、発注しておいた飲み物を受け取ったり、椅子をそろえてサロンを整えたり、やることはいくらでもある。五時には出てこなくてはならない。現在、十一時過ぎ。またバスに乗り、家に戻って出直す、と考えただけで肩が痛む。

準備で時間をつぶすことにした。店に電気をつけ、扉と小窓を開け放して風を通した。サロンに行って冷蔵庫から水と餌を出して店の看板猫に与えた。

ついでに庫内を探してみると、常連客のお土産の〈小田原焼〉についていた保冷剤と、三ヶ月前、あばらにひびがいったときに病院で処方された痛み止めの錠剤が見つかった。保冷剤をタオルで巻き、冷房対策用のスカーフを利用して左肩に巻き付けた。見るもあわれな姿になったが、帰りはこの格好でバスに乗ろう、と決めた。緑色ではないが、気づけよ危険、と触れ歩いているようなものだ。

糸永家のほうから、せっかくのご招待だが、どうのという鈴木さん夫妻と糸永町内会長の会話が聞こえていた。わたしは一階に下りてごく小さな音量でラジオをつけ、〈サマーホリデー・ミステリ・ミニフェア〉のコーナーを片づけて、本日のイベント用の書籍コーナーを作る作業に没頭した。イベントのゲストたちの著書、怪談やホラー小説の類《たぐい》を本棚から探し出して集めるのだ。

なんてことのない仕事だが、片手では本を棚から取り出すのも辛い。ひとりしかいない店でエアコンをつけるのもはばかられて扇風機だけだから、なにしろ暑い。汗を流しながら、休み休み、少しずつ本を集めた。途中で買ってきたサンドイッチを食べ、ラジオから流れてくる関東地方のニュースに耳を傾けた。

暑い、暑さが続く、猛暑日、熱中症で搬送者が増え続け、高齢者の死者、といった聞き飽きたワードが一段落すると、興味深いニュースが始まった。

一昨日、川崎市の第二京浜道路で乗用車を運転していた男性が、バイクに乗った二人組に暴行を受けて重傷を負った事件で、神奈川県警は千葉県内に住む三十八歳の女を傷害容疑で逮捕した。

調べに対し女は、「以前、娘が男性の飲酒運転により重傷を負った。最近、交通刑務所から出所した男性が飲酒運転を繰り返しているのを知り、恨みから犯行に及んだ」と供述しており、警察は、引き続き共犯者などについて慎重に調べを進めている……そうな。

やっぱりね、と痛み止めを水で流し込みながら、わたしは思った。「あの男を恨んでいるのは、自分たち一家ばかりではない」という角野史郎の考えが当たっていたわけだ。まさか襲撃者が女性とは思わなかったが。手慣れた犯行、板についたバイクの二人乗り、革のツナギ姿。若い頃はずいぶんと暴れ回ったクチだろう。袋田浩継もえらい相手を怒らせたものだ。

痛み止めが効いてきて、昼食後はずいぶん動きやすくなった。思いついて、レジの裏にある倉庫から〈骨ミステリ・フェア〉の際に使ったプラスティックの人骨標本を持ち出し、〈クリスマス・ミステリ・フェア〉のときに使った電飾をからませ、『恐怖の愉しみ』『幻想と怪奇』『怪奇と幻想』『闇の展覧会』といった基本書と一緒に飾り付けることにした。入手困難な『慄然の書』を簡単には手の届かない高い場所に苦心して配置し、個人的にごひいきのアンソロジー『怪奇小説傑作集1』をどこに置こうかと考えていると、ノックの音がした。

〈CLOSED〉の札をかけて開け放した戸口に、近所の住人が立っていた。糸永家の主にして町内会長、糸永静男氏だ。

「お仕事中申し訳ないが、ちょっといいですかね」

糸永会長は複数のレストランを経営しているオーナーシェフと聞くが、職業柄か、元はふっくらした頰に丸く突き出た腹の持ち主だった。医者とシェフはメタボのほうが安心感がある、という言葉を裏付けているのか店は大繁盛、ご近所さんの信頼も厚く、面倒見がいい。町内会長に選ばれて、ずいぶん長いと聞く。

そういえば、うちが移転開店するにあたって、ご町内と軽くもめたと聞いている。本屋とはいえ不特定多数——実際には不特定少数だったが——の人間が出入りすることになれば、静かに住む権利を侵害されるかもしれないと考える住民が現れても不思議ではない。しかし、この糸永町内会長が間に立って口をきいてくれたおかげで、〈MURDER BEAR BOOKSHOP〉はこの地でスタートできたのだ。

それを思えば、むげにはできない。

「どうぞ。暑いですけど」

首に巻いたタオルで汗を拭き、招き入れた。

「エアコン入れてないんですか」

店内に足を踏み入れて、会長は開けっ放しの小窓に気づいて顔をしかめた。

「うちのエアコン、作動音がすごくてご迷惑ですし」

「ダメですよ。暑い中作業して、熱中症で倒れたらどうするんですか。エアコンは入れるべきです」

しかたがないので店中をめぐり、小窓とドアを閉め、エアコンのスイッチを入れた。前の店舗から持ってきた古い業務用のエアコンが、やがて音を立てて作動し始めた。冷風が噴き出すのを待つ間、会長は黙って店内を見回していたが、やがて口を開いた。

「先日、昔の知り合いに会いましてね。娘さん夫婦と同居するため、家を建て直すことにしたそうです。で、それを機に本を処分するつもりだとか。それで私、こちらを紹介したんです。まあ、本人は自分のなじみの古本屋に任せたいと言ってるんですがね」

「はあ」

「でも、直接訪ねてみたらどうでしょう。買い取りの金額によっては、交渉の余地があるかもしれません。彼は私の知人のなかでも一二を争う読書家で、電車の中でよく時代小説や推理小説を読んでました。ベストセラー・リストに載った本は、必ず買っているんじゃないかな」

会長は、ミステリファンでなくても名前くらいは聞いたことがあるだろう推理作家の名前をいくつか挙げて、彼の自宅にはこういうひとたちの本がたくさんありましたよ、と言った。

　どうだと言わんばかりだったが、返事に困った。言うまでもなく、そういう有名作家の著書は世の中にあふれている。うちの裏の倉庫にもてんこもりだ。よその古本屋の縄張りを荒らしたあげく、すでに持っているか、別の場所でも簡単に入手可能な本を大量買いしたりすれば、うちはつぶれる。

「今すぐに行くべきですよ」

　どう説明しようかと考えていると、会長は身を乗り出した。

「こんな日にわざわざ足を運んでくれた、ということになれば、こちらに売ってくれるかもしれませんよ。早く行ってみるべきです。住所、書きましょう」

　紙ありますか、とボールペンを取り出して糸永会長は言った。

　そのボールペン……。

　まだ店内は十分に暑かった。わたしは汗ばんだ糸永会長の顔と、彼が手にしたボールペンを眺めた。ついで手の届くところに置いてあった『怪奇小説傑作集1』を見た。つい今しがたまで、この本をどこに置こうかと考えていたのだ。大好きなアンソロジー。特に好きなのはW・F・ハーヴィーの「炎天」という短編で、これは「息がつまるような暑さ」の日に起きた物語で……。

　エアコンの作動音が一瞬、やんだ。これまでこの店では味わったことのない静けさが、わたしを包んだ。耳のふちまで水がたっぷり入ったような、外界と遮断された静けさだった。

気がつくと、わたしは自分でも思いがけないことを口走っていた。

「糸永さん、お母様はご無事なんですか」

5

〈MURDER BEAR BOOKSHOP〉八月の納涼イベントは大盛り上がりだった。怪談のよしあしはお話の内容ではなく語り口で決まるのだな、とサロンの隅っこで〈怪奇夜ばなし〉を聞きながら思った。その点、ゲストふたりと土橋の演技力はかなりのものだった。ローソクがひとつひとつ吹き消されていくうちに、イベント参加者は恐怖のあまりゲラゲラ笑い出していた。

おかげで、イベント用の書籍コーナーの本は飛ぶように売れた。『慄然の書』にはなかなかの値段がついていたにもかかわらず、最後は取り合いになった。次に見つけたときには真っ先に連絡するから、とじゃんけんで負けたほうを富山がなだめ、殺戮《さつりく》沙汰はなんとか回避された。

客たちを送り出し、ゲストを送っていくという富山や土橋と別れた後、わたしは片づけをして店を閉めた。ゴミ袋を持って外に出ると、裏の篠田家のほうからにぎやかな笑い声が聞こえてきた。夜になって、でかけていた家族が戻ってきているのだ。向かいの鶴野家にも久しぶりに家中に灯りがともり、昼間とうってかわって街はひそやかな活気に満ちていた。

糸永家をのぞいては。

あのとき、糸永会長はこめかみから汗をしたたらせながら、わたしを凝視した。せいぜい五秒かそれくらいの時間だったが、とてつもなく長く感じた。否定されたら、怒り出したらどうしよう。わたしの考えは飛躍していた、それはわかっていた。最初の依頼人・角野史郎と糸永静男が持っているボールペンが、同じ〈日本お散歩振興協議会設立三十周年記念〉と刻印されたもので、ふたりが知り合いの可能性が高かったからといって、会話の流れを断ち切って、あのわめきちらすバア様の安否を確認したのはなぜか、問いただされたらどうしよう……。

でも結局、糸永会長はひとことも口をきかなかった。エアコンがようやくまともに作動し始め、店内がどんどん冷えていくのに、会長の汗は止まらず、顔は真っ赤で、やがて青ざめていった。何度か口を開いたが、言葉は出てこなかった。

そして、無言のまま店を出て行った。

ひとりになると、わたしは何本か電話をかけ、知りたい情報を手に入れた。そうしているうちに、救急車のサイレンが聞こえ、お隣で停まった。外に出てみると、やがて糸永家の玄関が開き、ストレッチャーが運び出されてきた。生理食塩水の点滴を打たれているところからすると、まだ生きているのだろう。

野次馬はひどく少なかった。炎天下だからというだけではなく、そもそもご近所にひとがいないのだ。篠田家は家族全員、昼間は外出する習慣だし、鶴野家ではご主人が再就職して勤めに出、娘さんは留学中、奥さんは母親を連れて二泊三日で湯治。帰ってくるのは今日、月曜日の夜になる。

一人暮らしの須藤明子さんはお盆につき書道教室を閉めて、九州に墓参りに行っている。須藤さんちの前の田河家は一家でハワイ。鈴木さん夫妻は実際には調布東警察署に出向いているが、そもそもアフタヌーンティーに招待されていたからどのみちここにはいない予定だった。

そして、わたしも。

わたしは角野史郎から依頼された、袋田浩継の行動確認という調査を今日もおこなっているはずだった。娘が重傷を負わされたという三十八歳の女性が袋田を襲ったりしなければ、今日の日中、店にはいなかった。

そうやってご近所が無人になれば、糸永家は家から物音が漏れるのをおそれず、なんでもできた。

例えば、施設から出戻ってきて、大声で息子や嫁をののしり、いびり、聞こえよがしにご近所の悪口を言うバア様に対しても、だ。階段から突き落とし、事故を装うこともできただろう。風呂場で溺れさせることもできた。

ただ、このところ「息がつまるような暑さ」だった。熱中症で搬送される人の数はうなぎのぼりで、高齢者の死者も出ているし、その多くは屋内で発症していると連日のようにニュースでやっていた。だから例えば、窓も開けずエアコンも作動させず、水分も与えずに暑い部屋に放置して、母親を熱中症で殺しても、それが殺人だったなどとは誰にも疑われない。

そのはずだったのだ。

そもそも角野史郎がなぜ、うちのような宣伝もしていない、ていうか、ほとんど活動もしていない個人経営の探偵社を知ったのか。依頼を受けたとき生じた疑問は、糸永静男町内会長と同じボールペンを持っていたことで解消されたように思った。ふたりは知り合いで、糸永会長がわたしを雇うように角野に勧めたのだ。

ことを起こすのに最適なのは今日、月曜日の昼間だった。お盆だし、住民たちはそれぞれの理由で出かけている。居残り組は鈴木さん夫妻くらい、そこで糸永会長はふたりを自分の経営するレストランでのアフタヌーンティーに招待した。「この時期はお客さんが少ないから、賑やかしにもなりますし」と、信頼厚い町内会長に誘われれば、断りにくい。

問題はうちの店だ。ふだんなら月曜日は〈MURDER BEAR BOOKSHOP〉の定休日で無人だ。しかし店の前にはイベント告知のポスターが貼ってあった。実施される月曜日の夜には、大勢の客が集まってくる。となると、その準備のため、昼間のうちに誰かが出勤してきてしまうかもしれない。

補聴器を使っている富山なら、なにかに気づかれても言い逃れができる。それに追い払うのも簡単だ。例えば、ためしに川越の人間だと嘘をつき、古本引き取り依頼の電話をするとか。それでほいほい出かけていくようなら、その後の対応も簡単だ。どうしても月曜日の日中は留守にしてほしければ、また古本の引き取り依頼をすればいい。

バイトの大学生は、少し問題だった。若いし、ミステリファンならよけいなことに気づく可能性はある。

わたしは、加賀谷経由で浅川の連絡先を調べた。水を向けると、彼はあっけらかんと説明した。

「近所の人間だっていうおじさんから、どうしてもそのバイトを自分の知り合いに譲ってほしいって頼まれたんですよ。すごいミステリファンで、お盆の期間だけ上京してくるんだって。事情は自分から富山さんに説明するから、他の知り合いには黙っててくれないかって、バイト代の代わりに十万円もらいました。人助けをして田舎に帰れるし、断る理由がなかったですよ」

さて。

問題はわたしだ。犯行時、すぐ隣に探偵などいてほしくない。追い払うためには調査依頼を持ち込むのが一番だ。そこで、おりしも探偵を探していた角野史郎に〈白熊探偵社〉を紹介した。

ところが予想に反して、調査は半日で終わってしまった。このままでは、月曜の昼間に探偵がいる可能性がある。そこで、須藤明子のことを思いついた。

「ええ、従妹を探してること、糸永さんに相談してたわよ」

問い合わせると、須藤さんはあっさりと答えてくれた。

「そしたら、ご町内のよしみでおたくを雇ったらどうか、って。けっこう強引なオススメだったけど、変な探偵雇ってトラブルになったらたいへんだからって言われたし、町内会長は信頼できるしね」

ところが、須藤さんの依頼もまた、すぐに解決してしまった。糸永会長も驚いただろう。ただしまだ、鈴木さん夫妻と例の電話の一件があった。

ご町内のもめ事やトラブル、解決できないお悩みは、まずは信頼厚い町内会長のところへ持ち込まれる。古くからの住人には特にその傾向がある。お金のかかる探偵にすぐ相談、などとなるわけがない。だから、お悩みのストックがあったのだ。

そこで、わたしに「知人のところへ蔵書を買いにいけ」と勧めたときのように、〈白熊探偵社〉を強く推薦すると——町内会長への信頼、悩み相談をしたという多少の後ろめたさ、ご招待してくれた会長のススメをむげには断れないという状況もあって——、鈴木さん夫妻は思惑《おもわく》通り、わたしに調査を依頼した。

これで少なくとも、今日の昼間くらいは探偵も留守にするだろう。そう思っていたのに、なんと朝っぱらには調査が終わってしまった。糸永会長はそのことを、鈴木さん夫妻がアフタヌーンティーの招待を断るために訪れて、知らされたのだ。

思ったよりもはるかに「有能な」探偵が、店に居座って作業も始めた。エアコンもつけず、窓を開けたまま。糸永会長は焦った。すでに「熱中症計画」を始めていたからだ。いま思えば、街は静かすぎた。高齢の病人がいる糸永家からすら、エアコンの作動音が聞こえていなかった。

糸永会長はついにみずから、〈MURDER BEAR BOOKSHOP〉に乗り込んできた。そして、なんとかわたしを追い払おうとして逆に失敗した……。

救急車に乗せられるバア様に、バッグを持った糸永夫人が付き添っていた。この二ヶ月ほどでずいぶん頬がこけている。直接顔を合わせるわけでもない近所の住人にとってすら、バア様はうっとうしい存在だった。まして近くで面倒をみている人間のストレスは相当なものだっただろう。同情はできた。

ただ、わたしはあの、自分でも思いがけなかった一言を、後悔はしていない。

あとになって、バア様が熱中症で死亡した、と聞かされたら、わたしはやはり不審に思っただろう。屋内で熱中症になる高齢者は珍しくないが、息子夫婦が面倒をみていたのにエアコンが使われていなかった、となれば意図的にバア様を熱中症にしたんじゃないか、と疑ったはずだ。

そうでなくても今回、依頼が連打されたのは糸永静男氏が裏で糸を引いていたためだった、と気づき、その同じ頃に彼の母親が自宅で死んだとなれば、やはりただの病死では納得できなかっただろう。

救急車が出て行くと、糸永静男町内会長は車庫から自家用車を出した。病院に行くのか、それとも……。彼はわたしと目を合わせようとしなかった。

糸永会長は本来、みんなから信頼されるに値《あたい》するまっとうなひとなのだと思う。だから、母親の罵詈雑言《ばりぞうごん》が近所に迷惑をかけているのを恥じ、なんとかしなくてはと思った。それでもご近所の目を気にして、みんなが留守にしているときにしか、行動に移せなかった。あれこれ画策しすぎて墓穴を掘った。小心な、正直者だからこそ、あれこれ考えすぎ、やりすぎてしまったのだ。

早く止められてよかった。わたしは思った。今ならまだ、言い訳は通る。ひとと大罪についての言い訳。例えば、W・F・ハーヴィーの「炎天」のラストの一文のような。

「この暑さじゃ、人間の頭だってたいがいへんになる。」

作中引用「炎天」W・F・ハーヴィー　平井呈一訳『怪奇小説傑作集1』（創元推理文庫）所載

熱海ブライトン・ロック

九月

1

一九七九年（昭和五四年）九月十三日木曜日。熱海《あたみ》はよく晴れていた。

早朝、二十三歳の設楽創《したらそう》は「散歩に行ってくる」と言い残し、滞在中だった知人の別荘を出た。白いバミューダパンツに紺のランニング、チェックのシャツをはおり、別荘備えつけのゲタをつっかけ、本を一冊持っていた。

そしてそのまま、この若き小説家は消えてしまった。

霜月書房文芸新人賞を受賞したのは、大学に入学したばかりの十八歳のとき。処女作『コルデー・シンドローム』は、若者の疎外感をテーマにした物語で、仲間内のスラングを多用し、当時は知られていなかった合法ドラッグやスプリーキルを扱い、「若者たちの直面する孤独な未来を鮮烈に描いた」と評価された。

一般にも知られるようになったのは、受賞から二年後のことだ。十七歳の少年が繁華街で刃物を振り回し、五人に怪我を負わせて自殺した。少年が持っていたのは現金二百三十五円と、繰り返し読んでボロボロになった『コルデー・シンドローム』だった。

事件をきっかけに、設楽創はメディアに顔を売り、時代の寵児《ちょうじ》となった。大学生らに熱狂的に支持され、ライブハウスで開く自作朗読会のチケットは完売。作品はもちろん写真集やポスターも売れた。一方、奔放な物言いで大人世代に嫌われ、出演するたび、苦情の電話でテレビ局の電話回線がパンクした。

薬物の使用疑惑が週刊誌に報じられたこともある。大物女優や十代のアイドル歌手と浮き名を流した。やがて、若手俳優とふたり、多摩川土手で意識不明の状態で発見されるという事件を起こす。俳優は病院で死亡が確認された。

失踪《しっそう》したのは、事件から数週間後のことだった。

彼が門をくぐり、坂道を海のほうへ降りて行くところを、知人は洗面所の窓から見送った。設楽創は前の晩に到着した。初めての熱海だった。

当時、新聞配達をしていた亀田勲《かめだいさお》さん（54）にはこんな記憶がある。九月になって、別荘地の配達先は減っていた。その朝、亀田さんは配達を終えてのんびりとスクーターを走らせ、若い男を追い越した。

「あの頃の私は、別荘で遊ぶ同世代の若者たちに嫉妬していました」

亀田さんは語った。「逆に言えば関心があった。はいているゲタを見て、H邸の客だと気づきました。朝からお散歩か、いい気なもんだと腹が立ちました」

設楽創は棒キャンデーをくわえ、本を読みながら坂道を下っていた。「疲れていたように見えたけど、後付けの記憶かもしれません」と亀田さんは苦笑する。「マスコミに、自殺の兆候はなかったか、しつこく聞かれましたから」

知人が捜索願を提出したのは、消息不明になってから十日後のことだった。これ以上、世間を騒がせたくなかったからだが、これがあだになった。時間がたち、人々の記憶はあいまいになっていた。熱海東署と海上保安庁が海域を捜索したが、空振りに終わった。目撃情報に一部マスコミが懸賞金を出した。海で見た、山道で見た、ヨットに乗り込むところを見たなど、目撃証言は増えた。しかし発見にはつながらないまま、三十五年の歳月が流れた。

今年に入って作品の復刊が相次ぎ、絶筆となった『後の月』の山英修也《やまひでしゅうや》監督による映画化も決まった。世界はようやく、設楽創が描いた孤独に気づき始めている。

（文芸部・花村亮）

＊ミニ解説『コルデー・シンドローム』表題作はマラーを暗殺した女テロリスト、シャルロット・コルデーにちなむ。主人公は世を浄化するのが天命と思い込むが、なにが悪なのかつかめず、こいつこそ絶対悪だ、と見つけた相手が些細《ささい》な理由で世間の袋だたきにあうのをみるうち、「この世から除かれなくてはならない真の悪を見つけた」として凶器を持ち、銀座四丁目交差点で不特定多数の群衆を「浄化」しようとする。

＊

「葉村さん、記事、読み終わりました？」

店内の本棚をチェックしていた片品桂紀《かたしなけいき》が戻ってきて、ほがらかに言った。

「三十五年前、熱海に消えた若き小説家。……読んだけど。ひょっとしてこの記事、店に飾ってほしいの？」

先月、夕刊の社会面に掲載された記事を切り抜いて額に入れ、片品が持ってきたのだ。長文の記事に写真が数枚、したがって額も大きかった。相当に邪魔だ。

「この記事の反響、大きかったっすよ。まさか設楽創の復刊本が十一刷までいくなんて、ぜんっぜん予想してませんでした。写真のおかげかなあ」

記事には設楽創の顔写真が添えられていた。「ナルシストですが、なにか？」といった類の写真で、いかにも女子の人気を集めそうな美形に仕上がっている。

「あ、それともちろん〈MURDER BEAR BOOKSHOP〉さんが平積みにしてくださったおかげもあります」

片品はとってつけたように言った。

「うちの社長も大変感謝しておりまして、よろしくお伝えしろ、と。設楽創の特別コーナーを作る際には、この記事もご活用ください。あの、中央の飾り棚なんかどうすか。増刷につぐ増刷でも品薄状態なんすけど、こちらが〈設楽創フェア〉されんなら本かき集めますよ。いまの〈風邪《かぜ》ミステリ・フェア〉っすか。面白いけど、売れないっしょ。風邪が出てくるミステリなんか、まとめて読んだらマジ具合悪くなりそうだし」

「設楽創は売れてよかったですね」

お茶を濁したのだが、片品はまともに受け取って胸を張った。

「うちの社長には先見の明があるんす」

片品桂紀の名刺には〈三鷹リテラ社　エディター〉という肩書きが印刷されているが、ライターの仕事もし、写真も撮り、営業もこなしている。三鷹リテラ社が編集し、深交出版が発行しているサブカル系の雑誌「東京ＦＩＸ」の創刊号でウチの店がとりあげられたのだが、そのとき取材にやってきたのが片品だった。それ以来、特集のネタに富山が知恵を出したり、逆にうちのイベントを記事にしてもらったりと、なにかと交流がある。今日も急ぎの相談があるんす、と来店したのだ。ちなみに、手みやげは三鷹名物〈さかい〉の鷹サブレーだった。ことサブレーに関するかぎり、わたしはタカ派だ。多少の自慢話なら、喜んで聞く。

「昨年、設楽創の著作権者だった彼の叔母さんが亡くなりまして。この叔母さん、設楽創の小説が大嫌いだった。失踪宣告ができるようになると、さっさと手続きして死んだことにしたし、復刊も認めなかった。で、叔母さん死去の一報を聞きつけるや、社長は弁護士同道のうえ駆けつけて、通夜の席で設楽創の著作権を買いたた……買い取りました」

片品はだて眼鏡を外し、鼻を鳴らして続けた。

「うちの社長、広告代理店の出でして、売れそうなアイテムに鼻がきくんすよ。本人は直感式マーケティングと名付けて、このタイトルで深交新書から本を出しました。こっちはたいして売れませんでしたけど、設楽創の場合はど真ん中でしたね」

「遺族はすぐにＯＫしたの？」

わたしはあきれて聞いた。

「社長、オリンピックに出たこともあるレスリングの選手すよ。詰め寄られたら、なかなかノーとは言いにくいんすよね。おかげで著作権の移行をすませ、深交出版と相談して復刊し、肖像写真を現在の技術で加工して復刊本の裏表紙に使い、雑誌に取り上げてもらい、山英監督に映画化の話を持ち込み、夕刊にこの記事を書かせた。次は、いよいよ満を持して『東京ＦＩＸ』の設楽創特集っすよ、葉村さん」

「はあ」

　この話、いつまで続くんだろうと思いながら、生返事をした。木曜日の午後八時すぎ。店にいるのは我々だけ。片品に見透かされたように、始まったばかりの〈風邪ミステリ・フェア〉への客足は鈍い。なにか打開策をとる必要がある。さもないと、わたしのバイト代も出なくなる。

　などと考えていたため、片品桂紀の話に置いていかれた。

「……いまなんて？」

「だから、『東京ＦＩＸ』の設楽創特集で〈設楽創失踪の謎に挑む〉というコーナーを担当することになりましたって」

「えっ、三十五年も前の失踪人を見つけるつもり？」

「見つける？　いえいえ」

　片品は鷹サブレーをバリバリ食べながら、手を振った。

「失踪の謎に、挑むんです。失踪の謎を解くわけじゃなくて。大勢が血眼《ちまなこ》で探したのにいまさら設楽創が見つかるなんて、ありえないっしょ。ていうか、ぶっちゃけ、生きて出てこられても困りますよ。著作権はどうなるんだって」

「あ、そうか」

「実はここだけの話、著作権と一緒に社長が買い取ったものがあるんです」

片品はサブレーの粉を床に払い落とし、他に客のいない店内で声をひそめた。

「遺族が叔母さんの遺品整理をしていたら、設楽創の私物が入った段ボール箱が出てきた。で、これも買いませんかと社長に連絡があったんです。パーカーのボールペンとメモ、本が数冊、ボストンバッグや下着類と一緒に、日記が出てきたんすよ」

「すごい発見じゃない。どんな日記？」

「社長が抱え込んで誰にも見せないんすよ。社内じゃ、設楽創の日記じゃすかすかだろうとか、有名人との交流もあったから表に出たらヤバいかもとか、いろいろ噂は飛び交いましたけどね。ともかく、さっき社長に呼ばれて、このメモ渡されたんすけど」

片品はネコの形の紙切れをひらひらさせた。

「社長曰《いわ》く、失踪直前の日記に、この五つの名前が頻繁に出てくるそうなんす。当時、設楽創とは親しかったんでしょうね。ただ、そもそも日記って個人的な覚え書きだし、設楽創は仲間内のスラングを多用する作風っしょ。他人が読んでもよくわからない。なので、日記だけではとても商品にはなりそうもない、と」

だが、失踪事件と絡めれば〈設楽創失踪事件に三十五年後の新事実！〉などと盛り上げる材料にはなる。

「だから片品、この五人に会って設楽創失踪について詳しく訊いて来い、それで記事にまとめろ、と社長に言われて、困っちゃいまして。なにしろ三十五年も前の話だし、居所を調べるだけでも大変だ。ねえ、どう思います？　葉村さんなら、探し出せますか」

差し出されたのを受け取った。ネコのおなかに五人の名前と多少の情報が、角張った文字で書き込まれていた。

航。大学の先輩？　篠田商事
工藤靖生。大学の同級生？　狛江。不動産や
アキフミ。知人。日高薬局息子
西修。霜月書房編集者
イシモチ。アングラ

「多少お金と時間はかかるけど、なんとかなりそう。最後の、イシモチ？　これはどうかなあ」

「さすが」

片品桂紀は拍手のまねごとをしてみせた。

「今度のムチャぶりを受けて、ボクの頭には真っ先に葉村さんの名前が浮かびました。で、社長に進言したんすよ。どうせなら、女探偵をかませませんか、と」

「は？」

「すると社長はのりましてね。それは面白い、熱海その他、設楽創ゆかりの地を、真相を求めて歩く女探偵のグラビアとあわせて記事をデザインしよう。林海象《はやしかいぞう》風にレトロモダンにまとめれば、面白い誌面ができる」

「やだな、ちゃんとしたモデルをたてますって。誌面のレベルを保たなきゃならないんだし。葉村さんにお願いしたいのは、この五人を見つけてインタビューしてくる。それだけっす。データを送ってくれれば、記事はこちらでまとめます」

「だったら、普通のライターを雇えばいいのでは？」

「本当に女探偵が調べている、って設定がいいんすよ。失踪人探しは探偵の仕事でしょ」

片品桂紀はニヤッとした。

「もちろん報酬はお支払いします。それに、特集頁のクレジットに〈白熊探偵社〉の名前を載せましょう。ウチの雑誌と仕事をしたという実績はバカにならないっすよ。仕事のオファーが来るかもしれないし、売り込みにだって使えるっしょ」

本気だろうか。わたしはためしに、だったら前金に十万、と言ってみた。

片品は即座に十万円を差し出してきた。

2

帰宅して、晩ご飯を作った。チキンと野菜を蒸してポン酢と生七味をかけたものをメインに、ゴマと桜えびとおぼろ昆布をたしたインスタント味噌汁を添えた。

食べている途中、眠くてぼんやりした。近頃、いささか不眠気味だ。猛暑をすぎ、よく眠れる季節がきたはずなのに、眠りが浅い。悪夢を見る。疲れがとれない。テレビの健康番組のいうことを聞いて、ご飯をよくかみ、酢を飲み、タンパク質をとり、オリーブオイルをとり、背筋を伸ばして早足で歩くようになった。効いているのかどうか、よくわからない。四十肩の痛みはとれたが、背中に腕がまわらないままだ。

寝しなにブルーライトを浴びちゃいけないんだよな、と思いつつ、下調べのためにパソコンを開けた。

設楽創がブームになっているのは間違いないようで、山ほどヒットが出た。文学愛好家はもちろん、BLがらみの言及が多い。「失踪」「作家」で検索すると、アガサ・クリスティー、アンブローズ・ビアスについで設楽創の名前が現れた。

基礎知識を手に入れた。設楽創、本名は〈はじめ〉ペンネームとしては〈そう〉と読む。一九五六年（昭和三一年）三月二十八日東京都生まれ。父は技術者、母は英語教師の一人っ子。生まれつき身体が弱く、学校も休みがち。家で本ばかり読んで過ごす。やがて地域屈指の進学校へ進んだが、めったに登校せず地元の不良のたまり場に入りびたり、両親ともめて家出。そんな折、両親が自動車事故で死亡する。

保護者となった叔母との折り合いが悪く、学資や生活費以外の小遣いをもらえず、この間、二度ほど本を万引きして逮捕されている。当時の担任だった教師の勧めで小説を書くようになる。一九七四年英豊大学文学部進学とほぼ同時に、霜月書房文芸新人賞を受賞。

受賞当時のインタビューは、こんな感じだ。

『好きな作家？　アルフレッド・ベスター、カート・ヴォネガット・ジュニア、ノーマン・メイラー。アメリカの作家が好きだね。受験英語のテキストで読まされた、イギリス人作家の文章は二度と読みたくないよ。辛気くさくてもったいぶってる。日本の作家？　うーん……紫式部。あ、冗談だって。』

受賞後、長編を二冊、短編集三冊を出版し、二年後、創作活動のため大学を休学。後は、だいたい新聞記事のとおりだ。目を引くのは、俳優との多摩川土手での事件で、あれは心中だったという説と、一緒にクスリを試した結果の事故だ、という説がある。心中説をとるほうは、なにやら耽美《たんび》な妄想をめぐらせているらしく、美形の作家とたくましい俳優がからみあう、美しいイラストがお約束のようについている。

一方、事故説のほうの記事には、俳優の舞台写真が載っていた。演劇集団〈二十世紀怪人マント〉所属の役者で、芸名は〈大晦和気賀《おおつごもりわきが》〉。本名の大津《おおつ》守和《もりかず》をもじった結果、こんなことになっちゃったらしい。腰蓑をつけて全身真っ赤に塗り叫んでいるという、アングラ演劇感丸出しの写真だった。

まあ、ひとは見た目で判断はできない。ふたりは愛し合って死を選んだのかもしれないし、クスリをやっても自分たちだけは大丈夫、という若者特有の傲慢さがこんな結果を招いたのかもしれない。

気になったのは、それがどんなクスリなのか、その記載がどこにもなかったことだ。たぶん、眠剤か抗抑制剤のたぐいだったのだろう。だから死ぬ気だったのか事故なのか、説が割れたのだ。もしくは警察の発表がなかったか、司法解剖されず、薬物が特定されなかったのかもしれない。多摩川土手なら監察医制度のない地域での事件だったのかもしれない。搬送先の病院で医師が適当な死亡診断書を書いて、それで片づけた、ということだろうか。
わからない疑問は棚上げにして、リストの五人を軽くリサーチして寝た。

翌朝、バスで狛江《こまえ》に出た。

工藤靖生。大学の同級生？　狛江。不動産や

情報が多かったこともあって、真っ先にたどり着けた。狛江の不動産屋を調べたら、狛江三叉路近くに店を構える〈工藤不動産〉が出てきたのだ。代表者は工藤靖生《くどうやすお》。現段階では、大学の同級生かどうかはわからないが、まず間違いないだろう。

雑誌の取材なのだから、いきなり押しかけるよりきちんとアポを取ったほうがいい。そう思って、出かける前に電話をかけたが、なにやら混線しているような、変な機械音が聞こえるばかり。しかたなく直接出向いたのだ。

工藤不動産は古い二階建ての店で、店頭に並ぶ物件情報の紙が日に焼けている。窓や屋根の上にさびた電子レンジが十以上もずらりと並んでいた。

店に入ると、禿頭に眼鏡、事務用の袖カバーをしたオヤジがひとり、読書に耽《ふけ》っていた。店内には、チューニングのあっていないラジオが、不快な音をたてて鳴っていた。ぞっとするのを我慢しながら名刺と菓子折りを差し出して、設楽創について、ぜひとも話を聞かせていただきたい、と言うと、オヤジ……工藤靖生は読んでいた本を伏せ、遠近両用眼鏡越しにわたしと名刺を見比べた。

「設楽創？　なんでいまさら探偵が」

「はい、実は」

説明しかけた瞬間、工藤靖生が読んでいた文庫本のタイトルが目についた。C・G・ユングの『空飛ぶ円盤』。ポロシャツの胸には〈I♡UFO〉の缶バッジがついている。

うわー。

取材の趣旨を説明すると、工藤靖生はみるみる不機嫌になった。

「誰がオレに会えと言ったんだ」

「設楽さんとはお親しかったんですよね」

「大学の同級生ってだけだ。いいか。作家なんてものはな、文章のうまい大嘘つきだ。真実を見抜く目なんか持ってない」

「ぜひ、そのあたりのことを詳しく」

「客じゃないなら帰ってくれ。うちは営業中なんだ」

工藤靖生はわざとらしく湯のみを取り上げ、立ち上がって奥へと歩いていった。その姿を目で追うついでに、あらためて店内を見回した。

たくさんの写真が飾られていた。クロップト・サークル。ナスカの地上絵。ロズウェルの宇宙人。インドのサイキックやダライ・ラマ、UFOの権威で知られる元テレビディレクターといった、その方面のお歴々と工藤靖生のツーショット写真。

デスク脇の棚にはオカルト雑誌がずらりと並び、大予言だ警告だといったタイトルのノベルスもぎっしりある。その中にジョン・A・キールの『UFO超地球人説』があった。〈MURDER BEAR BOOKSHOP〉の客に、見つけたら報せてくれと頼まれていた本だ。図書館にもネット古書店にも見当たらない、レアでマニアックなUFO本らしい。

「まだ、なんか用か」

お茶で口をすすいでいた工藤靖生が、店の奥から怒鳴りつけて来た。わたしは手で本を示した。

「すみません、コレクションに見とれてまして」

工藤靖生はいそいそと戻って来た。

「なに、アンタ好きなの」

「詳しくはないんですけど」

「ひょっとして、アブダクションされた知り合い、いないかい？　一度、経験者に直接話を聞いてみたいんだよ」

そんなもんいるか、と言いかけて、言葉を飲み込んだ。

「直接には知りませんが、UFO本コレクターの知り合いがいるんで聞いてみましょうか。見つかったらご連絡しますよ」

工藤靖生は名刺をくれた。見つけたら報せろという客と工藤靖生をマッチングしてやろう。うまくいけば双方ともに幸せになれるし、〈MURDER BEAR BOOKSHOP〉の株も上がる。おまけに話が続けられる。

こういったことを研究されて長いんですか、と切り出し、地球外生命体のレクチャーを受けた。三文SFに出てくるような大宇宙の設定を、口臭のキツいオッサンに長々説明される、というのは拷問に近い。隙を見て、設楽創の話をふったが、工藤靖生は自分の話したいことだけを話すと決めたようで、勝手に話を続けた。

「アメリカのほうの同志とも、ときどき連絡をとりあっているのだがね。彼らはよくロズウェル近くの砂漠で、解放コンタクトをやっているんだよ」

「えーと、それはいったい」

「宇宙人のレシピを元に、人類の脳機能を限界まで高めることによって、銀河系外まで意識を飛ばすんだ。それにより、高度な存在とコンタクトをとる。そして学ぶんだ。人類の未来のために」

さっぱりわからないけど、なんかアブナくない？　と思ったのが顔に出たらしく、工藤靖生はおごそかに付け加えた。

「なかにはそのまま肉体の枠を抜け出て、地球外生命体と合流できる先駆者もいる。彼らが銀河外から我々を守ってくれているんだよ。オレもぜひ、そこに参加したいと思ってたわーけっ。よしっ。よしよしっ、うわっはずれたーっ」

工藤靖生は突然、ラジオに向かって叫び始めた。

「聞こえただろ。いまの」

「えっ、なにが」

「宇宙からのメッセージだよ。最近、太陽フレアの活動が活発化してて、ＵＦＯからの通信もとぎれがちなんだよな。惜しかったよなあ。で、なんの話だっけ」

我に返るのに数秒かかった。

「えーと、そうだ、設楽創さんには工藤さんと違って、真実が見えていなかったんですよね」

「あいつはオレを切り捨てたんだ」

工藤靖生は顔を歪めて、早口になった。

「不動産屋なら、誰にも邪魔されない物件、選びたい放題だろうって、あっちからすり寄ってきたくせに。アンタ、多摩川水害って知ってるか？　台風で多摩川が氾濫して、狛江の家が十数軒も流されたんだ。それから数年しかたってなくて、家賃相場も安かった。でもこっちにだって、親父の目ってもんがある。それでも助けてやった。オレはアメリカに行きたかった。先駆者になれるとこだった。それをあのバカが」

なにを言っているのか、今ひとつわからない、設楽創への愚痴とも悪口ともつかぬ話が長々と続いた。なんとか、割り込んだ。

「工藤さんが設楽さんに不動産を紹介してたんですか」

「失踪ってなんだよ。約束の金、踏み倒して。設楽の叔母さんに掛け合って、貸した金だけは返してもらったけど」

「設楽さんはお金に困ってたんですか」

工藤は濁った目でこちらをじろっと見た。

「アンタさあ、雑誌で設楽のこと取り上げるんなら気をつけたほうがいいよ。叔母さんのところに行ったとき、オレよりもずっとヤバそうな相手がやってきて、設楽をかくまってるんだろう、って怒鳴りまくってた」

「ヤバそうな相手……？」

「三白眼《さんぱくがん》で、眼鏡をかけて、髪をぺったり七三に分けて、首が太くてでかい男。邪悪な気を持った男だった」

「そのひとの名前、覚えてませんか」

「アンタ、オレをなんだと思ってる。一年に一度は邪をはらってるんだ。三十五年も前の邪悪なんて、きれいさっぱり……あっ、こっちかクソ」

工藤靖生はラジオにつかみかかり、周波数ダイアルを回した。ラジオはにわかに明瞭な演歌を流し、次に再びひどいバッド・チューニングになって、バリバリ言い始めた。

工藤は満足したらしく、わたしに視線を戻した。

「一つだけはっきりさせておく。設楽の失踪後、設楽が光に包まれて、伊豆山中から空に舞い上がって行くのを見たという奴が現れた。アンタそれ信じるか」

「いえ、まったく」

工藤は満足そうに深くうなずいた。

「あんな俗っぽい男が、選ばれるわけがない。オレに言わせりゃあいつは自己中心的で、迷惑な男だった。かかわり合ったオレがバカだった」

「だとすると、工藤さんはどうお考えですか。設楽創がどこに消えたのか」

「知るか」

工藤靖生は耳をほじりながら、言った。

「たぶんあのおっかない男に追いかけられて、どっかに雲隠れしたんだろ。いいか。これだけは賭けてもいい。設楽創の失踪に宇宙人は関与していない。絶対に。断言できる」

それはわたしにも断言できた。

3

店を出て、ICレコーダーを確認した。雑音がものすごい。工藤の話の半分も意味がわからない。片品には音声データをまるごと送ることにした。編集者なら、背景音を消すアプリくらい持っているだろう。

近所で少し、聞き込みをした。工藤靖生の幼なじみの八百屋に行き当たった。

オレらが子どもの頃、宇宙人だ超能力だって流行《はや》ったもんだ。ヤスオも好きだったけど、あそこまでのめり込んでなかった。大学卒業間近に親父さんが倒れて、しかたなく家業を継いだら、彼女にふられた。数年後、親父さんが亡くなって、今度こそ夢を叶えるんだってアメリカに行く金を工面したのに、おふくろさんがパチンコで大借金。

それで、いつのまにか、あんなふうに、さ。

八百屋は設楽創の名前すら知らなかった。一般的には有名人のうちに入らないらしい。他にも何人かに話を聞いたが、設楽創を知っているという人間には行き当たらず、設楽創が狛江で不動産を借りたという工藤靖生の話が本当なのか、わからなかった。

正午をすぎたので、近くのファストフード店に入り、ジャンクフードを食べながらこの先の戦略を練ることにした。

リストの次。アキフミ。知人。日高薬局息子

検索したら、ものすごい勢いで情報があふれてきた。九州の一薬局から出発した日高薬局は戦後急成長を遂げ、今では〈日高《ひだか》薬品グループ〉になり、全国六百店舗を傘下に収めるドラッグストア・チェーンになっている。

五年前、日高グループ会長の日高彰文《あきふみ》が数人のAV女優を引き連れて海外に旅行し、子どもたちも遊ぶビーチでいかがわしい行為に及んで逮捕されたと、メディアが大々的に報じた。

児童に対する性的虐待にもなりかねない案件だが、大金を積んで罪をまぬかれた、金は会社から出させた、旅行の費用もAV女優への報酬もすべて会社の金で支払っていた、そもそもこの彰文というのは日高家のどら息子で、殴られて怪我をした社員、鼻を折られたウエイター等暴力を受けた被害者も多い、そのため創業者直系の長男なのに経営権のない会長職に押し込まれた、ギャンブルやセックスの依存症で治療を受けたこともある、なのに日高グループのゴッドマザーと呼ばれる母親がかばい、なかなか解任できない……などなど。裸の美女に取り囲まれてご機嫌で笑っている初老のおっさんの写真とともに、さまざまな噂が一気に流れ出た。

金持ちの家に生まれたというだけで、なんの取り柄も努力もなく、たいへんいい思いをしている男。世間から愛されるわけがない。

今はどうしているのかと思ったら、探偵にとってありがたいことにSNSの依存症になっていた。本名で顔出し、日に数十回もアップしている。おかげで居場所がまるわか

り。現在は千葉のゴルフ場でのプレーを終え、クラブハウスでくつろいでいる。

たっぷりと肥え、オレンジ色のボーダーポロを着て日に焼けた男が、化粧の濃い女の子にカップケーキを食べさせてもらっている自撮《じど》り写真がついていた。あれだけ叩かれてもびくともしない面《つら》の皮の厚さは、さすがというべきか。

アップされた写真を精査した。おつきの者らしいのが数人、映り込んでいる。本人を守るためか、監視役かはわからないが、これではいきなり訪ねていってもつまみ出されるのがオチだ。

片品桂紀に取材した音声データのファイルと、日高彰文へのインタビューの予約依頼を送り、次に移った。**西修。霜月書房編集者**
霜月書房は二十年前に倒産している。バブルのとき、不動産投機に手を出して多額の負債を抱えたのだ。倒産の噂に古本屋が動き、霜月書房発行の書籍には当時ずいぶん高値がついたものだと、富山から聞いたことがあった。

にしても、実績を買われ、出版社を渡り歩く編集者は珍しくない。腕のある編集者なら見つけやすいだろう。

ところが、いくら探しても編集者や出版業界ではこの名前、いっさいひっかからなかった。次の手を考えるしかない。

「西修《にしおさむ》ですか？　なつかしい名前を聞くなあ」

滝沢《たきざわ》イサムはスポーツドリンクをがぶ飲みする合間にそう言った。Tシャツに短パン、ジョギングシューズ。皇居お堀端《ほりばた》、まだ強い九月の午後の陽《ひ》を浴びて、全身から湯気が立ち上っている。

一番身近な元文芸編集者、富山泰之店長に話を聞いたのが正解だった。富山は西修なら会ったことがあるといい、西と同期で、霜月書房の編集者だった人間も知っていた。それがこの滝沢イサムで、現在は退職し、マラソンを趣味にして大会を荒し回っていると噂で聞いたとも、富山は教えてくれた。滝沢は日高彰文同様、居所を自分から喧伝《けんでん》しており、となればつかまえるのも難しくなかった。

見返りなくして情報なし。わたしは初対面の挨拶をすませると、滝沢の鍛え上げられた肉体を絶賛した。実際、還暦をすぎたようには見えない。全身黒光りしているあたり、氷河期でも生き延びられそうだ。

滝沢はほめ言葉をすべて真に受け、いやあ、と言いつつ嬉しそうだった。おかげで、初対面の警戒心がかなり薄らいで見えた。

よし。

と思ったら、いささかやりすぎたらしい。滝沢は突然、道路の脇で仰向けになり、はっ、はっ、と息を吐きながら腹筋を始めた。

「富山さんとこの本屋には、はっ、一度行ってみたいと、はっ、思っていたんですよ、はっ、はっ」

滝沢は言った。ちらちらこちらを見ている。感心してほしいのだ。

「霜月書房といえば、はっ、西修と滝沢イサムだって、はっ、富山さんが言ったんですか、はっ」

ひどいことになった、と思いつつ、「はっ」は聞こえていないことにして、話を進めた。

「西さんについてはなにも。霜月書房が倒産したあと、滝沢さんには仕事の依頼が殺到したと聞きました」

「殺到は大げさだな。担当していた作家からの口添えもあって、すぐ高砂堂書林の出版部に移ることができましたけど。でも、西はそのとき出版業界を去ったんですよ」

「仕事の口がなかったわけじゃないでしょう?」

「それが」

滝沢はくちごもり、腹筋をやめて起き上がった。

「ま、いいか。昔の話だし。あのね、西ってひとは厳しかった。新人作家には特にきつく当たってました。あの頃は今よりもずっと各社、出版点数が少なかった。原稿は手書き、入力も人力となれば、そう簡単には本なんか出せないからね。それに作家にかぎらず、新人は鍛えて当然しごかれて当たり前、って空気がまだまだあった時代です。西にデビュー第一作の原稿を何十回と書き直しさせられて、手首切った新人もいましたよ」

うわー。

「しかも、そこまでしてもめぼしい実績はあげられなかったんです。期待の新人がなかなか大きな賞をとれなかったし、西と大喧嘩してよその出版社に移る新人も出た。しかもそっちで賞をとったりね。なのに大物編集者ぶってるから、すごく評判悪かった。そうだ、昔、失踪した設楽創って知ってます?」

「……ええ」

「彼が蒸発したのも、担当編集者だった西のせいって噂が出たんですよ。西が設楽創の印税を着服したとか」

「着服って、そんなことできるんですか」

滝沢イサムは肩をすくめた。

「霜月書房の経理は乱脈でした。戦後のどさくさに儲《もう》かると思って出版を始めたような会社だし、上はみんな、会社の金はオレの金だと思ってるから、横領を横領とも思ってない。倒産する直前には、小指がない系の方々が取締役に就任してたくらいです。だからやろうと思えばできたんじゃないかな。前渡しをするとか言って経理から金を引き出し、設楽のハンコ、押せばいいだけ。設楽創はいろんな意味でルーズでしたしね」

「西さんって、お金に困ってたんでしょうか」

「元々はおぼっちゃまだったんですよ」

滝沢は汗をタオルで拭くと、はっ、はっ、と呼吸しながら今度はスクワットを始めた。

「大学在学中に父親が事業に失敗するまでは、外車別荘クルーザー、かつてのセレブ三種の神器《じんぎ》を全部持ってたそうです。他はともかく船だけはあきらめられなかったみたいですね。霜月にいた頃も、休みには船に乗って真っ黒になってたし。それに、彼とは二年前、東海道線の中で偶然会いましてね。あれからどうしていたのか尋ねたら、プレジャーボートで暮らしていると言っていましたよ」

「お金かかるんじゃないですか」

「今はそれほどでもないんじゃないかな。居住空間付きの船も中古なら数百万で買えますよ。係留費も都内の駐車代とあんまり変わらないらしいですね。マンション暮らしに毛が生えたような程度の生活費ですむんじゃないですか」

それにしたって、

「二十年前に編集者を辞めて、そのあと西さんはどうしてたんでしょうか。家族だっていたんでしょう？」

「奥さんとは離婚したんですよ。親は兄夫婦と同居してると言ってたし、扶養家族はいなかったはずです」

「じゃあ、退職金と貯金で？」

「倒産したんですよ？　退職金も給料も出ていません。作家さんの印税も原稿料も未払いで、裁判沙汰にもなりました。そういう被害者の怨《うら》みが西に向かったきらいはありますね。作家さんたちが経営陣と顔を合わせることはほとんどありませんが、高そうなスーツ着て、ブランド品を身につけてふんぞりかえってる西には会うわけだから」

滝沢の肉体と絶え間ない努力をほめちぎり、西修について知っていることを残らず聞き出した。よっぽど西が嫌いだったとみえて、滝沢は彼が以前つきあっていたという女性作家やクラブのホステス、不倫相手だった部下の名をあげ、花柳病の治療で通っていた診療所まで教えてくれた。

興味深いが役にはたたない情報をくれると、滝沢イサムは中高年向けサプリメントのコマーシャルに使えそうな、美しいフォームで走り去った。ただ、設楽創の話を聞けたのは収穫だ。念のため録音しておいてよかった。これも片品に送ってやろう。

歩き出したとき、着信があった。〈東都総合リサーチ〉という大手調査会社の桜井《さくらい》という男からだった。

「頼まれてた調べものだけどさ」

桜井は小声で言った。わたしと東都にはささやかな因縁がある。桜井はそのことでわたしに対し、後ろめたい気持ちがあるようで、気持ちよく頼みを聞いてくれる。

航。大学の先輩？　篠田商事
「航海の航という字のつく名前で、一九七八年以前の卒業生。その条件だと、英豊大学の名簿に五人いた。うちふたりが篠田商事に入社してる。一人は戦前の卒業で名前は本山航一郎。もうひとりは七五年卒業の加藤航。〈航〉一文字でワタルと読むそうだ」

設楽創がどれほど傍若無人であり、個人の日記内での呼び方であっても、大先輩を下の名前で呼び捨てにはしないだろう。七五年の卒業生なら、他の加藤と区別するために「航先輩」という呼び名になったのもわかる。

「それと、七〇年代のアングラ演劇に詳しいひとに話を聞いたんだけど」

桜井は付け加えた。

イシモチ。アングラ
「イシモチって名前にはまったく心当たりがないそうだ。少なくとも状況劇場とか早稲田小劇場、自由劇場みたいな大手とは関係ないんじゃないかな。ちょっとだけ活動してすぐやめた集団もあるし、アングラそのものじゃないけどそれ風に見える演劇もあるそうで、他にも聞いてみてくれることになってるけど」

「大晦和気賀って俳優がいた〈二十世紀怪人マント〉って演劇集団には？」

「いやその詳しいひとっていうのが、まさにそこにいたことがあるのよ。飲み屋で知り合ったんだけどね。〈怪人マント〉関係なら、知らないはずがないそうだよ」

手がかりなし、か。

加藤航の連絡先を教えてもらい、盛大に感謝した。ついでにもう一つ。持ち主からプレジャーボートの船名と居場所がわかるかしら。

調べとくよ、と桜井は請け合った。ＪＡＦの船版みたいなプレジャーボートの会員制救助組織があるんだ。会員になっていれば、第三者が居所を検索できるシステムもある。謝礼は今度、うなぎでも奢《おご》ってくれ。

時間を見た。三時すぎ。加藤航は大田区蒲田に住んでいる。うまくいけば、今からでも会ってもらえるかもしれない。

電話をかけた。警戒心を隠そうともしない女性が出た。加藤航さんをと言うと、警戒心が無関心に変わった。主人ですか。ここにはいません。奥多摩におります。仕事？ ええ、まあ。そういうご用件なら、本人に直接話してください。番号を言います。

奥多摩は遠い。そう思いながら、教えてもらった番号にかけた。加藤航は面倒そうに出た。設楽創ですか？ 知ってはいますけど、なんでいまさら。特に話すこともないし、私も大切な時間を邪魔されたくないんで。失礼しますよ。

電話を切ろうとするのを必死に食い下がった。明日の午前中は？　空《あ》いてません。明後日では？　ダメ。

粘りに粘ったあげく、加藤航は折れた。どうしても話を聞きたいなら、今日来なさい。夜のほうが都合がいい。夜型なんでね。

それで別居しているのか、それにしても蒲田と奥多摩は遠すぎるだろ、いったいどんな夫婦なんだと思いつつ、東京駅まで歩き、エキナカで手みやげに小さな菓子の箱を買った。自分用にも東京駅を模したあんぱんを買い、青梅線直通の快速電車に乗った。

青梅まで一時間二十分。最寄り駅だという鳩ノ巣には、青梅で乗り換えてさらに二十五分ほど。座って寝ていてさえ疲れる距離だ。このところ、四十肩の後遺症なのかすぐに背中が痛む。肩をかばっているせいで、全身あちこちにご無理をお願いしている、という感じがする。

鳩ノ巣駅に到着した。東京都とは思えない山の中で『熊出没注意！』のポスターがあり、ロータリーのどこかから読経《どきょう》が聞こえ、線香の匂いが漂っている。

ときどき大型トラックが地響きをたてて走って行くほかは、ひとけのない青梅街道を古里《こり》方面にとぼとぼ歩き、教えられた場所に〈岩井モーターズ〉とかろうじて読み取れる看板を発見した。加藤航はこの自動車の廃工場で一人暮らしをしているらしい。

工場の金属の大きな扉が三十センチほど開いていた。奥のほうに灯りが見えた。数回、声をかけた。何度目かに怒鳴り声が返ってきた。

「雑誌の探偵さん？　入ってきなさい」

手前のほうは真っ暗で、両側に金属の棚が並び、細い道のようになっていた。光を頼りに進んだが、絶えず四方からカサカサ、カサカサ、と笹の葉ずれのような音がする。光源はデスクの上の小さなスタンドだった。加藤航は薄い髪を伸ばしてぺったりとなでつけ、デニムのシャツの袖をまくり上げ、デスクに腰を下ろしてガーゼをプラスティック容器にかぶせているところだった。

「ちょっと待って。輪ゴムをしますから」

なにをしているのだろう、わたしは彼の手元に目をやった。プラスティック容器のなかで、なにかが動いている。茶色い……虫？

視線を周囲に向けた。空間はほとんどが棚に占領されていて、棚には水槽が何十も並んでいる。デスクの脇にはクワガタゼリーと書かれた箱があった。ああ、と思った。さっきからカサカサいっていたのはクワガタだったのか。クワガタを繁殖させて、稼いでいるのか。オオクワガタの立派なのには高値がつくというものな。

そう思ったとき、水槽の壁の内側を、なにかがすばやく這い回るのが見えた。クワガタの大顎《おおあご》よりもずっと細い、ひげのようなものが左右にふられた。

わたしを取り囲む水槽で育てられていたのは、ゴキブリだった。

4

あぐぉぎゃうえっっっ。

と、喉《のど》まででかかった悲鳴をなんとか押し込んだ。全身の鳥肌がたった。最近では、感動したときにも鳥肌が立った、と使うが、このたびはもちろん、本来の意味による。何百何千という数のゴキブリに取り囲まれていると気づき、遠のきかけた意識は、すさまじい勢いで戻ってきた。倒れたわたしの身体に寄ってこられたらどうする。それだけは絶対にイヤだ。

「これでよし、と」

加藤航はガーゼをかぶせ終えた容器を光に透かして見た。蛇腹《じゃばら》に折った紙が容器に入っていて、紙の陰にゴキブリが隠れていた。

「このコたちはね、トビイロゴキブリといいます。寒さに弱くて日本には少なかったんだけど、最近じゃ北海道にもいる。メスだけで繁殖できるから、あったかくしておいてやると、どんどん増えるんですよ」

増やすな。

加藤航は容器を棚において、別の水槽を指差した。

「このコはね、アルゼンチンモリゴキブリ。爬虫類の餌として売られています。それと、このコ。きれいな緑色でしょう。グリーンバナナゴキブリといいます。翅《はね》が傷みやすくてねえ。だけど、成虫はよく飛ぶんだ。飛ぶとこ見たい？　出してみましょうか」

売るな。飛ばすな。絶対に出すな。

ゴキブリをペットとして飼う愛好家の話を聞いたことがあった。ゴキブリの写真集が出ているのも知っている。だが、実在を確認したくなんかなかった。

前言撤回。蒲田と奥多摩、遠くない。

「……いえっ、お気遣いなくっ」

なんとか声が出た。同時に、へそを曲げられても困ると思った。愛する者をバカにされたら、誰でも腹を立てる。ゴキブリを愛する気持ちなんかわかりたくもないが。

「うちの雑誌の編集者に、えー、このコたちのことを話します。興味を持つと思うんです。ですが、今回はすみません、設楽創の話をお聞かせいただきたいのですが」

加藤航は水槽をのぞき込んでうっとりしていたが、「このコたち」との時間を邪魔する無粋《ぶすい》な探偵を早く追い払ったほうがいいと思ったのか、しぶしぶデスクに戻ってきた。

「電話でも言いましたが、設楽について話せることはありませんよ」

「加藤さんは英豊大学のご出身ですよね。それで一流企業の篠田商事に入られた。エリートだったんですね」

「篠田には英豊の学閥《がくばつ》がありましたから。特に私のいたスペイン語研究会は、篠田に入社した先輩が多くて誘われたんです。それでも、三年の頃からバイトで入って会社に顔つないで、さらに学業優秀でないと入社できない。眠るヒマもないほど忙しかった。入社したらもっと忙しくなりましたけどね。最初の三年はどんな仕事をしていたのか、記憶がほとんどない。七〇年代の日本人は、みんなそれくらい働いていましたが」

「設楽創とは会っているヒマもなかったんですか」

「学内で会った記憶はないですね」

加藤航はなにかを隠している、と思った。微妙に質問をかわしている。だが、カサカサ、カサカサ、が気になって、インタビューに集中できない。
「あのー、えーと、では学内のアングラ演劇を見に行ったりは？」

「アングラって、大津のことかな」

加藤はつまらなそうにゴキブリ入りの容器をもてあそんだ。収まりかけていたのに、肌が再び粟立《あわだ》った。

「大津……はい、大晦和気賀さんとはお親しく？」

「彼とは中学からの腐れ縁だったし、彼の兄貴とうちの兄も親しかった。やつの兄貴は三白眼で、眼鏡をかけて、髪をぺったり七三に分けて、首が太くてでかい男でね。見た目はおっかないけど弟思いで、大津の葬式では号泣してたな」

工藤靖生の話を思い出した。設楽創をかくまってるんだろうと叔母に詰め寄っていた男。借金取りじゃなかったのか。

「大津さんの舞台はよくごらんに？」

「一度だけね。あんなのと親しいと誤解されたら経歴に傷がつくと、忠告されたし」

ぽかんとしていると、加藤は解説してくれた。

「アングラ演劇ってのは文字通り、アンダーグラウンド。反権力、反体制が根っこにあるわけですよ。在学中にあさま山荘事件があって、学生運動そのものは終わったけど、そういうものに対する社会のアレルギーはまだ強かった。反体制派だなんて烙印《らくいん》をおされたら、一流企業への就職があぶなくなる。さっき言った兄が事故で寝たきりでしてね。在学中に父も心筋梗塞で逝《い》って、私は母と妹と兄、三人を養わなくちゃならなかった。

だから表向きは距離を置くことにしたんです。大津はわかってくれましたよ」

なるほど。だが、

「だったらなぜ、設楽創の日記に、加藤さんの話が出てくるんでしょうか。篠田商事、航先輩といったら、加藤さんのことですよね」

「日記？」

加藤の顔がにわかに強張った。

「それ、あなた見たんですか」

「いえ。先日、発見されたばかりで、現在、持ち主が解読中です」

加藤航はだまった。工場だった広い建物にカサカサが響き渡る。走って逃げ出したいのをこらえていると、やがて彼はこちらに向き直った。

「実は……もう時効だけど、外聞もあるので黙っていてほしいんだけど」

「なんでしょう。ご迷惑になるようなら、雑誌では仮名にします」

加藤はうなずいて唇をなめた。

「設楽が書き残しているかもしれないから、思い切って白状しますが、忙しすぎてクスリを使ったことがあるんです。大津が死んで、あれのせいかと思って、やめましたけど」

「つまり、クスリは大津さんから？」

「設楽から。あの頃、気が休まるときがなくて。会社では下っ端、家に帰っても兄の事故以降、母がノイローゼになっていて、寝ていても起こされるんです。『起きて、お兄ちゃんが死んじゃう』って。びっくりして飛び起きると、兄が痛みに苦しんでる。でも、私にしてやれることないしね。そういうことが繰り返されて、家に帰りたくなくて、あるとき公園のベンチで寝てたら、大津が通りかかったんです。設楽と一緒でね」

「それで、クスリを？」

「鎮痛剤をくれました。気持ちよくなるし、自分もたまにやる、お兄さんも楽になれるかもよと言われたんです。麻薬や覚醒剤なら手は出さなかったけど、鎮痛剤だったので。兄より先に自分で試して、これはいいと思いました。どんなに疲れていても、ちょっとやると気持ちよくなるんです」

「どんなクスリだったんですか」

「プロポキシフェン」

確か、コデインに似た合成オピオイド、鎮痛剤だ。それほど作用は強くないはずだが、昔はアメリカで入手しやすく、事故や自殺で死者が多く出たと聞いたことがある。

「なくなると辛くて、自分から設楽に連絡しました。あんまりやらないほうがいいんだけどって言いながら、少しずつくれましたよ」

「くれたんですか。ただで？」

「はい」

麻薬の売人が使用者を乱用者にし、やがては金を生み出す家畜にするため、最初はクスリをプレゼントする、という話はよく聞く。だが、

「加藤さんにクスリを渡していたのはどういう魂胆《こんたん》だったんでしょう。失礼ですけど、お金はなかったんですよね」

加藤航はうつむいて容器を眺めていたが、やがて言った。

「篠田商事は世界中に支店がある貿易会社です。スペ研から毎年採用されたのも、中南米の駐在員が必要だったから。実際、私もチリに五年、アルゼンチンに二年、メキシコにも八年ほど駐在しましたしね」

家庭の事情で赴任時期を先送りしたら、その分、帰りも遅くなった、と加藤は苦笑し、それはともかく、と話を戻した。

「ある日、設楽に聞かれましたよ。将来的には、篠田商事のルートを使って個人的に頼んだものを輸入できるようになるか、と」

「それって」

わたしは絶句した。加藤航は手を振って、

「もちろんクスリの輸入なんて、冗談じゃないと言いましたよ。そしたら設楽は、聞いてみただけだ、と笑いました。一昔前の日活映画じゃあるまいし、商社マンに麻薬の密輸なんかさせませんよ、と。その話のあと大津が死んで、すぐに設楽も消えて、それっきりになりましたけど」

最後に他の四人の名前について訊いた。加藤はアポをとったときとは別人のように、協力的になっていた。工藤靖生？　知りません。日高薬品グループの御曹司ですか？　そういえば設楽が、あのクスリは薬局の息子から手に入れたと言ってました。それが日高彰文かどうかは知りませんが。西修？　うーん、聞いたことないな。イシモチ？　さあ。アングラ演劇はあれ一度きりなので。

加藤に礼を言って廃工場を出た。加藤航は送ってくれながら、ここにとどまった女性は葉村さんが初めてですよ、と言った。たいていすごい勢いで逃げ出すのに。ひどいときには棚や水槽、ひっくり返していきますからね。だから、最初は来訪を断ったんです。

「このコたちには恩がありまして」

加藤航は門のところまでついてきて、言った。

「中南米への駐在が長引いて、妻は子どもの教育を口実に、さっさと日本に引き上げました。さびしくてね。本場のコカインに手を出すところだった。実際、買って帰って、コカイン片手にソファに座るところまでいきましたよ。そうしたらそのとき、部屋の真ん中をゴキブリが横切った。まだやってないのに幻覚かと思いました。それほどつやつやと輝いて……きれいだったんです」

あのコたちに熱中するあまり、コカインのことは忘れました、と加藤航は照れたように笑った。わたしは歯が浮く思いで、いい話ですね、と言い、再度礼を述べ、転がるようにその場を後にした。

やってきた列車に飛び乗って、青梅を経由して立川に出た。南武線、京王線と乗り換えて、東府中をすぎたあたりでようやく鳥肌が引き、頭が働き始めた。スマホを見ると、片品桂紀と桜井から連絡が入っている。

桜井を先に見た。西修のプレジャーボートについての情報だった。艇名〈West Seal〉。クルージングタイプの二十四フィート艇で、現在、熱海のマリーナに係留中。ＧＰＳによる緯度経度の情報もつけてあった。さすが桜井だ。

にしても、熱海とは。

片品からは、連絡がほしいというものだった。仙川に着いてから折り返すことにして、加藤航のインタビュー音声データを送ると、ついでに日高彰文のSNSをのぞいてみた。千葉でゴルフを終えた日高彰文もまた、プレジャーボートに乗り込み、東京湾を横断して逗子《ずし》に入っていた。いちいち途中経過が自撮り写真つきでアップされている。

日高の船は〈Little Tablet 5世〉。海のロールスロイスと呼ばれる豪華な高級トローラーだと、本人が自慢たらしく書き込んでいた。操船している日高の背後に、大型テレビとソファ、キッチン設備、つやつやしたオークの床や壁が見えている。

逗子のマリーナに船を泊めて、今日はホテルで一泊だ、という書き込みの最後を読んで驚いた。

『明日からしばらく熱海の別荘に滞在』

八時半少し前に仙川に着いた。駅前のベンチに座って、片品桂紀に電話をかけた。受け取った音声データについて、彼は愚痴まじりに感想を言った。面白い。宇宙人マニアに健康マニア、おまけにゴキブリマニアまで。でも、記事にまとめるのは大変っす。

「ところで、日高彰文へのインタビュー、断られましたよ」

片品は言った。

「雑誌名でメールを送ったら、間髪入れずに日高薬品の広報から返信で、会長はメディアへの露出はいっさいお断りさせていただいております、だって。業界新聞の記者に聞いたんすけど、彰文をかばっていたゴッドマザー、お迎えがまもないようで。そもそも百害あって一利なしのバカ息子っすからね。マザーがいなくなったら、座敷牢に押し込められるってもっぱらの評判っすよ」

「それはまた、ずいぶん極端だね」

「日高彰文はジャンキーって噂っすよ。ドラッグストア・チェーンの会長がヤク中じゃ、日高の株価は暴落間違いなし。でも名誉毀損で裁判になればとんでもない賠償金とられるかもしれないから、表立ってはどこも報道しませんけど」

大晦和気賀、加藤航、そして日高彰文。設楽創の周辺には、なにかと薬物が登場する。七九年当時、プロポキシフェンは麻薬取締法で規制されていたのだろうか。帰ったら調べてみよう。

「クスリ絡みなら、工藤靖生だってあやしいっす」

片品に話すと、彼は言った。

「宇宙人のレシピを元に脳機能を高めて、銀河系外まで意識を飛ばして、高度な存在とコンタクトをとるって、ハイになってるようにしか聞こえないっしょ。ことによると宇宙人のレシピって、合成薬物のレシピのことじゃないすか」

なるほどそういう見方もあるか。

明日、西修に会いに熱海に行く、と片品に告げた。日高彰文も熱海の別荘に滞在するそうだ、とも。片品は言った。

「熱海はいいっすね。〈濱よし〉の餃子《ギョーザ》は美味しいっすよ。ただですね、日高の熱海の別荘なら、グラビア撮影のお願いを出してますんで。許可がとれなくなると困るから、勝手に日高彰文に接触したり、しないでくださいね」

「待って。設楽創が失踪したとき滞在していた熱海の別荘のH邸って、もしかして？」

「ええ、当時は日高邸っすよ。今は地図にも〈日高薬品保養所〉で載ってますけど、泊まっていいのは日高家の人間だけだから、実質、日高の別荘っす。豪華なクルーザーを泊められる個人マリーナも完備してるんすよ」

誌面映えしそうな古い洋館だし、マリーナも含め、あそこはぜひグラビアにしたいんだ、お願いしますよ、と片品は繰り返した。

家に帰って風呂に直行し、全身をくまなく洗い流した。部屋に戻って、しばらくふとんに倒れ込んだ。ものすごく疲れていた。だが、食欲はまるでない。頭も冴えている。

本棚から毒物の参考書を取り出した。寝転がってプロポキシフェンの項目を探していると、こんな文章が目に飛び込んできた。

『……このようなアングラ製造者は高度の有機化学の知識をもつものと思われる。これらのアングラ合成品は法律に違反しないので、今まで取締まりの方法がなかったが……』

5

翌朝、八時半に仙川駅を出た。品川から新幹線こだまに乗って、十時過ぎに熱海に着いた。こだまのドアが開くと、ひとびとは新鮮でまぶしい空気の中へ入って行く。他の駅で下車するひとたちとは違った、今日一日を遊びつくす覚悟をきめたような顔つきをしている。

駅前では、九月の熱い空気のなか、大勢が足湯に素足を突っ込んでいた。傾斜のある駅前の商店街を、若者たちが闊歩《かっぽ》している。風が吹き、潮の香りが鼻先をかすめた。と思ったらそれは、土産物屋の店頭に並べられた干物《ひもの》の臭いだった。大きなアジや金目鯛の干物、さつま揚げに伊豆山名産の椎茸、温泉まんじゅうを蒸し上げる蒸気、レトロなケーキ屋を通り抜け、商店街を突っ切った。

海辺へと矢印のある細い階段と坂の先に、海がきらきらと光るのが見えた。手前には椰子《やし》の樹がひょろりとのび、マンションやホテルの白い壁が陽光を反射してまばゆい。まだ、ここは夏だ。

今度こそ本物の潮風を浴びながら、坂をゆっくりくだった。ふと、今日が九月十三日だと気がついた。三十五年前の今日。設楽創もまた、坂道を海へ向かって歩いていた。日高邸備え付けのゲタをはき、本を読み、棒キャンデーをしゃぶりながら。

やがて海岸沿いに出た。遊歩道を歩いた。天気がよく、伊豆大島がくっきりと見える。初島へのフェリーなのだろう、派手な塗装の観光船が観光客を満載して港を出て行くのが見えた。仕事でなければよかったのに、と思った。

サンレモ公園の近くにマリーナがあり、十数隻の船が係留されていた。桟橋《さんばし》を歩いて確認して行くと、一番海側に、めあての〈West Seal〉を見つけた。他の船が真っ白に輝いているのに比べ、傷だらけで手入れが悪い。

後部の小さな甲板《かんぱん》で釣り糸を垂れ、パイプをくわえた男性が、ハードカバーを手に座っていた。髪がなく、黒く日焼けして白い口ひげがボサボサと上唇にかぶさっていた。ウエストシール。西のアザラシ。多少の自覚とユーモアはあるようだ。

深呼吸をして、近づいた。じゃまをして申し訳ないとは思わなかった。パイプから煙は出ず、『ブライトン・ロック』の頁はめくられず、釣り糸の先は宙に浮いている。リゾートファッションのアザラシは仏頂面で腕組みをし、虚空《こくう》を睨《にら》みつけていた。

「失礼します。西修さんでしょうか」

名刺を差し出して自己紹介した。西修はじろりとこちらを見上げ、クーラーボックスから瓶ビールを取り出して、喉を鳴らして飲み始めた。一本千二百円はするベルギーのビールだ。炎天下を歩いてきた人間に見せびらかしているらしい。

「アンタ、婦人探偵？」

空き瓶を無造作に放り投げると、ゲップとともに西は言った。

「滝沢イサム？　それでこの船をかぎつけたのか。いまさら設楽創について話すことなんかない。なんて雑誌だって？　『東京X』？　豚肉かよ。とにかく話などないから」

「設楽創って面倒な作家でしたよね。ずいぶんとご苦労があったんでしょう」

「あのなあ、別にオレが望んで担当になったわけじゃないのよ。ああいうエゴの塊の面倒をみたいだなんて、誰が思う。滝沢みたいに要領のいい野郎はさっさと逃げて、オレみたいなお人好しがワリを食った。それだけのことだ」

「では西さんは、『コルデー・シンドローム』も買ってはいらっしゃらなかった？」

「あれはまあ、面白かった」

西は二本目のビールの栓を抜いて、しぶしぶ答えた。

「だけど設楽はあんまり伸びなかったね。自分だけがわかってるような、妙ちきりんな話ばっかり書いてさ。これじゃダメだっていくら言っても、おっさんにはわかんない、って突っぱねるのよ。日本文学は暗いとか、映画なんてデートのために存在してんのに鑑賞しろってなんだよ、とか。生意気なガキだったよ」

「自作朗読会が開かれたそうですけど、西さんがお膳立てなさったんですか」

「まさか。テレビとかあっちの関係だろ。顔がいいもんだから、テレビが寄って来たのよ。本人は傲慢すぎて、自分の顔など気にしてなかったがね。それでも、ああいうのに出るまでは、いくらかかわいげもあったんだ。本を読み始めると夢中で我を忘れるようなとこが。批評も的を射てた。だのに、最後に会ったとき、これ」

西は手にした『ブライトン・ロック』を持ち上げた。

「やつは別荘で見つけたんだと言って、甲板でこの本を読んでた。で、なんて言ったと思う。この熱海と同じ海辺のリゾートの話だね、だと。あきれるだろ。その程度の感想しか言えなくて、なにが作家だ。人間、誰でも一冊くらいは本を書ける。うまく時代にあたっちまうことだってある。問題はその先だ。設楽には運があった。それだけだ。唯一、アイツと話があったのは船の話題くらいなもんだった」

「それじゃよく、おふたり一緒にクルーズを？」

「覚えてないね」

船の話なら口が軽くなるかと思いきや、アザラシはぼさぼさの口ひげをかんで、急に黙った。しかたがない。核心に突っ込むことにした。

「『コルデー・シンドローム』には、当時の合法的なドラッグが出てきますね。設楽創が俳優と一緒に起こした多摩川土手の事件にも、どうやらその種のドラッグが関わっているようですが、その点について、なにか思い当たりませんか」

アザラシはビールを手に立ち上がった。

「なんだ、おまえ。なにが言いたい」

「イシモチ」

わたしは言った。アザラシは立ちすくんだ。その反応でわかった。

あたりだ。

ゆうべ、毒の参考書を読んで気づいたのだ。大晦和気賀のせいもあって、アングラとはアングラ演劇だと考えた。だが、それだけではない。例えば、違法薬物を合成し、アンダーグラウンド化学者と呼ばれる存在だってある。

仮に、**イシモチ**。**アングラ**が、イシモチという名のアングラ化学者、アングラ合成薬品製造者という意味だったとしたらどうだろう。この人物がプロポキシフェン類似体をこしらえていた、そう仮定すると、いろいろと筋が通る。

不動産屋、商社社員、薬局の経営者の息子。ここにアングラ化学者が加われば、合成ドラッグを生み出せるのではないか。合成するための工場は不動産屋が提供できる。薬局なら、必要な材料を集められる。商社のコネがあれば、場合によっては入手困難な材料の輸入もできる。ついでに若者文化の体現者のような作家がいれば、うまく売りさばくこともできる。

プロポキシフェン自体が、七九年に日本で違法だったかどうかは調べてもわからなかった。だが、類似体なら間違いなく、違法性は問われない。合法ドラッグが脱法ドラッグになり、違法ドラッグ、さらに危険ドラッグとして、大枠に網をかけるような形で規制されるようになったのは、ごく最近のことだ。

西修はどすんと腰を下ろした。やがて、彼は上目遣いにこちらを見た。

「あのな。昔の話だ。アンタがなにを嗅《か》ぎつけたのかは知らないが、証拠はなにもないし、あっても時効だ。設楽はいなくなった。以上だ」

「そうですね。だったら、事実をありのままに話してもいいとは思いませんか。でないと、こっちも想像をふくらませてしまいそうになります」

「へえ、例えば」

「工藤靖生という不動産屋の話です。彼は設楽に切り捨てられたと言っていました。工藤は設楽に工場をあっせんした。渡米の資金になるとも思ったんでしょう。でも途中でこの話から追い払われた。今に比べれば閑静だったとはいえ、狛江の住宅地で化学薬品の合成工場が人目につく危険性は高い。近くの多摩川土手で、俳優と作家が意識不明で倒れていた、なんて事件が起きたら、なおさらです」

アザラシは喉の奥で、ぐううっと言った。

「では、どこにするか。いいアイディアがありました。西さんと設楽さんは二人とも船がお好きだ。船上で作ればいいんです。合法とはいえ薬物を作るとなったら、当然、当局の目を気にしなくてはならない。薬物をシノギにしている連中だって、自分たちの縄張りをシロウトに侵されたら黙っていないでしょう。その点、海の上なら、陸で作るよりも安全です。いざとなれば、証拠品を海に放り込めばいいんですから」

九月の海は穏やかに見えた。波がきらきらと光っている。ここでこんな話をしている自分が、おそろしく無粋に思えた。

「そうやって西さんも巻き込まれたんじゃないですか」

贅沢な生活を送っていた。おそらくは設楽創の金を着服していた。金になる話には飛びついただろう。

西は鼻を鳴らした。

「こんな小さな船で、化学の実験ができると思うか」

「でも日高彰文さんの船なら、余裕ですよね。今の船は〈Little Tablet 5世〉だから五代目です。三十五年前にも大きなトローラーを所有していた。船舶免許を持った人間がふたりいれば、安心ですよね」

西は答えなかった。わたしは続けた。

「でも、大晦和気賀さんが死んで、設楽さんの考えも変わったんじゃないでしょうか」

大晦の死因薬物が表に出ていないのは、プロポキシフェンの類似体という、まだ誰も知らない薬物だったからだろう。イシモチが合成したものを、ふたりで試して、結果がああなった。腰が引けて当然だ。

「この計画、設楽さんがいなければ始まらなかった。でもいざ実行するとなったら、イシモチさんと日高さん、それに西さんの三人で十分です。びびっている作家など、邪魔なだけ。だから西さん、あなたが設楽さんを排除した。そういうことじゃないですか」

アザラシは再び甲板から飛び上がった。

「なんでオレが」

「さっき言いましたよね。設楽さんと最後に会ったとき、『ブライトン・ロック』を甲板で読んでいた、そしてこの熱海と同じ海辺のリゾートの話だね、と言ったと。設楽創は失踪前夜に初めて熱海に来たんですよ。しかもこれは、彼が嫌いだと言ったイギリス人作家グレアム・グリーンの小説です。めったに読んでいたとも思えないし、別のときと間違えているとは考えにくい。ということは、設楽創が失踪したと公に思われているより後に、あなたは設楽創に会っていることになる。でもそれを黙っていた。つまり」

「ちょっと待て」

西修が言った。

「オレは自分でも自分が立派な人間だなんて思っていない。だが、妙な誤解はごめんこうむる。いいか。昔々、あるところに、暴力的などら息子がいたんだ」

アザラシは肩で息をしていた。

「大金使って、苦労して、やっと準備が整った……なんの準備かは言わないがね。そのとたん、やっぱりやめる、と言い出す奴がいたら、はり倒されてもしかたないだろう。ましてそいつが棒キャンデーくわえて、本読みながら、他人事みたいに言い出したんだとしたら。暴力的などら息子はカッとなった。手加減という言葉はコイツの辞書にはない。棒キャンデーが棒ごと喉の奥に突き刺さった。オレもイシモチもどうすることもできなかった」

アザラシはずる賢そうにこちらの反応を確かめ、目を背けた。彼の背後にこんもりとした陸地が見えた。〈秘宝館〉の文字と、ロープウェイと、その先にあるイカサマな城が、ぬけるような青空を背景にして、合成写真めいて美しい。

「なあ。そういう事態に居合わせたら、アンタどうする？　オレならたぶん、船を外洋に走らせる。おおいなる海に、なかったことにしてもらう。いろんなことを」

合成薬物の密造話も、設楽創も、なにもかも。一部上場企業の創業者一族で、大金持ちの凶悪犯罪を見聞きしたという、使い方次第で何十年も、一本千二百円のビールを買える暮らしを満喫できる経験だけが残るというわけだ。

「イシモチというのは、ひとの名前なんですね」

「たぶんな。国立大学をドロップアウトした有機化学者だと聞いたけど、それ以上のことは知らないよ」

「それでイシモチさんは？　どうなったんですか」

「知らないね。三十五年前のあの日から、見たこともない。どうなったか尋ねる気もない。よけいなことは聞かない言わないがオレのモットーだ。だから今日まで生きてこられた。接触するときには、細心の注意を払うんだ。でないと」

西修はわたしの背後を見て、言葉を切った。

「クソ。まだもらうもんもらってねえぞ。逃がすか」

わたしは振り向いた。

真っ白くて大きなトローラーが、ゆうゆうと湾を横切っていった。優雅で美しい。船腹に〈Little Tablet 5世〉とあるのが遠目にも読めた。操舵室にはオレンジ色のシャツを着た、ものすごく太った男がいた。あまりにも太っているため、操舵室に詰め込まれているようだった。

一瞬、男がこちらを見たと思ったが、気のせいだったのかもしれない。男は前を向き、トローラーは湾から離れて遠ざかっていく。

「今の」

日高彰文ですよね、と振り向きながら、口にした。覚えているのはそこまでだ。突然、世界は暗転した。

6

気がつくとわたしはマリーナの桟橋にひっくり返っており、近くにはお高いビールの瓶が転がっていた。一部始終を目撃していた近くのボートの乗員によると、西修は空き瓶を放り投げ、瓶に脳天を直撃されて倒れたわたしに見向きもせず、大急ぎで係留ロープをほどいて出航していったそうだ。

狙ってやったことではないだろうが、だとしても、西修を許す気にはなれなかった。倒れたはずみでICレコーダーがすっ飛び、濡れた桟橋を滑って海中に落下していたのだ。マリーナの係員が苦労の末に拾い上げてくれたが、もちろん、たたいても振っても、まるで反応しなかった。

頭のこぶをおさえつつ探しまわったが、西修も日高彰文も、つかまえることができなかった。〈日高薬品保養所〉は無人のようで、インターフォンに応答はなかった。日高の個人マリーナには近づくことすらできず、日高彰文のSNSに新たな書き込みもないため、そのときは、なぜ彼が熱海を去ったのかもわからなかった。再び〈東都総合リサーチ〉の桜井に調べてもらったが、すでに〈West Seal〉は位置情報を第三者が検索できるシステムから消されていた。東京へ帰るしかなかった。

数日後、日高薬品のゴッドマザーの死が公《おおやけ》にされた。直後に日高彰文の会長職解任が報じられた。「東京ＦＩＸ」に熱海のＨ邸のグラビア撮影許可は下りず、インタビュー内容を知った〈三鷹リテラ社〉社長の腰が引けて、〈女探偵、設楽創失踪の謎に挑む〉という記事はお流れになった。

片品は平身低頭した上で、前金の十万円に経費も報酬も込みということで、と切り出した。わたしはしぶしぶそれを受け入れたが、内心はただ働きにならずにすんで、ほっとしていた。記事がお流れになったのも無理はない。このご時世に、昔の話とはいえ、作家がドラッグを使用、どころか所持、どころか製造をくわだてていた、などと報道されたら、せっかくの復刊本の売り上げにも影響しかねない。

わたしのＩＣレコーダーは死んだまま、ついに息を吹き返すことはなかった。西修の告白は、熱海の海に消えた。

作中引用　『身のまわりの毒』ＡＮＴＨＯＮＹ・Ｔ・ＴＵ　東京化学同人

副島さんは言っている

十月

1

いろんなことが起こりすぎるほど起きてしまう日もある。平穏で退屈な一日もある。どっちに転ぶかは終わってみなければわからない。当たり前の話だ。

だが、ひとはよく、その当たり前を忘れ、自分にとって都合のいい予測をたてる。かくいうわたしがそうだ。このところなにごともなく、とるにたらない日が続いていたのだから、今日も平和だろう。そう信じて疑っていなかった。

それは、十月半ばの、木曜日のことだった。小笠原の近海に台風があって、発達しながら関東に近づきつつあった。おかげで風がやや強く、空は一部が青く、一部がどす黒い。そうでなくても、わたしが働いているミステリ専門書店〈MURDER BEAR BOOKSHOP〉は住宅街の中にあり、イベントがなければ客も少ない。店には午後二時に出たが、こんな天気だ。来店客を見込んでではなく、打ち合わせのためだった。

「次回は、〈学者ミステリ・フェア〉にしようと思ってるんですよ」

今月末のハロウィン・イベントについての話し合いがすむと、富山泰之店長はそう言った。

「ジャック・フットレルの思考機械はいろんな博士号を持っているし、『九マイルは遠すぎる』の主人公は英文学の教授でしたっけ。アーロン・エルキンズは人類学者のシリーズと美術館の学芸員と二種類いけるし、アイザック・アシモフ、これはご本人がまぎれもない化学者で歴史学者ですしね。日本なら古くは海野十三《うんのじゅうざ》や甲賀三郎、最近だと東野圭吾のガリレオ・シリーズの物理学者、北森鴻は民俗学……島田荘司の御手洗《みたらい》探偵は途中から脳科学者になっていましたよねえ。どうですか」

「いいと思いますけど、なんだか最近、同じ作家ばかり取り上げてるような気がします」

　富山は心外そうにわたしを見た。

「おや。気に入りませんか」

「学者が探偵って、けっこう多いんじゃないですか。ミステリマニアにもあまり知られていない作品があればいいと思いますが」

「むつかしいことを言いますね。学者もので、ひとに知られていない……ああ、そうだ。駒井圭城《こまいけいじょう》の『アンモニア』はどうでしょう。『小説深交』の新人賞佳作を受賞した短編ですよ。植物学者が主人公のミステリといったら、仁木悦子の仁木雄太郎ものを思い出すけど、駒井さんの植物学者、市東五百《しとういお》もなかなか強烈でしたからねえ」

「そうなんですか」

「ほら、葉村さんも読んでない。みんな知らないんですよ。駒井さんの作品は『アンモニア』一本だけだからムリもないけど」

〈MURDER BEAR BOOKSHOP〉を始める前、富山は出版社の名物編集者だった。時代小説をメインとした雑誌の編集長になったが、とたんに時代小説そっちのけでマニアックなミステリ特集を組み始め、上から相当叱られたと以前、聞いたことがある。

「『アンモニア』を気に入って、うちの雑誌でも書いてもらおうと担当編集者に連絡先を聞いて、何度か留守電残したけど折り返しはなくて、それっきり。『小説深交』編集部も、受賞作ではないのでたいしたフォローをしなかったんでしょうかね」

「てことは、本になっていないんですか」

「ですね。調べてみなければわかりませんが、アンソロジーに収録されたという記憶もないですね。そうだ。いっそ、うちで作っちゃいましょうか。『アンモニア』だけ載せた私家版風の小冊子。駒井さん本人に連絡とって許可もらいましょう。うん、これはいい考えだ。ねえ」

「そうですね。フェアの売りになると思います」

「よかった。じゃ、よろしく」

富山は立ち上がってレインコートに袖を通し始めた。わたしはぽかんとなった。

「え、よろしく？」

「『アンモニア』が掲載された『小説深交』が倉庫のどこかにあります。店をここに移転したときに、私が集めていた雑誌を自宅から運んだんですよ。退職してずいぶんたつし、もう処分しちゃおうと思ったんですが、その雑誌に駒井さんの連絡先をメモした記憶があるんです」

「ホントですか」

「たぶん」

富山はぬけぬけと言い放ち、長靴を履いた。

「まあ、メモがなくても、有能な探偵なら問題ありませんよね。本人とコンタクトさえできれば、あとは交渉次第でしょう。本編に解説付き一部七百円で、二百部くらいならはけるだろうから、多少の印税をお渡しできるでしょうし」

一階のレジの奥に、床にコンクリートを打った他は元のアパートの姿を残し、倉庫として使っているスペースがある。壁に棚を作り付け、ステンレス製の棚を中央に入れて、引っ越し当初はそれなりに仕分けされていたのだが、買い付けた本の段ボール箱が日に日に積み上がり、今では歩くのも大変なほどだ。

「ついでに倉庫の整理もお願いします。夏の間、しばらく倉庫整理してないでしょう。ひどいことになってますよ」

「富山さんお忘れですか、わたしの四十肩」

「あれ、まだ治ってないんですか五十肩」

「はい、治ってません四十肩」

お盆の頃に発症した四十肩は、息をしても痛い、歩いても響く、という段階よりかなりましになったと思ったら、先月、熱海で空き瓶を脳天にくらって倒れたはずみに再発した。おかげで、激しい動きや重いものの移動が、まだかなり辛い。ついでに言うと、辛い思いをするたびにその熱海の犯人が雲隠れしたままなのを思い出し、腹立ちのあまり胃酸過多になる。

「なら整理はいいですよ。その年齢になると治りが遅いですからねえ。その代わり『アンモニア』はデータにして送ってください。台風なんで、帰ってうちで見ます」

「台風って、まだ小笠原のあたりなんじゃ」

「最近の台風はあなどれません。うちは千葉です。電車が止まったら帰れなくなる。葉村さんはいいなあ、仙川はここから近くて。歩いたってしれてますもんね」

言うだけ言うと、富山はさっさと帰っていった。腹が立ったが、考えてみればこんな日に店番はふたりもいらない。台風の心配はいくらなんでも早いと思うが、テレビの気象情報は「台風に先立つ帯状の雲が、関東地方にかかり始めています」と言っていた。実際に雨が降ってきたし、となるとますます、客など来ない。もっとも、この店がひとでいっぱいになることなど、どんな天気でも起こらないだろうが。

レジ脇のテレビをつけ、お昼の情報番組を聞き流しながらサンドウィッチを食べた。吉祥寺のパン屋はどこも美味しいが、毎日だと高くつく。サンドウィッチくらい自分で作るべきだと思いつき、始めたらはまってしまい、近頃の昼食はこればかりだ。

ブロッコリースプラウトと鶏胸肉とアボカドのサンドを食べ終わり、ネットで調べた。「アンモニア」が掲載された「小説深交」は九八年五月号だった。

チーズとブルーベリージャムをはさんだ黒パンを食べながら、チャイムの上に「開店しています・御用の方は押してください」という札を出して鍵をかけ、奥へ行った。倉庫内は蒸し暑く、古い本特有のかびくさく埃くさい空気が充満していた。嫌いなにおいではないが、こんな湿度の高い日には勘弁してもらいたいと思う。倉庫内にエアコンはない。窓はあるが雨の日に開けられない。おまけに、少し見ない間にまた段ボール箱が増えていた。

　富山が持ち込んだ雑誌や書籍は、パンダの絵のついた段ボール箱に入っているはずだった。かがみ込んだりペンライトを使ったりして、一番奥にその箱があるのを見つけた。手前にある箱の山によじ上り、近寄ろうと四苦八苦していると、店の固定電話の着信音がした。

　すぐに戻れる状態でもないので無視していると、いったんやんだ着信音が再び鳴り出した。それでも無視したが、また鳴り出す。さらにまた。さらに、また。きりがない。どこのどいつだか知らないが、よほど執念深いとみた。

　箱の上をアスレチックして戻った。電話の画面には〈発信者未登録〉と表示され、見知らぬ番号が並んでいた。受話器をとり〈MURDER BEAR BOOKSHOP〉です、と応答した。

「出るのが遅い」

　受話器の向こうで〈発信者未登録〉が言った。埃で真っ黒になった手を見て、むっとした。

「そりゃ申し訳なかったですね。じゃ」

「いや、すまない葉村。葉村だよな。切らないでくれ。オレだ、村木《むらき》だ」

　村木義弘《よしひろ》は以前、わたしが契約していた長谷川探偵調査所の調査員だった。わたしよりいくつか歳上で、革ジャンに白いスニーカーがトレードマークの元警察官。話を聞き出すのがうまく、調査対象者をどこまでも追う粘り強い探偵だから、長谷川所長の都合で事務所が閉められたときには仕事の誘いがひっきりなしだったそうだ。

だが結局、彼は調査の仕事を辞め、奥さんが経営する飲食店のひとつをまかされ、バーのマスターへと華麗な転身を遂げた、と聞いていた。

「珍しいですね。どうしたんですか、店の電話にかけてくるなんて」

「本屋の名前は覚えていたから、一〇四で問い合わせた。頼みがある」

村木は妙にひそひそと言った。

「大至急、調べてほしい女がいるんだ。ホシノクルミ、クルミは久しいに留めるに美しい、新宿区河田町在住、三十八歳独身だ」

なにやら疲れがどっと出た。

「村木さん、わたしいま仕事中なんですよ。忙しいんですよ。しかも、なんと台風が来るんですよ」

「なにも調べに出歩けとは言ってない」

村木は声を殺しつつも嚙みつくように言った。

「手元になんか端末があるだろ、そいつで軽く基礎情報だけ頼むよ」

「はあ？　だって村木さん、いま」

「こいつは固定電話なんだよ、端末じゃない。一時間後にかけ直す。あ、そっちからはかけてくるなよ」

なにごとですか、と聞き返すまもなく電話は切れた。わたしはあきれて首を振った。

村木とは長谷川探偵調査所にいる間、一緒に組んで仕事をすることも多かった。それなりに世話になった。だからネットでの調べもの程度なら、してやらんこともない。

もう少し丁寧に頼まれれば。

倉庫に戻った。「小説深交」が入っているとおぼしき箱の上には、重たそうな段ボール箱が五つ載っていた。近くまで行って、ほとんど蹴り落とすようにして周囲の箱をどけ、目的の箱を引き出してふたのガムテープをはがした。ビンゴ。中身は「小説深交」だ。おまけに98・5の文字も見える。

やった。

引っ張り出した雑誌をレジにもって帰り、中を確認した。「アンモニア」が第十八回小説深交新人賞佳作として掲載されていた。富山の記憶通り、タイトルの端っこに濃い鉛筆の走り書きで住所と電話番号がある。どうやらこれが、駒井圭城の連絡先らしい。

腰を落ち着けて「アンモニア」を読んだ。N大学の研究用の広大な原生林。菌類学者・市東五百は、林の奥にアカヒダワカフサタケその他の群生を見つけた。動物の排泄物や死骸が分解するときに出す窒素化合物と結合しやすく、アンモニアを好むことからアンモニア菌と呼ばれるキノコだ。案の定、キノコの下からは半年前に失踪したN大学教授夫人の死体が見つかる……。

富山の話と違い、植物学者ではなく菌類学者だったが、なるほど市東五百のキャラは面白い。キノコに雌雄の別はない、と言い放って本人も男か女かあかさない。キノコは五感で知るべきだ、という信念のため味見もするから何度も死にかけているし、幻覚作用のあるキノコを紙巻き煙草状にして持ち歩いている。趣味はキノコ料理。キノコのうんちくをしゃべくりながら捜査の合間に料理を作るのだが、そのすばらしい香りで学生から捜査官まで誘惑し、被害者とも寝ていた。

五百がアンモニア菌について説明しつつ、ニカワハリタケを使ってピラフを作り、イカに詰め込んでオーヴンに入れるシーンを、麦茶を飲みながら夢中で読んだ。が、ふとなにかがひっかかり、わたしは消し忘れていたテレビを見た。

情報番組はニュースのコーナーになっていて、アナウンサーが原稿を読んでいた。すでに次のニュースに移っていたが、たったいま、終わったばかりのニュースがなにか気になる。新宿区のマンションで女性の遺体がどうとかこうとか……。

ネットでニュースを検索し、見直した。

「けさ十時過ぎ、新宿区内のマンションで女性が死亡しているのが見つかった事件で、女性はこの部屋に住む星野久留美さん三十八歳と確認されました。星野さんは顔面を激しく殴打され、殺害されたものとみられていますが、最近、マンション内で騒ぎを起こした男が星野さんの死になんらかの関わりがあるとみて、警察は行方を探しています。男性は四十代半ばから五十代、黒のTシャツにジーンズ、白いスニーカーをはいていたということです」

2

星野久留美の情報を探した。事件についてはニュース以上のものはなかったが、本名でSNSをやっていて、ほぼ毎日、笑顔の写真をアップしていた。細面《ほそおもて》で黒目がち、髪の長い美女。村木の奥さんとタイプが似ている。

箸《はし》より重いものなど持ったこともなさそうな、たおやかな見かけによらず、星野久留美は面白い仕事をしていた。個人で資金を調達し、古くなった家を買い取って、そこに暮らしながら自分でリノベーションし、おしゃれに手直しして転売するのだ。

それもただ壁紙を張り替える程度のことではなく、壁を壊し、時にはブロック塀を積み直し、ホームセンターで買ったセメント袋や木材をトラックに積み込む。ツナギ姿で危なげなく肉体労働をおこなう写真なども、掲載されていた。

なんということでしょう。中古になって使い勝手が悪く、さえなかった家や部屋が、彼女の感性で生まれ変わっていくではありませんか。

きれいな女性なのに、住所はもちろん住んでいる町の情報から最寄り駅から部屋の写真まで、危機感もなくよく公開するもんだと思ったが、見ると連絡先が不動産会社になっていて、つまり販売促進用らしい。

物件を探している相手に、購入からリノベまでの一部始終をさらけ出した上で、物件を見に来てもらい、買ってもらう。買うほうは、下手な手抜き工事や法外な料金の上乗せなどないことが納得でき、一般的な建設会社や不動産会社ではありえないユニークな部屋を、安心して買える。

ホントにさらけ出してるわけないだろ、と疑い深い探偵は思うわけだが、フォロワー数は六桁を維持していた。

最近の半年間、彼女の発信する情報は、初めてマンションのリノベに挑戦した顚末《てんまつ》で占められていた。新宿にある築三十五年のマンション、その名も〈ガウディ・ハウス河田町〉を甦《よみがえ》らせたらしい。

実際、いかにもぼろくて臭いそうな部屋が、マジョリカ・タイル、カボチャ柄の壁紙、黒い魔女風のキッチンと、変貌していく過程を追っていくと、わたしですら感動を覚えた。外国風に靴のまま暮らせる部屋、というのがここでの売りで、実際に生活するとなるとどうかとは思ったが、物件を見に行きたい、買いたいという書き込みが何十件も寄せられていた。

そしてマンションは売約済みとなったらしい。今度は国立《くにたち》にある古い家を買った、まもなく引っ越す、今度のリノベのテーマはソロー『森の生活』だ、という書き込みと、ジャングル並みに樹やらツタやらキノコやら、得体の知れない植物が生い茂る広い庭付き一戸建ての写真が、星野久留美の最後のメッセージになっていた。

ディック・フランシスの主人公がこういう仕事をしていたな、と思いつつ、さらに情報をかき集めた。

星野久留美は機械や建築、インテリアが好きで工業高校を卒業後、中堅の建設会社で働いていた。三十歳をすぎた頃、上司によるパワハラで精神的に追いつめられ、心を病んだ。会社をやめることになったが、ただではやめず、弁護士を雇った。結果、勝ち取った示談金をどう使おうか考えているとき、叔母が死んで家を遺した。そこでリハビリがてら自分好みに改装したところ、評判になって、雑誌の取材を受けた。ぜひその家を譲ってほしいという申し出が数件あったので売った。それで、この商売を始めた。

「普請《ふしん》道楽という言葉があるけど、わたしの場合はリノベ道楽です」

ライフスタイル雑誌「Cozy Life」のインタビュー記事で、星野久留美は語っていた。

「まさかこういう仕事をすることになるとは思っていませんでしたけど、やってみたら性《しょう》にあってました。父親が検事で、転勤が多かったんです。あてがわれる古くさい宿舎を母とふたりで居心地よく作り替えるんです。その作業が大好きでした」

一事が万事こんな調子だった。星野久留美はフォロワーたちに「クルミンさん」と呼ばれていて、

「クルミンさんの壁紙テクニック、さっそくマネしました！」

「床にはあんなふうに断熱材を入れればいいんですね。勉強になります」

「親の遺した一戸建て、古くて路地奥で重機も入らなくて壊すのもお金がかかるんです。クルミンさんにならうーんとお安く譲ります」

「次は国立の一戸建てですか。腐った庭を甦らせるクルミンさんのレポートが、いまから楽しみです」

発信側も書き込みも「いいひとアピール」がこっ恥ずかしいが、文句のつけようはない。誹謗中傷も、逆に星野久留美を好きになりすぎたストーカーらしきものもない。彼女から家を買って住んでいるひとたちから多少のクレームがあったが、本人が出向いて手直しをし、その様子をまたアップし、賞賛を集めている。

こんなひとがなぜ殺される？

そろそろ一時間がたとうとしていた。我に返って「アンモニア」をスキャンし、データ化して富山に送った。ついでに駒井圭城の電話番号をチェックしてみると、岐阜にある駒井製作所という木工会社の代表番号と同じだとわかった。少なくともこれで、駒井圭城の所在を確認できる。

電話をしてみると、朴訥《ぼくとつ》そうな女性が出た。駒井圭城？　社長のことかいね。社長なら一時間くらいで戻るはずだから、その頃また電話してください。

駒井製作所のホームページに載っている、素敵なオリジナル木製家具の写真をうっとり眺めていると店の電話に着信があった。

「なにがわかった」

開口一番、村木は言った。相変わらず、妙に声をひそめている。頭に血がのぼった。

「殺されてましたよ、彼女。リノベを終えた河田町のマンションで」

「その話はいい」

村木はイライラしたように言った。

「よくありませんよ。もうニュースになってるんですよ。殺人事件として捜査も始まったみたいなんですよ」

「星野久留美を殺したがっている人間、つまり容疑者だな、そういうやつはいるか」

村木はぶっきらぼうに遮った。わたしは盛大に息を吐き、なんとか気持ちを落ち着けた。

「警察が探しているのは、最近マンション内で騒ぎを起こした人物ですね。四十代半ばから五十代、黒のTシャツにジーンズ、白いスニーカーをはいた男です」

村木は一瞬、息をのんだが、鼻息も荒く言った。

「そこじゃない。星野久留美を検索してみて、トラブルの相手は見つからなかったのかと聞いてるんだ」

「全然」

コイツこんなに偉そうだったっけ、と思いながら、耳障りな鼻息に向かって、調べたことを説明してやった。

「というわけで、ここまでのところ、彼女にめだったトラブルはないですね。しいていうなら会社を辞めるきっかけになったパワハラ騒ぎと、父親が検事だったことですけど、退職は七年も前の話だし、両親ともすでに亡くなっています。仮に父親の検事に恨みがあったからって娘を殺したりしないでしょう。安直な推理小説じゃないんだから」

「それじゃ、他に容疑者はいないってのか」

村木が鼻息とともにガッカリしたような声を出した。さすがに気の毒になった。

「やっぱり考えられるのは、ご近所トラブルじゃないですか。リノベーションの作業って相当やかましいでしょう。写真を見ると、星野久留美はマンションにチェーンソーとか釘打ち機とか、いろいろ大工道具を持ち込んでますから」

「騒音だって言いたいのか」

「そりゃ彼女もシロウトじゃないんだから、作業の前に近所に説明して了承してもらっていたでしょうが、マンションのリノベは初めてだったみたいだし、思っていた以上にうるさくなって、苦情が来たのかもしれません」

「そう本人が書いてるのか」

「そうじゃありませんけど」

仕上がった部屋を売りに出すつもりなら、ご近所の苦情は隠しておいたはずだ。それに、ニュースでは「マンション内で騒ぎを起こした男」と言っていた。星野久留美とだけもめたわけではない、というニュアンスが読み取れる。だとしたら、「厄介なオヤジが近所に住んでます」なんていうデメリットまでは、いちいち告知しないだろう。

「建物の構造って不思議で、一階下や二階下じゃなくて、うんと離れた五階下にだけ響く、なんてこともありうるし。マンション内で騒いだという例の男も、ひょっとすると同じマンションの住人かもしれませんね」

築三十五年の都心のマンションなら、バブルを経ている。投資の対象になったり、資金不足で売り払われたり借金のカタにとられたり、貸し出されたりと、各戸バラバラな運命を辿っていても不思議ではない。

だとすると、マンション内のコミュニティーはゆるい。住人同士、お互いに認識できていない可能性は高い。

「騒ぎを起こしたのが住人でも、そうと知らなきゃただの不審者ですよ」

「その男の線はない」

村木はそっけなく言った。面食らった。

「どうしてそう言い切れるんです?」

「いいから、ないというのを前提にしてくれ。だいたい、何日か前に少しくらい騒いだからって、なぜそいつを容疑者扱いするんだ」

「そんなの警察に聞いてくださいよ。わたしはただの探偵ですよ。しかもいまのところ、売れない探偵です」

「いや、葉村は優秀で有能だ。それはオレが一番よく知っている」

ほめているつもりだろうが、こういうシチュエーションでのほめ言葉は、イコール、ただ働きだ。予想通り、村木は続けた。

「だけど、仕事がないということは、ヒマだよな」

「探偵としてヒマでも本屋の店番としては」

それなりに忙しい、と言いかけたが、村木はおっかぶせるように、

「だったら、今度はその星野久留美のパワハラ上司を調べてみてくれ」

「ですから、星野久留美が会社を辞めたのは七年も前ですよ。どうしても犯人を見つけたいなら、ご近所を調べるべきですって」

「近所の男が犯人、はない。星野久留美が自分のハンマーで殴り殺されたからリノベによる騒音トラブルが原因に見えるだけで、実はそうじゃない。犯人はよそにいる。それが絶対条件だ」

わたしは口を開け、閉じた。なにを言っていいのかわからなかったのだ。

「とにかく、その上司についてわかるかぎり調べてくれ。一時間後にまたかける。そっちからはかけてくるなよ」

通話は切れた。わたしは唖然として座り込んでいたが、キーボードを引き寄せて村木義弘を検索した。すぐにわかった。彼がマスターを務める〈バー・マロイ〉は、新宿区河田町のマンションの一階にあった。マンションの名は〈ガウディ・ハウス河田町〉だった。

よっぽど腕のいいカメラマンを使ったらしく、トップページの〈バー・マロイ〉夜の外観は美しくきらめいていた。店内の写真は一枚板のカウンター、背面を鏡にしたウイスキー棚、グラスを差し出すカウンター内の村木。髪をぺったりと撫でつけ、黒いベストに蝶ネクタイ姿で気取っており、こんなときでなければ笑えただろう。

この分なら、「マスターのひとりごと」という書き込みも、らしくない気取ったものではないかと思ったが、「英国で買い付けてきたスコッチ。限定になります」とか「都合によりしばらく休みになります」といった業務連絡に近い内容のものばかりだった。ただし、客の写真は多い。

多くの常連客をつかんでいるらしく、同じ人間の顔がたびたび登場した。ミュージシャンからカメラマン、編集者、日焼けしたサラリーマンに、まだ若いだろうに前歯に金をかぶせた不動産屋、村木の同期だった警察官。一緒に仕事をしたことのある探偵連中。

そのなかに、星野久留美の写真を見つけた。それも何枚も。屈託なく笑い、いつもなにかのオン・ザ・ロックを手にしている。なかには、村木と星野久留美がカウンター越しに頰をくっつけそうにしているツーショットもあった。

ふたりが必要以上に親密だったとは思えなかった。そうだとしたら妻帯者の元探偵がこんな写真、載せないだろう。だが、ふたりが知り合いなのは間違いない。

同じマンションに出入りしている。容疑者は白いスニーカーをはいている。おまけにどうやら星野久留美殺害の凶器を知っている——村木義弘。

キーボードをとりあげたが、やる気は出なかった。このうえ星野久留美のパワハラ上司など調べてどうなるというのか。

気分を変えようと二階のサロンに行き、熱いコーヒーを入れた。雨はだんだん強くなり、まだ四時すぎなのにあたりはどんよりと暗くなってきた。センサー式のライトが灯り、隣の駐車場の水たまりがオレンジ色に光った。早く帰りたいな、と思った。肌寒いこんな日には、おでん屋にでも飛び込んで温かいものでおなかを満たしたい。

一階に戻って、いやいやキーボードを引っ張り出した。星野久留美のSNSを再び呼び出したとき、「新宿区河田町」という言葉が耳をかすめた。

テレビを観た。早くも夕方のニュースショーが始まっていた。キャスターが深刻そうな顔で、新宿区河田町にある医療法人エマソン会第二病院で、男が入院患者と看護師あわせてふたりを人質に立てこもっているということです、中継です、と言っていた。

画面の下に「速報・新宿区内の病院で立てこもり」という赤い文字が現れ、望遠レンズで撮影されたらしい、少しぼけた映像が映し出された。白いカーテンが閉まっている部屋をズームしている。

どうやらこの部屋に男が立てこもっているようです、繰り返します、この病室に男が立てこもっているようです、と緊迫した様子でキャスターが言った。

部屋がわかったくらいでそんなに興奮しなくても。

そう思いながらコーヒーをすった次の瞬間、キャスターが、あ、男の顔が見えました、ご覧いただけましたでしょうか、いま、カーテンの隙間から男の顔がのぞきました、犯人でしょうか、とまくしたてた。

ご覧いただけましたとも。

危うくコーヒーを噴き出すところだった。画質の悪い映像、暗い雨、それらを通してもはっきりわかった。カーテンの隙間から見えたのは、まぎれもなく村木義弘の顔だった。

3

星野久留美は、働いていた建設会社の社名を明かしていなかった。そこで彼女の発信した情報を丁寧にあたり、会社が八王子にあったこと、うつになり通い始めた病院で、NPO法人「パワハラ問題をともに考える西多摩の会」の貼り紙を見たこと、そのNPOに紹介された弁護士が会社と話し合ってくれて、最終的には示談が成立したこと、などを読み解いた。

そこまでわかれば、上司を突き止めるのはわけもない。NPOは星野久留美のケースを一種の勝利例として、ホームページで高らかに謳《うた》い上げていたし、会社名こそ表には出していなくても、建設会社であることや上司の肩書きが〈リフォーム対策部副部長〉

であることは明らかにしていたからだ。こんな妙な部署名はめったにあるものじゃない。しかも上司は女性だ。女性の社会進出が進んだとはいえ、建設会社で出世した女性はまだ、そう多くはない。

会社は市村《いちむら》建設、問題の上司は市村真紀子《まきこ》、当時五十八歳で社長の従姉だとすぐに知れた。

市村建設に電話をかけた。応対した女性社員は星野久留美の事件を知って興奮していたうえに、なぜかわたしを新聞記者だと思い込んだ。

「真紀子さんって、お情けで役職を与えられてただけなのに、当人は有能なつもりだったんですよお」

女性社員はひそひそとそう言った。

「だからなにか問題が起こると、悪いのは全部周囲のせい。あの頃は、久留美さんのせいにして、面と向かってひどい言葉浴びせたり、一度なんか湯のみをぶつけたりもしたんですよお。でも、その頃には久留美さんもう弁護士雇ってて、会話を録音して、湯のみをぶつけられた怪我の写真とか診断書とか、用意してて。それを証拠に傷害罪で被害届出すって弁護士が来たもんだから、真紀子さんすっかりびびっちゃったんです」

「それで示談になったんですね」

「社長もホントは真紀子さんには困ってて。だって、別に必要のないひとだもん。親戚に言われてしかたなく雇ってたけど、あの一件のおかげで真紀子さんを会社から追い出せた、それを思えば示談金なんか安いもんだったって、後で言ってました」

辞めてもらった代わりに、市村真紀子には非常勤役員の肩書きを与え、報酬を仕送りしてるから住所はわかる、そう言って、女性社員は連絡先を教えてくれた。わたしは、新聞記者にはずいぶんな神通力《じんつうりき》があるのだなあ、うらやましいなあ、あやかりたいものだなあ、などと思いながら市村真紀子に電話をかけたのだった。

「星野久留美？　あの女のことは、あんまり思い出したくないの」

電話の向こうで、市村真紀子はそう言った。

「そりゃあ、あたしも多少は彼女にきつくあたったことは認めるわよ。だけど、仕事をしていく上で、部下に厳しく接するのは当たり前じゃない？　社内の人間同士なら失敗があってもたいした問題にならないけど、外でやらかしてくれたら本人の経歴にも傷がつくし、会社全体がひどい迷惑をこうむるんだもの。でしょ？」

思い出したくないと言ったわりには、市村真紀子はよくしゃべった。

「湯のみ？　あれは事故ですよ。投げたのは認めるけど、当たらないように投げたのよ。そしたらあの女が自分から湯のみにぶつかっていったのよ」

「星野久留美がわざと怪我をしたと？」

「そのおかげでウチから一千万引き出せたじゃない。きっと弁護士が知恵をつけたんだわ。ほんのちょっとの我慢で一千万なら、誰だって湯のみにくらいぶつかるわよ」

「星野久留美は、お金のためならそれくらいしかねない女性だったんですか」

「そこまでは言ってないわよ」

市村真紀子は慌てて付け加えた。

「あたしは事実を説明してるだけ。結果をみて、あの女がどんな人間だったか判断するのはそっちの自己責任でやってよ」

「わざとかもしれないのに、示談を飲んだんですか」

「しかたがないじゃない。向こうには診断書があるんだもの。湯のみの一件の現場にいたのはあたしとあの女だけなんだから、どうしようもないわよ。そんな魂胆だと気づかずに、挑発されたあたしがバカだったんだって、あきらめましたよ。でも、殺されただなんてねえ」

市村真紀子は含み笑いをした。

「というと？」

「だから、あきらめなかったひとがいたんだわね」

音を小さくしたまま流していたテレビに動きがあった。いったん別のニュースを伝えていた画面が、またエマソン会第二病院の中継に戻ったのだ。カーテンが揺れて、また村木義弘の顔がのぞいた。これで三度目だ。もはや見間違いではない。

彼が殺人犯？　それで病院に立てこもった？

わたしは首を振った。だとしたら、わたしに星野久留美を調べろなどという連絡をよこした意味がわからない。しかし、声をひそめ、固定電話でこっそり連絡をよこした意味もまた、わからない。

わかっているのは、ご近所の不審者以外の、星野久留美殺しの犯人を見つけなくてはならない、ということだけだ。

「さきほど、会社に迷惑がかかることだけは避けなければ、といった趣旨のことをおっしゃいましたよね。だとしたら、星野さんのしたことほど迷惑な話はない。本当は市村さんもあきらめきれなかったんじゃないですか」

市村真紀子は高らかに笑った。

「あら。まさか記者さん、あたしがあの女を殺したと思ってるわけじゃないでしょうね。犯人は男だってテレビでやってたわよ」

「警察は不審な男性を捜していますけどね」

記者さん、の一言は聞こえなかったことにした。市村真紀子は鼻を鳴らして、

「マスコミって話を面白くしたがるのねえ。七年も前のことなんか、こっちはニュース見るまで忘れてたわよ。一応言っておきますけど、あたし、いつぞや静岡で起きた地震のとき、ビックリしてベッドから飛び出て転んで足の指折っちゃったのよ。おかげでいまだに杖なしじゃ歩けないの。あたしなんかを疑うくらいなら、あのNPOの男のこと、調べたほうがいいんじゃない？」

「『パワハラ問題をともに考える西多摩の会』のことですか」

「その代表だった若松了《わかまつさとる》って男よ。七年前、星野さんや弁護士に付き添ってて、あたしも顔を合わせたから知ってるんだけど、例の一千万から三割持ってったらしいわよ」

「弁護士報酬ならそれくらいは」

「バカね、弁護士が三割、NPOが三割よ。だから星野さんの手元には四百万しか残らなかったってわけ。たいした働きもせずマージンとるなんてやから、なにしでかすかわ

かったもんじゃない。それに、あの男なら十分、不審者に見えるんじゃないかしら」

　NPO法人「パワハラ問題をともに考える西多摩の会」元代表の若松了は前回の八王子市議会議員選挙に立候補して、落選していた。選挙用のポスターをネットで見つけた。でっぷり太って三白眼、悪代官のような顔立ち。不審者に見えるかどうかはともかく、労働問題のNPO代表をしていたようには見えない。パワハラ被害者の味方というより、パワハラをする側に見える。

　しかし、ひとは見かけによらない。

「若松さんはいま、インドを放浪しています」

　NPO事務局の女性はそう言った。意表をつかれて声が裏返ってしまった。

「放浪？　なんでまた」

「もともとインドがお好きなんですよ。こっちでヨガのインストラクターをやって、ある程度お金が貯まるとインドに渡るんです。大学生の頃から四十年以上そういう生活してるそうで、ヒッピーの残党だってご本人は笑ってますよ」

　悪代官のヨガ。想像できない。

「そういうひとが、なぜ市議に立候補を？」

「よくは知りませんが、頼まれたんですよ。あの方、頼まれるとイヤとは言えないんですよね。ここの代表をしてたのだって、頼まれたからですけど」

「誰にです？」

「もちろん弁護士の粟屋《あわや》先生にですよ。若松さんと粟屋先生は大学の同期だそうで、労働問題専門の粟屋先生が、パワハラに苦しむひとにとって、いきなり法律事務所では相談しづらいだろうとお考えになり、うちを開くことにしたわけですけど、そのとき若松さんに代表を任されたんです。若松さん、役所に出す書類の作成とかパソコン操作とか、めちゃくちゃ早いんですよね。なんとか戻ってきてくれないかしら」

事務処理能力の高いヒッピー。これまた想像できない。

「若松さんは、インドに行くたびに代表をお辞めになるんですか」

「いえ、いつもは休暇扱いだったんですけど、半年前に粟屋先生が引退されまして。だったらオレもお役御免だよな、っておっしゃって、正式にね。うちにいると、半年でせいぜい三週間しか休めないから、ストレスたまってらしたんでしょうねえ」

労働問題専門の弁護士で若松了と同年輩、名字が粟屋となれば、該当者はひとりしかいない。粟屋寿男《ひさお》。昭和二三年生まれ。長らく八王子で〈フェニックス法律事務所〉を構えていたが、サイトでは粟屋寿男は元代表で顧問という扱いになっていた。

現在の事務所代表は粟屋和彦《かずひこ》。顧問の甥らしい。他に所属している弁護士やスタッフあわせて十人の所帯だ。オフィスで撮影したらしい、そのスタッフ全員笑顔の集合写真が載っていて、法律事務所にしてはカジュアルでフレンドリーだ。

スタッフの名前から全員を調べた。さすが法律畑の人材だけに、個人情報を垂れ流す人間などいなかった。だが、事務スタッフに纐纈《こうけつ》あやめという若い女性がいた。珍しい名前だな、と思って探すと、八王子市内に住む纐纈みすずという女性のブログを見つけた。

　年配の女性がボケ防止にやっているらしく、内容は持病と受診記録と法律事務所に勤める孫娘のことばかり。おかげで、事務所内のゴシップがずいぶん明らかになった。なにしろみすずおばあちゃんは、膝痛や高血圧の薬、通販で買ったスッキリするお茶といった話題の間に、

「孫娘の事務所の一番若い弁護士が、高校時代からつきあっていた彼女にふられ、出勤してこない」

「孫娘の事務所の先輩は、三ヶ月前に高校時代の同窓会があって以来、毎週火曜日に早く帰るようになり、化粧も派手になった」

「事務所の元代表がまだ六十代なのに弁護士を引退し、家屋敷を処分したのは、一年前、奥さんに逃げられたからだと孫娘が言っていた。ふたまわりも若い奥さんなんかもらうからだ」

「元代表の家は庭が広いだけが取り柄の、国分寺のボロ家だそうだ。よく買い手が見つかったもんだと孫娘があきれていた。なのに元代表の甥はそれが気に入らないらしい」

　書きたい放題だ。

　たいそう面白かったが、星野久留美につながる話題はなかった。村木に報告できることはなにもない。

　残念だがしかたがない。そもそも、ほとんど個人経営の調査員がネットで調べただけ

で、殺人事件の捜査に関わるネタをあげられるわけがないのだ。

ふてくされて椅子の背にもたれ、背中の筋を伸ばしていると、店の電話が鳴った。生唾を飲み込んだ。こうなったら、これ以上ややこしいことになる前に投降するよう、村木を説得しよう。村木ほどの人間がこんな真似をするからには相当な事情があるのだろうが、入院患者を人質にするなんて、やっぱりありえない。

意をけっして受話器をとった。

「あ、葉村さん？　富山です」

富山店長の能天気な声が響いた。

「データ届いてましたよ。駒井圭城と連絡はつきました？　OKしてもらえたでしょうか」

「……あー、えーと、まだ……」

半分椅子からずり落ちながら、なんとか声を出した。富山は不満げに、

「もう少し気合いを入れてくださいよ、葉村さん。うちでオリジナル出版をするなんて初めてですからね。これは今後の試金石になるんですよ」

「すみません、さっきは駒井さんが留守で、かけ直す約束を」

しました、と言いかけたとき、テレビ画面にテロップが出た。富山の声が漏れ出る受話器を耳から離し、音声のレベルをあげた。キャスターが呼びかけ、画面は河田町警察署前に切り替わった。手に原稿を持ち、耳のイヤホンをおさえながら報道記者が言った。

「先ほど警察から、立てこもり犯についての発表がありました。エマソン会第二病院の

一室に立てこもっているのは、副島順平という人物です。繰り返します。病院に立てこもっているのは副島順平、五十三歳……」

だ、誰？

4

「あのなあ、オレは入院患者のほうだ。心筋梗塞起こしたショックで階段から落ちて、内臓打撲と腰骨折って二週間前に担ぎ込まれて以来、車椅子なんだ」

村木義弘は電話の向こうでそう言った。相変わらず声をひそめているが、気をつけて聞くと、しゃべり方と荒い鼻息が合っていない。鼻息は村木のものではなく、そばで通話に聞き耳を立てている立てこもり犯──副島順平のもの、ということになる。

駒井圭城から折り返しの電話があるかも、と大嘘をついて富山との通話を打ち切った。約束通りにかかってこない電話をにらんで待つこと五分。ようやく村木からの連絡があった。端末はなくても部屋にテレビはあるようで、副島順平の名前が報道されたことも知っていた。

「葉村とは長い付き合いじゃないか。そんな、オレが人質とって立てこもりなんてバカな真似するわけないことくらい……いたっ」

「村木さん、大丈夫ですかっ。村木さん」

「騒ぐな。小突いただけだ」

男の声が答えた。副島順平だろう。

電話を待っている間に〈バー・マロイ〉のサイトを再確認した。ソエジマさん、と呼ばれている男の写真があった。黒のTシャツ、ジーンズ、白いスニーカーを履いてカウンターに座る、坊主頭、無精髭《ぶしょうひげ》、頰に傷のある五十がらみのマッチョ。暗い路地では会いたくないタイプ。明るい路地でもごめんこうむりたい。

「副島さんは〈ガウディ・ハウス河田町〉の住人で、うちの店の常連なんだ」

村木が言った。

「半年前、星野久留美が同じマンションにやってきて、改装を始めた。星野さんは七階の角部屋、副島さんは三階の中央の部屋だ。副島さんは夜十二時までの仕事で、終わった後うちに来て飲む。三時頃に寝て、十時すぎに起きる。ところが半年前から騒音で、朝の九時に起こされるようになった。最初は副島さんも、それが星野さんのせいとは思っていなかった。場所が離れてるからな。だが、店でおたがい話してるうちに、どうも彼女の部屋の改装と騒音が連動してるんじゃないかと気づいた。と、副島さんは言っている」

「で、もめたんですね」

「二、三ヶ月くらい前から、何度かな。オレも理事をやってる管理組合が仲裁に入ったが星野さんは防音対策をしっかりしてると反論し、他の部屋の住人からは騒音の苦情などまったく出ていない。言っちゃなんだが、もともと副島さんはクレームが多くて、なかにはモンスタークレーマ……いってえ」

「ちょっとっ」

「やかましいぞ女探偵。小突いただけだってんだよ」

副島順平の声が少し離れたところから聞こえた。やがて村木が、

「ああ、大丈夫だ。……とにかく、その件じゃいろいろもめたんだ。だが、さっきの電話で葉村が言ってたように、建物の構造上の問題で、離れたところに音が響くことはありうる。星野久留美もそう認めて、音の出る作業は十時以降にすることにし、ウチの店で手打ちをした。で、彼女と副島さんはうちとけあった。と、副島さんは言っている」

「星野久留美さんのツイッターによれば、もうリノベ作業はすんで、彼女はすぐにでも〈ガウディ・ハウス〉を出て行くことになってたんですよね」

「だからさ、二、三日前のあれは違うんだよ」

副島の声がした。村木が引き取って、

「星野久留美は見かけによらず、男っぽい性格で言葉も荒い。副島さんとエレベーターホールで出くわして、そろそろ出てくからって別れの挨拶を小突き合いながらしていたら、事情を知らない新入りの住人に通報されかけた。と、副島さんは言っている」

「はあ、なるほど」

「そこでけさの十時に、副島さんは星野さんの部屋を訪ねた。あらためて別れの挨拶をし、引っ越しの手伝いでもと考えてのことだ。彼女は今日、引っ越す予定だったからな。行ってみたら、ドアに鍵がかかっていなかった。もう出たのかなと落ちてたハンマーを何気なく拾いながら奥に入った。すると、ベッドの上に顔面陥没した星野久留美の死体

があった。と、副島さんは言っている」

沈黙の後、わたしは訊いた。

「その話を信じろと？」

「なんだ、このクソ女探偵。オレが嘘をついてるとでも言うのか」

副島順平がわめいているのが聞こえてきた。

「村木てめえ、この女探偵は信用できるとか抜かしてたが、みろ。マンションの奴と一緒じゃないか。たかが持ってたハンマーやスニーカーが血まみれだったくらいで犯人扱いしやがって」

「そのマンションの住人は、二、三日前にエレベーターホールの一件を見ていたのと同じ人間だそうだ」

村木が言った。

「そのときは星野久留美が、ふざけてただけよ、と言って住人の通報を止めたが、その記憶も新しいところへ、副島さんが血まみれのハンマー持って死体のある部屋から飛び出してきて、おまけに鉢合わせしたその住人に向かって、どけ、おまえもぶっ殺されたいか、と言った。ということらしい」

そりゃ犯人扱いするなというほうが無茶だ。ていうか、

「でも、なんで、それが病院での立てこもりに？」

「副島さんはオレが探偵だったことを知ってたから、入院しているオレのところにハンマー持参で相談に来た。と、副島さんは言っているが、ホントは離婚した奥さんがここ

の病院の看護師なんだ。副島さん、困ったことがあるとつい、奥さんに甘えたくなるらしくって……ううっ」

「よけいなこと言わなくていい」

副島が言った。わたしは髪をかきむしりたくなってきた。

「つまり人質になってるのは、副島さんの元奥さんと村木さんってこと？」

「空いてたインフォームド・ルームに入り込んで、副島さんの話をさしできいた」

村木が言った。

「常連のお客さんのことだし、なんとかしてやりたいと思ったが、事情が事情だから最終的には警察に出向くしかないだろう。でも、弁護士は信用ならない、ただ警察に行ったって犯人に仕立てあげられるだけだ、と興奮しててさ。オレは車椅子だし警察に付き添っていきたくても退院許可はでない。医者にも事情は説明できないしね。そこで窮余の策というか、葉村のことを持ち出してみたら、とりあえずは、なんというか……」

村木は言葉を濁した。要するに村木は、興奮している副島順平を落ち着かせる時間稼ぎのために、事情を隠して知り合いの女探偵に星野久留美の身辺を調べさせよう、他に容疑者が見つかれば警察も納得する、とかなんとかいって、わたしに連絡することを了承させたわけだ。

副島が鼻息も荒く聞き耳を立てているわけだから、教えたくても状況を説明するわけにもいかず、あんな奥歯にものがはさまったような「調査依頼」になった。

「葉村の調査を待つ間、インフォームド・ルームに軟禁状態でさ。それはいいけど、そのうち副島さんの元の奥さんに見つかったんだ。彼女、血まみれのハンマー見て大騒ぎしかけたもんだから、副島さんつい、元奥さんを気絶させちゃって。このひとプロレスラーだったんだ。頭痛がひどくなってやめたそうだけど」

村木が副島を興奮させたくない気持ちが十分、伝わってきた。おそらく頭部外傷の後遺症がある元格闘家。本当はイイヒトだとしても、はずみで暴走したら抑制できず、えらいことになりそうだ。

「もちろん彼女が目を覚ましたら事情を説明するつもりだったんだけど、先に元奥さんを捜しにきた若い看護師がオレらに気づいてすごい悲鳴あげるわ、頭に血がのぼった副島さんは集まってきた病院関係者の前でオレに例のハンマーつきつけてみせるわ、で、警察が呼ばれたわけ。すごいよ。大騒ぎだよ。窓の下、特殊車両だらけでさ。警察ドキュメンタリーみたいなことになってるよ」

「のんきなこと言ってる場合ですか。全国ネットで放送されてるし、村木さんの顔もモザイクなしで出てるんですよ。早く立てこもりをやめて、星野久留美のことは警察にきっちり調べてもらいましょうよ」

「オレに言うなよ」

村木が愚痴った。

「これまでの話でわかっただろ。副島さんが立てこもりをやめるかどうかは葉村次第なんだって」

「そっ……そんな丸投げ、やめてください」

「どうなんだよ。星野久留美を殺しそうなやつ、誰か見つかったか」

わたしは調べた内容を、不必要と思われるものも含めて詳細に説明したが、だんだんイヤになってきた。裏が取れたわけではないが、市村真紀子は足が不自由、若松了はインド。話のとおりなら、どちらも星野久留美は殺せない。

「それじゃあ、やっぱり他に容疑者は見つからないのか」

村木の沈んだ声がした。同時に彼の背後でものすごいうなり声が聞こえた。わたしは焦って声を張り上げた。

「あ、そうだ。その出くわしたマンションの住人はどうです？　星野久留美と多少の接点はあったんだし、副島さんが出て行くとき、彼女の部屋の近くにいたんでしょ」

「そいつについてはオレも聞いた。小柄で細い女性だそうだ。人殺しはできるだろうが、顔面の陥没は難しいだろう。と、副島さんは言っている」

星野久留美もたおやかに見える女性だった、と反論しかけたが、やめた。副島順平は格闘家だった。ひとの身体能力を見抜くことくらいできる。少なくとも本人は、そう信じているだろう。わたしごときがなにを言っても聞くとは思えない。

副島のうなり声がいっそうひどくなってきた。頭が痛い、クソ、この頭が、とわめいているのも聞こえる。

村木はなにも言わないが、懸念材料が増えた。それに副島の元奥さん。インフォームド・ルームがそれほど広いとは思えないのに、彼女の気配が感じられない。彼らが出くわしてから一時間以上たっているはずなのに。

本当に気絶しているだけなのだろうか。

そう思いいたって、いまさら現実感が追いついてきた。冷や汗が出た。まずい。なんとかしないと今度は村木の顔面が陥没する。だけどいったい、どうしたらいいんだ。

汗で滑る受話器を握り直したとき、店のチャイムが鳴って、わたしは飛び上がった。こんなときに、なに。

「どうした？」

村木の不安げな声がした。答えようとした瞬間、ドアが激しくたたかれた。ドアの脇の磨《す》りガラスに人影が透けて見える。あっちも当然、店内の明りに気づいているはずだ。居留守は使えない。

「ごめん、来店客だ。追い払うから少し待って」

「こら、このクソ女探偵。まさか警察に連絡とかしてんじゃねえだろうな。てめえ、ケーサツを呼んだのか」

鼻息とともに副島がわめいた。わたしは必死に笑い声をたてた。

「まさか、そんなヒマあるわけないでしょ。ずっと店にいて、頼まれた調べものしてたんだから。店に客が来ただけよ。いったん切るわね。すぐに追い払うから、十分後に電話して」

「本当だろうな。オレはな、頭がいてえんだ。畜生、頭がいてえんだよ」

「本当だから、だから落ち着いて」

言った瞬間、ドアの向こうから「警察です」と声がした。胃がでんぐり返った。

「いま、警察って言ったか。ケーサツって言ったよな」

副島がわめいている。わたしは必死で声を張り上げた。

「ここはミステリ専門書店なのよ。でもって今、警察小説のフェアやってんのよ」

いきなり電話が切れた。村木が気を利かせたのか、副島順平が叩き切ったのか、それとも……全身から血が引く思いでニュース画面を見た。少し、ほっとした。警官隊がなだれ込んだ様子はない。警察もドア越しに聞き耳を立てているはずだし、もし副島が暴れ始めたら、なにか動きがあるはずで……。

再びチャイムが鳴り、どかどかとドアが叩かれた。わたしは受話器を握ったまま、ドアを開けた。目つきの悪い、安いスーツの男たちが外廊下を埋め尽くすほど立っていて、先頭の男がこちらをにらみ、IDを突きつけてきた。

5

「副島順平と電話で話していましたね」

責任者らしい先頭の男が、丁寧かつ押しつけがましい口調で言った。おまえなんかに見せるのはもったいない、と言わんばかりにちらっとだけ広げてみせたIDに〈警部補関水一成《せきみずかずなり》〉とあった男だ。

「正確には、少し違います。村木義弘と話していました。副島さんは村木さんの背後で、こっちに向かっていろいろ怒鳴っていましたが」

レジに戻りながら答えた。関水は拍子抜けしたように、

「なにか名前と身分を証明できるものはありますか」

免許証を出した。狭い店内いっぱいになった警察官の手から手へ、免許証が回っていく。開け放されたドアから雨が吹き込み、湿度が上がり、体温で室温も上がり、男たちのストレスと脂と加齢の臭いが充満し、〈MURDER BEAR BOOKSHOP〉の環境はまたたくまに悪化した。

若い捜査員が最後に免許証を受け取り、ケータイでしゃべりながら外へ走り出ていった。こういう場合、身分照会は当然だが、やられて気持ちのいいものではない。逮捕歴も前科もないが、それなりに警察のご厄介になってきた身としてはなおのこと。

「あのねえ、葉村さん。村木さんというのは、人質になっている入院患者の村木義弘さんのことですね。どんな話をしました？」

「あのねえ、関水さん」

言うと、関水は少しだけ頬をけいれんさせた。

「病院の固定電話での会話なんて、全部モニターしてたんでしょ。盗聴して、発信先を突き止めて、だからここに来た。聞いてたんなら、状況が切迫してるのわかりますよね。わかり切ってること一から説明してるヒマ、ないですよね。十分後にはまたあっちから電話がくるんです」

「とりあえず、村木さんとの関係をうかがいましょうか」

関水はとりあわずに言った。

役人め。場のイニシアティブを握らずにはいられず、機転を利かせることよりもミスや漏れがないことを優先する、仕事が遅い生き物よ。

上の空で説明しながら、必死で考えた。

副島は「犯人に仕立て上げられる」ことを恐れている、という趣旨のことを言っていた。それを信用するなら、彼は犯人ではない。

だが、たいていの犯人は簡単に恐れ入ったりはせず、やってないだのそんなつもりはなかっただのとまくしたてるものらしい。だとすると副島は真犯人かもしれず、しかもひょっとしたら頭部外傷の後遺症とやらで、犯行自体を覚えていないのかも。

村木と長谷川探偵調査所についてのどうでもいい質問を遮って、あれこれ確認した。

関水は面食らったようだった。

「なに言ってるんですか。あなたも探偵なら、そういった情報を部外者に漏《も》らせないことくらい、わかりますよね」

「へえ、そうですか。すみませんね、探偵にわかるのは、凶暴な犯人との通話中に『警察だ』と大声で割って入ったら人質が危険だ、ってことくらいで」

関水は咳払いをし、店いっぱいの警察官がじろりとこちらをにらみつけてきた。

「連れはまだ若くて、そこまで頭がまわらなかったんですよ。そんな話、どっかに書き込んだりしないほうがいいですよ。若者の未来を断ち切りたくはないでしょう」

「あれで副島順平が凶暴化したら、人質の未来が断ち切られるかもしれませんよね」

関水はしばしこちらを見ていたが、なにか言いたそうな他の捜査員を制した。

「ま、いいか。もうすぐニュースで流れますから。星野久留美さんを殺したのは、間違いなく副島順平ですよ。おそろしい大げんかだったそうで、複数の人間に殺しているところを目撃されたんです」

「だとすると、犯行の一部始終を副島順平は覚えていないんでしょうか」

「わかりませんね。うちの交渉班も電話をかけ続けていますが、中とは話ができずにいます。交渉班がかけ続けている電話の一瞬のすきをついて、村木さんがあなたに電話した。要は事案発生後、中と話せているのは葉村さん、あなただけということです」

うわー。

パニックになりかけた。どうしたらいい。考えろ。どうしたらいい。

「副島が犯人で、そのことを覚えているにしろいないにしろ……ああまで犯行がバレバレであるにもかかわらず、村木さんを通じて葉村さんに星野久留美さんを調べさせたということは、覚えていないという可能性が高いと思いますが、だからといって状況は変わりませんよ」

関水は言った。

「いいですか、次に電話があったら、村木さんを説得して副島を電話口に出してください。電話に注意を向けさせて、すきを作るんです」

「ちょっと待って。まさか、強行突入するんですか」

「そうと決まったわけじゃありませんけど、副島順平は相当興奮してるようですし、自分から出てくるように説得するのも無理そうだし」

それだ、と思った。

「星野久留美殺害の容疑者が他にいる、そう副島さんを説得できれば出てくるんじゃないですか」

「いそうなんですか」

関水がどことなくバカにしたように、言った。我々の会話を聞いていたなら、容疑者になりそうな人間など見つかっていないことも知っているわけだ。

「だから、でっちあげるしかないでしょ」

「それはできません。警察が嘘をついて犯人を逮捕したとなれば、法律上どうなるかめんどくさい。

「警察が嘘つくわけじゃなくて、わたしがつくんですっ」

「落ち着いてください、葉村さん。よく考えてみてください。わずか十分で、これまでに見つからなかった容疑者を見つけました。そんな嘘で副島を騙せますか。ムリですよ」

確かに。自分でもわかった。副島は単細胞で暴力的で頭部外傷後遺症持ちだが、そういう人間こそ、騙すのは難しい。論理ではなく、本能と感情で物事を判断する人間のほうが、特に追いつめられているときは騙しにくい。

店の電話が鳴った。外にいた若いのが慌ててとんできた。関水が言った。

「いいですね、村木さんを説得してください。なんとか副島を電話口に出すんです」

電話口に出して、それからどうしろって言うんだ。

しかし考えている時間はなかった。わたしはレジの椅子に腰を下ろし、深呼吸をし、いつのまにかなにやらコードを取り付けられた電話の受話器をとった。

「あ、葉村さん？　富山です。どうですか、駒井圭城と連絡つきました？」

「……えーと、まだ……」

椅子から落ちたいところだったが、レジの内側のスペースはでかくて汗臭い男どもで占められていて、それもできない。まったく息苦しい。警察がここに来るのはしかたないとして、こんなに大勢の必要があるのか。

「ダメじゃないですか。どうせ今日はお客も来てないだろうし、なのにバイト代払うんですから真面目にやってもらわないと」

「接客中ですので、あとで」

それだけ言って、電話を切った。イヤホンで聞いていた捜査員たちにうちのオーナーだと伝える。

「こちらで連絡をして、しばらくこの回線にはかけないように伝えましょう」

関水が無表情に指示を出した。わたしはレジカウンターにつっぷした。

両手が冷たくなっていた。なにも知らない富山を責めても始まらないが、首を締め上げてやりたいような気分だった。なにが駒井圭城だ、十五年以上もほっといた作家に、今頃になって連絡とれと矢の催促。ふざけんな。

頭の中でなにかがカチッと鳴った。

「アンモニア」……。

電話が鳴った。それを無視して「小説深交」九八年五月号と、パソコンのキーボードを引き寄せた。さっき見た、あの写真。

急いで検索を、確かこのあたりで見た……。

「葉村さん、電話に出てください」

言い立てる関水を無視して検索を続けた。あった。

「葉村さん」

受話器を取った。葉村、と言った村木の声がこれまでになく切迫していた。そばに聞こえる鼻息もまた、やたらと激しさを増していた。

「あんたが警察と通じてる、と副島さんは言っている。みんながグルで、自分を陥れようとしている、元奥さんの看護師の意識が戻らないのも、警察が仕組んだことだ、と」

「そんなことより、他に星野久留美殺害の重要な容疑者を見つけたから」

わたしは唾を飲み込んで、答えた。副島がわめきだした。

「ふざけんな、おい村木よ、このクソ女探偵オレをバカにしてんのか。適当にごまかそうとしてやがる。そうだろ、なあ」

村木のうめき声がして、関水を始め、すし詰めの警察官がいっせいに身体を引いた。血の気が失せるのを感じたが、もはや後戻りはできなかった。

「星野久留美さんが次に改装する予定だった家、覚えてますか。国立の一軒家で、テーマはソローの『森の生活』でした。テーマからして久留美さんは、この家では庭作りをメインに考えてたんじゃないかと思うんです。SNSに掲載した写真も、手前がジャングルのような庭で奥に小さく家がのぞいている、といったものでしたから」

村木が副島にいま、わたしが話した内容を伝えているのが聞こえてきた。ドキドキしながら待った。少しの沈黙ののち、副島の声が近くに聞こえてきた。

「そうだったな。オレも彼女にその家の写真、見せられたよ」

よし、納得させられた。ほっとしたらしく、周囲の男たちがいっせいに、音を立てずに深く息を吐いた。酸欠になりそうだ。

「もうひとつ。粟屋寿男、久留美さんが七年前、会社を告発したときに担当した弁護士ですが、まだ六十代なのに、若い奥さんに失踪されたショックで法律事務所を甥にまかせ、自分は国分寺の屋敷を処分して引退した。屋敷は庭ばかり広いボロ家で、よく買い手が見つかったものだとあきれられるような代物でした。そのことは覚えてますか」

「バカにするなよ、女探偵。さっき聞いたばかりだ。それがどうした」

「わたし、市東五百という菌類学者を知っておりまして」

わたしは言った。嘘ではない。

「菌類学者というのは要するに、キノコの専門家です。特に詳しいのが、アンモニア菌に分類されるキノコなんです。アカヒダワカフサタケとかオオキツネタケ、アシナガヌメリっていうのが主な種類なんですけどね」

関水が妙な顔をしているのを尻目に、「アンモニア」の中の、市東五百がアンモニア菌の説明をするシーンから、キノコの名前を読み上げた。

「キノコ？　それがどうした」

「アンモニア菌というのは、その名の通り、アンモニアを好むキノコなんです。動物の死骸が分解されたあと、アンモニアが発生します。そこに出てくる。だから欧米では、アンモニア菌キノコをコープス・ファインダー、死体を発見する者、と呼んでいます」

と駒井圭城は書いていた。副島順平の鼻息が近くなった。

「それで？」

「それで思いついたんです。菌類学者に星野久留美さんの国立の家の庭の写真を見せたらどうか、と。あの庭には樹が生い茂り、ツタも絡まり、そしてキノコも生えてます。ぬめっとした、茶色っぽいキノコが地面にいっぱい、生えてるんですよ」

「おお、そうだった」

なにやら身じろぎするような音がして、副島がごく近くで言った。関水がきゅっとこぶしを握ってガッツポーズのような格好をした。副島が受話器をとったのだ。

「考えてみてください。あのキノコがアンモニア菌だったら。栗屋弁護士の屋敷を買ったのが星野久留美だったら。ふたりは知り合いでした。片方は家を直して生計をたてている、片方はボロ家を処分したがっている」

「待て。星野久留美が買ったのは国立の一軒家で、弁護士の屋敷は確か、国分寺……」

「そうなんです」

わたしは大きな声を出した。ここがごまかしどころだ。

「星野久留美さんは、リノベした家を買ってもらうことで生計をたてていました。不動産業界で地名はブランドです。イメージのよい地名をつければ売れ行きもよく、人気が出れば高く売れる。だから、調布市入間町のマンションに〈ロイヤルグランド成城〉と名づける。徒歩三十分圏内なら、住所がどうでもチラシには田園調布と書く。国分寺のボロ家を、国立の一戸建てと表記するわけです」

「ああ、それよく聞くな。で？」

副島順平が納得したように呟いた。わたしはたたみかけた。

「思い出してください。粟屋弁護士の奥さんは行方不明なんですよ。彼女はどこに行ってしまったんでしょう。奥さんが失踪したことで、粟屋弁護士は意気消沈し、事務所を甥にゆずりました。そして庭には多くのキノコ。キノコにはアンモニア菌と呼ばれる種類が……」

「女探偵、アンタおそろしいこと考えるな」

副島順平が言った。

「するとこういうことか。星野久留美はそうとは知らず、弁護士から家を買った。もうすぐ庭を掘り返すことになる。そうされては困る人間が、星野久留美を？」

「法律事務所を引き継いだのも、家が売られて気に入らないようだったのも、粟屋弁護士の甥です。いくら国立に近くても、星野久留美が買ったくらいだから評価額は低かったはず。買ったやつがいたんだとあきれられるような家ですよ。今時、そんなボロ家を相続したいとは誰も思いませんよ」

「ふむ。もし、この甥が粟屋弁護士の財産を狙っていたなら、ふたまわりも若い奥さんにいられちゃ困るのもその甥ってことになるな」

副島順平の声がはずんだ。よし、かかった。

「そうだと思います。どうでしょう、副島さん。警察にこのことを話して粟屋弁護士の甥について調べてもらっては。急がないと、証拠隠滅をはかるかもしれないし」

「庭を掘るってか。それはまずいな」

「でしょ。ですからこの際、人質を解放して」

　突然、耳元でどっかん、とものすごい音が炸裂した。思わず受話器を放り出し、テレビ画面に目をやった。

　警官隊、突入。

6

　副島順平は逮捕され、村木義弘と副島の元奥さんは無事保護された。わたしは最寄り署に連れて行かれ、調書をとられ、長々と説教をくらった。警察が聞いているのを知りながら、大嘘をついて殺人事件をでっちあげ、無関係な人間を殺人犯にしたてあげたというのだ。あんな話を副島順平が真に受けたらどうする、と関水は言った。

「自分がやった殺人を忘れ、弁護士の甥が粟屋弁護士の奥さんと星野久留美を殺したんだと信じたらどうする」

「わたし、甥が殺人犯だなんて一言も言ってませんよ。庭に死体が埋まっているとさえ言ってません。いいじゃないですか、粟屋先生の奥さんが元気でいるところを見つければ。さもなきゃ、本物の菌類学者にあの庭のキノコを見せるとか」

「なんだ、あの庭の写真のキノコは、あんたが言ってたアンモニア菌じゃ」

言いかけたとき、関水は誰かに呼ばれて部屋を出て行った。わたしは安物の事務椅子にもたれかかった。あほらしい。警察があんな話を信じるなんて、それこそどうする。シロウトが庭の写真を見ただけで、キノコの種類をみきわめられるわけなかろう。

大きな音を聞かされたおかげで、耳の奥が痛かった。台風が近づいているせいもあって、頭が重い。雨が警察署の窓ガラスを激しく濡らしていた。まったく、早く帰らせろ。

たっぷり三十分待たされた。戻ってきた関水に苦情を言おうとしたが、彼は奇妙な顔つきになっており、幽霊でも見るかのようにわたしを見て、こう言った。

「さっき、国分寺の空き家の庭を勝手に掘り返していた男が逮捕された。白骨も出たそうだ」

参考文献　『キノコの不思議な世界』エリオ・シャクター　くぼたのぞみ訳　青土社
『きのこ文学大全』飯沢耕太郎　平凡社新書
『東京きのこ！』西野剛　ストーク・星雲社

十一月

血の凶作

1

十一月の風とともに店に入ってくるなり、角田《つのだ》港大《こうだい》先生は言った。
「オレ、二週間前に死んだんだわ」

半年ほど前、〈MURDER BEAR BOOKSHOP〉では〈男たちのロマンと匂い〉と題し、昭和三〇年代の和製ハードボイルドの絶版本を集めたフェアを催した。その関連で、ハードボイルド作家・角田港大先生をゲストとして招いたのだ。

港大先生について説明がいるだろうか。八〇年代の後半『殴るのは俺だ』で斯界《しかい》の注目を集め、『失われた街』『巌壁に死す』両シリーズが大ヒット。一方で、トレンチコートにサングラス姿で雨に打たれる著者近影が評判となり、二十年以上にわたってウイスキーのCMに出演。三十歳以上の日本人にとって、角田港大はハードボイルドの代名詞となった。

トレンチコートの襟をたて、葉巻をくゆらせながら登場された先生は、ミステリ界一と評されたバリトンを震わせ、北村鱒夫、島内透、結城《ゆうき》昌治《しょうじ》らの小説について、またヘミングウェイからダシール・ハメット、ロス・マクドナルド等ハードボイルド・ジャンルについて、大いに語られた。その場にいたファンたちはすっかり幻惑され、購入した大量の本を抱えて夢見心地で帰途につき、店の売り上げは最高記録を樹立した。

　下にも置かぬもてなしをしなくてはならないお方だが、それとこれとは話が別だ。わたしはこっそり先生の息の匂いを確かめ、それに気づいて先生は顔をしかめた。

「酔っぱらいの戯言《たわごと》じゃないよ。まあ、オレが死んだっていうのは違うな。角田港大が、でもないな、角田治郎《じろう》が死んだんだ」

　そう言って先生はレジの脇に置いてある折り畳み椅子を勝手に引っ張り出し、どすんと座って腕組みをした。

「あ、角田治郎ってオレの本名ね。港大はペンネーム。〈つのだじろう〉じゃハードボイルドの探偵より、夜更けに新聞配ってる背後霊とか連想するだろ。それでカミさんとふたり、あれこれ考えてさ。港大に落ち着いたわけ。我ながら、海のない多摩東部生まれがすごい名前だと思うよ。そもそも吉祥寺とか世田谷とか調布とか、今じゃ中産階級の牙城《がじょう》だよな。だからオレのプロフィールに三鷹生まれは載せてないんだ」

　バリトンでまくしたてる先生の話を聞き流し、わたしは仕事を再開した。先月末に開かれた〈MURDER BEAR BOOKSHOP〉のハロウィン・イベントで、オーナー兼店長の富山泰之は吸血鬼に扮し、マントの裾を踏んづけて階段から転がり落ちた。コントのような顛末だったが、結果は脚の靱帯《じんたい》を切る大怪我で入院。すでに退院はしているが、しばらくは船橋の自宅から出られそうもないという。

　閑古《かんこ》鳥《どり》が鳴いているような店でも、ネットの売り上げもあれば古書の売却相談、看板猫の世話に金銭管理、本の入れ替えや整理と、ひとりではなかなか忙しい。見かねた常連客の大学生、加賀谷がバイトに入ってくれて、なんとか乗り切った定休日前日、閉店直前。作家の世迷《よま》い言《ごと》をマジメに聞ける体力など残っていない。

角田先生の話は子どもの頃の思い出になり、奥さんとのなれ初めになり、多摩地区がいかに二十三区に搾取されているかというテーマになって十五分後、ようやく当初の話に戻ってきた。

「二週間前、三鷹の中央道近くのアパートで火事があったんだ。一階に住んでたバアさんが、天ぷら油を火にかけたまま近所に醤油を買いに行ってさ。戻ってきたときには、アパートは妖星ゴラスのごとく、真っ赤に燃え上がって手のほどこしようもなかった。〈ハイツ・アルデバラン〉って築四十五年の木造のアパートだけど、住んでいたのはそのバアさんと、十五年前から二〇一号室に住んでいた〈角田治郎〉のふたりだけだった」

その火事なら覚えている。問題のアパートは、わたしが暮らす〈スタインベック荘〉というシェアハウスに比較的近く、同居人たちの間で話題になったからだ。しかも、

「死者が出たんですよね。それが、その……？」

「そう。オレ。角田治郎」

先生は顔をするりとなで上げた。

「消防は消火と並行して、住民の安否を確認しようとした。〈角田治郎〉は近所の清掃会社で働いていたんだけど、その日は休みで連絡もつかなかった。鎮火の翌日になって、焼け跡から死体が見つかったけど、原形をとどめていなかったそうだ。大家は九十すぎ

で入院中、甥がいるけど北海道在住で、家作のことなどなにも知らない。そこで警察は不動産屋をつきとめ、不動産屋は十五年前の賃貸契約書を引っ張り出した。そこに〈角田治郎〉から提出された戸籍抄本がついていた」

「じゃ、その戸籍抄本が……？」

「そう。オレの戸籍抄本だったんだよ。で、警察はそれを頼りにうちにたどり着き、電話してきて、オレが焼け死んだとカミさんに言ったわけ」

まったく参っちゃうよ、と先生は言った。

「最初はさ、面白いと思ったんだ。『死んでいるのがオレなら、ここにいるオレは一体誰だろう』って落語みたいじゃないか。だけど、〈角田治郎〉が戸籍抄本の角田治郎とは別人だとはっきりしてから、警察はオレを疑ってる。つまり、オレが自分の戸籍をそれと承知で、死んだ〈角田治郎〉に使わせたんじゃないか、と考えているらしい。赤の他人に戸籍を使われたのに、十五年も気づきませんかね、とイヤミを言われたよ」

他人の戸籍抄本を無断でとるのは、十五年前ならさほど難しくはなかった。大きな声では言えないが、昔はわたしも調査対象者になりすまし、マルタイの戸籍抄本や住民票を取得したものだ。他人の善意を信じて、ゆるゆる生きられた時代の話だが。

そんなことくらい、警察だってわかっている。わかっていながら手がかりを求めて、港大先生を揺さぶっているというわけだ。

「なにが悲しくて、自分で自分の戸籍を赤の他人に使わせなきゃならないんだよ。そう言ったんだけど、担当者ときたら、向こうがアンタを知ってたんだから、アンタも向こうを知ってるはずだ、と言い張るんだ」

「戸籍を売買する人間が、たまたま先生の戸籍抄本を手に入れて〈角田治郎〉に売りつけただけなのでは？」

「普通に考えりゃそうだよ」

港大先生はポケットから葉巻を取り出して、前歯でがっきと嚙んだ。

「だけど警察に言わせると、そういうのを商売にしてる連中も、売り物にする戸籍は身寄りがなかったりホームレスだったりと、後でオオゴトにならないようなのを選ぶんだそうだ。言われてみれば、オレみたいにそこそこ有名で、マスコミにつてのある人間の戸籍をわざわざ売り買いするわけがないよな。それに、これを見せられたら、知らないやつだとも言い切れなくなってきた」

港大先生はコピー用紙に印刷された写真を数枚、取り出した。一番上の写真は、居酒屋のお座敷らしい背景に十人前後の男女が笑顔で並んでいるものだった。清掃会社の去年の忘年会の記念写真だという。一番端の男のところにボールペンで矢印が書いてあった。

「このひとが？」

「そう。〈角田治郎〉」

ごま塩の坊主頭に丸い顔。たれ目、猫背、日に焼けている。彼だけは笑っていないが、特段うさんくさくはない。むしろ控えめな性格に見える。

「見覚えがある？」

港大先生は頭をかいた。

「作家デビューして以来、大勢に会ってるからね。見たことのない人間だ、とは断言できない。知っているような気がしないでもない。今年、還暦を迎えたけど、何十年も会っていない相手なら道で出くわしても気づかないよ。まして写真だからなあ」

他にも二枚、写真があった。清掃会社の制服を着て、他のスタッフと一緒に会社のワゴンの前に並んでいる写真と、調理師らしい白衣を着た男とのツーショット。この三枚目の写真で〈角田治郎〉はテーブルにつき、白衣の男と肩を寄せ合っていた。アジフライ定食だろうか。食べかけのフライにキャベツ、冷や奴の小鉢。厨房との境だろう、横に細長い窓が背景に見える。

「このツーショット写真は？」

「〈角田治郎〉のロッカーの扉に貼ってあったんだって。着替えとタオル以外、個人的なものはこれだけだったそうだ。ここに箸袋が写ってるだろ」

箸袋には〈原島《はらしま》食堂〉。三鷹市中原、というところまで住所が読めた。

「清掃会社の近くにあった定食屋で、この原島恵介《けいすけ》だと警察で聞いたよ。〈角田治郎〉はほぼ毎日通ってた。アパートの賃貸契約の保証人が、この原島恵介だと警察で聞いたよ。相当に親しかっただろうし、たぶん、原島恵介は戸籍借用の事情についても知ってたんじゃないかな。だけど、火事の半年前に病気で死んでる」

まったく、と港大先生は頭をかきむしった。

「死人がオレに成りすましてたんだぜ？　これまでにわかってるところではアパート借

りただけで、他に悪いことはしてないみたいだけど、だからよけいに気味が悪いじゃないか。だろ？」

「ええ」

「どこの誰だか早く突き止めてくれって、担当の刑事にも言ったんだけど、アンタが思い出せばすむって態度なんだよ。火事から二週間たって、少しは調べが進んだんじゃないかと思ってさっき三鷹北署に寄ってみたけど、あれはなーんもやってないね。清掃会社のロッカーから指紋をとって、全国に身元照会した程度だよ。死因・身元調査法に基づいて調査中だと担当は言うけど、そんな法律ある？」

「資料がありますよ」

警察・法律関係の棚から注解のテキストを取り出して、渡した。ミステリ専門書店には書き手をめざす客も来るので、参考資料になりそうなものも取り揃えてあるのだ。

港大先生はつまらなそうに『注解　警察等が取り扱う死体の死因又は身元の調査等に関する法律』をめくってみていたが、やがてうめいた。

「オレこういうの苦手だけど、要するにあれだろ？　犯罪がらみや外国人かもって身元不明の死体なら、ＤＮＡを採取したり歯を見たりするために、捜査機関とその付託を受けた医師や歯医者が死体を切開するのを認めます、みたいな法律だよな。だけど、今回のケース、火事はバアさんの不注意だし、〈角田治郎〉は外国人じゃなさそうだし、そもそも丸焼けで、崩れてきた家屋の下敷きになって顔面も木《こ》っ端《ぱ》みじんで、ＤＮＡも歯形も採取しようがなかった。となると、この死因・身元調査法？　ほとんど関係ないじゃないか。やっぱりだ。法律持ち出してシロウトを煙《けむ》に巻こうとしたんだな」

港大先生は立ち上がり、檻《おり》に入れられたヒグマのように店内をうろつきだした。

「これではっきりした。警察はしょせん役所だ。戸籍の無断使用が十五年前ならとっくに時効だし、となったら警察の所管じゃない。遺体と書類を市役所にまわして、市の担当者が官報にちいちゃく告知して、それで終わりだ。〈角田治郎〉はこのまま無縁仏になる。そしたら悪いのは、やつを思い出せないオレってことだ。ふざけんじゃないぞ。というわけで、葉村さん。調べてくれ」

わたしは〈原島食堂〉の写真を拡大鏡で見ていた。最近、夜になると、目のピント調節機能があまりうまく働かない。そのせいで、港大先生の言葉が脳みそに届くまで、少し時間がかかってしまった。

「……はい？」

「この本屋が探偵事務所を兼ねてるのを思い出して、さっき富山さんに連絡した。明日あさって店は定休だし、葉村さんなら優秀だから、二日でらちを明けると言っていた。死んだ〈角田治郎〉の正体を突き止めてくれ。なぜ、コイツがオレの戸籍抄本を使ったのか」

「ちょっと待ってください……」

先生は長財布から一万円札をごっそり抜き出して、わたしの目の前に置いた。

「前金ね。たりなくなったら言ってくれ。金に糸目はつけない、とまでは言わないけど、領収書さえ切ってもらえれば、ある程度の調査料は使っていい。リサーチ代という名目で経費にするから。報告は口頭で結構。うちにある資料が必要なら、カミさんに連絡してくれ。いいね」

「いえ、あの……」

「あーあ、助かるよ」

港大先生はのびをして立ち上がり、律儀に椅子を元あった場所に片づけた。

「死んだオレが肩に載ってるようで、このところずっと酒がまずかったんだ。あのね葉村さん。オレも多少は探偵って仕事を知ってる。警察に探し当てられなかったんだから、難しい依頼なのもわかってる。二日努力して、ダメならそれでもいい。責めたりはしないよ。ただしその場合はあれだ、〈角田治郎〉が無縁仏になるのはオレのせいじゃないってことになるけどね」

それじゃ、とドアに手をかけた港大先生を、わたしは大声で呼び止めた。

「先生。ひょっとして、石川県でなにか、思い当たりませんか」

2

都営新宿線で西大島《にしおおじま》駅まで行き、バスに乗り換えた。団地の前で降りた。東京のイーストサイドには土地勘がない。来る機会があまりないからだ。チェーン店ばかりが跋扈《ばっこ》する昨今、どの街に降り立とうが、景色も、売られている商品も似たようなものだ。とりたてて用がなければ、東京を横断する意味がない。

思っていたよりも大きな団地だった。十一月にしては暖かい日で、朝から日ざしが降り注ぎ、まぶしいくらいだがひと気は少ない。すでに十時をすぎて、みな学校や職場やケアセンターに収容されてしまっているのだろう。巨大な住居用のビルに取り囲まれた広い緑地帯に立っていると、神様の箱庭療法に紛れ込んだぬいぐるみにでもなったような気がした。

「石川県？」

昨夜、港大先生はぽかんとしてわたしを眺めたのだった。

「縁がないこともないな。小学生の頃、加賀温泉郷で夏休みをすごした。オヤジが女作って、オフクロがオレと姉貴を連れて、当時、山中温泉で働いていたオフクロの叔母を頼って家出したんだ。てな事実を知ったのは、それから十数年後のオヤジの葬式でだったけど。まだ八歳かそこらで、単純に夏休みが楽しくてな。大叔母さんは料理がうまかったし、共同浴場で泳いだり、地元のやつらとも仲良くなって、体長二十三センチもあるオオクワガタを……あ？」

港大先生は写真をひったくり、まじまじと見直した。

「こいつ、ひょっとしてノブか？　いや、ノブだよな。間違いないノブだ。この丸顔、たれ目、猫背、思い出した。いい奴なんだよ。昆虫博士って呼ばれててさ。クワガタが集まる樹を教えてくれたりして。わー、懐かしい。てかすごいな葉村さん。なんで石川県が出てきたんだ？」

わたしは〈原島食堂〉のアジフライ定食を指差した。調理した店の主と一緒に食べている途中、ということは賄《まかない》のようなものだろう。

「小鉢の冷や奴に載ってるの、よく見たらショウガじゃなくて辛子《からし》でした。豆腐の薬味に辛子って東京では珍しいけど、石川県だとポピュラーですよね。その、ノブくんですか、正確な名前は覚えてませんか」

「信長《のぶなが》」

「はい？」

「だから信長。ここは忘れられないね。信長なんて名前、空前にして絶後だから。名字はどうだったかな。一緒に遊んだのは、五十年以上も前の話だからね」

港大先生は目を潤ませた。

「そもそもフルネームを聞いたかどうかもわからんな。確か、旅館の息子だった。なんとか旅館。鳥っぽい……鶴、鳩、鴨……鶉《うずら》。そうだ、鶉目。〈鶉目旅館〉のノブだよ」

連絡を取りたいから、ノブの家族を調べてくれ。オレはノブの冥福を祈って飲む、と港大先生が帰るのを見送ってわたしも帰宅した。晩ご飯と風呂の後、ネットで調べた。

山中温泉に鶉目旅館は見あたらなかった。しつこく探しまわり、二十年前に廃業したことがわかった。バブルのさなかに大規模な設備投資を行なって、その後、倒産に追い込まれた旅館は日本中にある。

倒産当時の鶉目旅館の代表は、佐藤信康《さとうのぶやす》となっていた。このふたつの名前で検索をかけたがなにも出てこない。廃業当時に不義理があったとすれば、その相手に見つかりそうな情報をあげるはずもない。そもそも佐藤信長が〈角田治郎〉に化けた理由は、そこにあったのかもしれない。

それでもようやくのことで、山中温泉近くの小学校の同窓会交流サイトに佐藤信康の名前を見つけた。「同級生の佐藤信康くん」とあるのが、昭和三十八年卒業組による二年前の書き込みだ。年齢から言って、信康は信長の兄だろう。奥さんが亡くなって、遺骨を根井上寺の墓地に納めにきたところに行き会った、いまは東京で暮らしているんだって、と書き込まれていた。

寺に問い合わせて、なんとか佐藤信康の住所を聞き出した。それがこの江東区北砂の団地だったというわけだ。

団地を見上げて、初めて気づいた。佐藤信康が弟の死を知っているとは思えない。となると、わたしは兄に弟の死……それも非業の死を伝えるという、とんでもない役回りを引き受けたことになる。

思わず舌打ちが出た。「鶉目旅館の信長」が出てきた時点で、三鷹北署に連絡させるべきだった。港大先生が二十七枚もの万札（数えた）を出してきたものだから、よっしゃ仕事だ、とつい前のめりになってしまったらしい。

まあ、しかたがない。ここまで来て帰るわけにもいかない。

佐藤信康の部屋は十三階にあった。エレベーターホールで昇りを待っていると、向こうから車椅子がやってきた。丸顔でたれ目、年配の男が杖を手に座り、丸顔でたれ目、やや若く見えるが猫背の男が押していた。エレベーターがやってきて乗り込むと、車椅子を押していた男は13のボタンを押した。

「生きてた？　ノブが？」

電話の向こうで、港大先生はしゃがれ声をあげた。わたしはファミマで買った水のペットボトルを片手に、西大島駅へ向かって歩きながら答えた。

「生きてたどころか元気でしたよ。あのハードボイルド作家の角田港大が、一緒に虫取りをしたサスペンダー付半ズボンのジローちゃんだと知って、ビックリしてました。あの様子じゃ、先生の戸籍抄本を盗みたくたって、本籍地も生年月日もご存じないですね」

「あ、そうか……」

「旅館の廃業以降、兄弟で土木関係の仕事について、転々としながら働いて借金を返したそうです。いろいろあって今は兄弟二人暮らし。信長さんは車椅子のお兄さんの介護をしています」

港大先生は不機嫌になった。

「ちょっと葉村さん。オレゆうべ、ノブの通夜でウイスキー一瓶空けちゃったんだよ。おかげでひどい二日酔い……意味ないじゃん」

間違いないノブだ、と騒いだのは、わたしではない。それによかったではないか。懐かしい幼なじみが死んだのではなくて。

「いずれ一緒に飲みたいね、ジローちゃんにそう伝えてくれと信長さんが言ってました」

わたしは事務的に言った。

「一応、おふたりにも〈角田治郎〉の写真を見てもらいました。冷や奴の薬味は彼らも辛子だけど、それ以外に心当たりはないそうです。これから〈ハイツ・アルデバラン〉に行って、近所で聞き込みをしてみます」

都営新宿線と京王線は相互乗り入れをしている。一時間で着くだろうと思ったのに、接続が悪くてつつじヶ丘まで二時間近くかかってしまった。急行が停まる駅のくせになにもないロータリーで、どこの街にもあるチェーン店に入り、かむほどにパンがネチネチするホットドッグを食べた。なんだかイヤな予感がした。スムーズに片付いたと思った事案ほど、いったん蹴つまずくと長引くものだ。

案の定だった。近所の住人に八人ほどあたったが、誰も〈角田治郎〉を覚えていなかった。九十すぎの大家は数年前から少しボケている。天ぷらバアさんがどうしているか、誰も知らない。火事の最中は半狂乱で、しまいには道ばたに倒れ込んで救急車で運ばれた。気の毒に。見つかってもアレじゃ、ろくに話なんかきけないよ。

定食屋〈原島食堂〉のあった通りに出てみた。中央道とほぼ平行して走る小道に、まだ建物が残されていた。元は黄色だったのだろうか、黒ずんで裂けた店舗テントに〈原島食堂〉の文字がかろうじて読める。のれんが店の中にかかっていて、ウインドウには古びた恵比寿様が置き去りのまま。入口脇には雑草が伸び、赤錆《あかさび》だらけの自転車が放置されていた。

隣の店舗は美容院だった。電気はついていたが、白く塗られたペンキがはがれ、バラらしき枯れた蔓《つる》が外壁にはりついたまま、静脈瘤のある老女の脚を思わせる建物だ。おそるおそるドアを開けると、かぶったとたんに感電死しそうな古いおかまが二台、爆発しそうに錆だらけの湯沸かし器があり、年代物の女主人が手をぶるぶると震わせながら、テレビを観ていた。

カットですか、などと聞かれる前に、急いで折り畳んだ千円札を出し、少し話をうかがいたいと持ちかけて〈原島食堂〉のツーショットを見せた。震える手で老眼鏡をかけ、真剣な面持ちで写真をにらみつけたまま静止すること十分。息絶えたのかと心配になったところで、ようやくこちらを見た。

「隣の定食屋がどうかしたのかい」

「おつきあいがおありでしたか」

「たびたび寄らせてもらったよ。オヤジさんは能登《のと》の出身で、そのつてでけっこううまい魚が手に入るんだ。一番人気はカニクリームコロッケだっけ。カニの身がたっぷり入ってて、ほんのり甘くてねえ。能登牛を初めて食べたのも、原島さんでだった。安い傷だらけの皿に、無造作に盛られてるのに、料理はどれも絶品だった」

女主人は舌なめずりをした。わたしは〈角田治郎〉を指差した。

「こっちの男性については覚えていませんか。常連客だったんですけど」

「うん。よく見かけた。だけど無口だったね。黙って、でもうまそうにご飯食べてた。あの食堂は原島さんが一人でやってたから、時々、皿洗いの手伝いをして、仲はよさそうだったねえ。あ、そうだ。このポスター、このひとがくれたんだよ。他人のお下がりだけど、おばちゃん、コーちゃん好きだったよね、よかったらあげるって」

女主人は振り向いて、壁の古いポスターをさした。

濃いブルーの背景に、薬指と小指を同時にたてて額につけた、カメラ目線の男。ドーランに目張り、どこから見てもカツラ。スーツの襟がビックリするほど幅広い。男の右側には『能登の鰤《ぶり》起こし　玄武《げんぶ》稈一郎《こういちろう》』と筆太にあり、レコード会社のロゴがあった。マジックでサインが入っている。その宛名に驚いた。〈角田港大先生江〉となっていたのだ。

「この歌手、有名なんですか」

「イヤだねえさん、コーちゃん知らないの」

女主人は蔑《さげす》んだようにわたしを見た。

「日本人の風上にも置けないね。コーちゃんは日本の心を歌い上げる名歌手だよ。『能登の鰤起こし』もいいし、『岐路』もいいし、あと『巌壁に死す』ってドラマがあっただろ。あの主題歌『野尻湖怨み酒』は名曲だよ。ホントに知らない？」

店を出て、あれこれ検索した後、電話をかけた。港大先生はまだしゃがれ声で、不審げに言った。

「確かに『巌壁に死す』はドラマになったよ。ずいぶん昔の話だけど」

「一九九八年の春です。ウィキペディアを見たら、玄武稈一郎が主題歌を歌うことになったのは、先生のリクエストだと書いてありました」

「あんな書き込み信じちゃ……あ？」

港大先生はしばらく黙っていたが、やがて興奮したようにまくしたて始めた。

「これ、ひょっとして白川《しらかわ》さんか？　いや、白川さんだよな。間違いない白川さんだ。

この丸顔、たれ目、猫背、思い出した。いいひとなんだよ。学生時代、オレとカミさんが同棲始めたアパートの、隣の部屋に住んでた二年先輩。ミュージシャン志望でさ。歯磨き粉借りたり、醬油貸したり、たまに金が入ったときには、肉買って一緒に鍋囲んでさ。辛いことも悲しいことも分かち合って、乗り越えられないかもと思いながら、毎日ぎりぎりで……生きてたんだ」

先生は声を詰まらせた。

「わー、懐かしい。最後に会ったのはいつだろう。カミさんに話さないと」

「白川、なんて言うんですか」

「白川一志《ひとし》。頭のいい、優しいひとだったけど、運がなくてね。卒業間近に父親が死んだって知らせが来て、田舎に帰ってそれっきりだった。オレがコマーシャルに出るようになってから、玄武稈一郎のマネージャーやってるって連絡をくれたんだ。いい仕事があったら回してくれって言われて、ドラマ化の際にプロデューサーに紹介した。『巌壁に死す』の舞台は富山なのに、なんで野尻湖の歌だったんだろうって今は思うけど、あの時代はなんでもありだったんだよな、テレビ界も」

「それでその後、おつきあいは？」

「ドラマ化で金が入って、翌年、葉崎に家を買ったんだ。二度ほど遊びにきてくれたけどへんぴなところだし、そうでなくても……いろいろあった時代の知り合いとは、顔合わせるのが苦痛な時期ってあるだろ。なんとなく疎遠になった。噂じゃ酒が手放せなくなって、仕事も転々として、最終的には依存症の治療施設に入ったそうだ」

「玄武稈一郎のサイン入りポスターのことは、覚えてませんか」

港大先生と〈角田治郎〉に接点があったという物証になる。先生はうなった。

「主題歌が決まったときに白川さんに引き合わされて、赤坂かどっかの中華飯店で一緒に飯食った。サイン入りポスターをもらったとすれば、そのときだと思う。でも正直オレ、玄武稈一郎に興味なかったし、それでつい、置いて帰っちゃったのかも」

それをマネージャーの白川一志が持ち帰り、そのまま手元にあった。後に〈原島食堂〉で玄武稈一郎ファンの美容師と知り合い、あげた。つじつまは合う。

連絡を取りたいから、白川さんの遺族を調べてくれ。オレは白川さんの冥福を祈って今日は飲む、と先生が言って電話は切れた。わたしが探すより、先生のほうが白川さんの情報を持っているだろうと、先生の奥さんでマネージャーの弥生《やよい》さんに連絡を取ってみた。白川一志の名前を聞くと、弥生さんはしばらく絶句していたが、やがて古いアドレス帳を調べてくれて、白川一志の実家が能美《のみ》市にある真宗の寺だとわかった。

電話をかけると、一志の義理の従姉ですが、というひとが出た。

一志さんですか。いえ、まったくの音信不通です。何年か前に、ダンナが家系図を作ると言い出して、戸籍謄本を取り寄せたことがあったんです。そしたら一志さん、十五年くらい前に結婚して、相手さんの籍に入ってましてね。ダンナはそりゃもう、びっくりしてましたわ。相手ですか。細沼陽美《ほそぬまはるみ》、いう一志さんの同級生です。女だてらに飲む打つ買うを十代のうちからやっていた、地元じゃ有名な不良やからね。お金を貯めて、東京の中目黒でカフェを開いたって噂は聞きましたけど、ホントかどうか。

アルコール依存症の男。婿養子。悪い噂の多い女。中目黒でカフェを開くとなったら、それなりに金もいる。

そこに他人の戸籍の無断使用を付け加えると、よろしくない想像が芽生えてくる。

中央道下の公園のベンチに座ってタブレットを見た。一日中、太陽が当たらないのだろう、ベンチがひどく冷たい。

白川一志、細沼陽美、両方を検索して高校の同窓会交流サイトで名前だけ見つけた。義理の従姉の言う通り、中目黒でカフェ、という噂が書き込まれてあった。そこを探すほかないようだ。

中目黒には星の数ほどカフェがある。細沼陽美は今年還暦の港大先生の二年先輩と同級生、つまり六十二歳。それを念頭に若いオーナーのカフェやチェーン店を消していって、残った店のなかに、気になるものを見つけた。〈WHITE SUNS〉。白川の白に、陽美の太陽。ふたつをあわせたような名前だ。店はすべて当たるつもりだが、まずはここから始めよう。

京王線の駅に戻り、井の頭線経由で渋谷に出て、中目黒へ向かった。目黒川から路地を入った住宅街の、古いビルの一階に店はあった。最近流行の、明るくて、ナチュラルで、木の椅子がいろんな種類並べられていて……というタイプのカフェとは正反対の内装だ。暗くて、プラスティックと合成皮革だらけ、煙草が吸える不健康な穴蔵タイプ。

ドアを開けたとたんに、初めて気づいた。もしここがホントにめあての店なら、犯罪がらみの女といきなりやりあうはめになるかもしれない。白川さんの義理の従姉の口調では、一筋縄ではいかない相手のようなのに。

だが、店に入ってしまったからにはしかたがない。全力で白川一志の消息を聞き出すしかない。

意を決して、根を生やしたような客たちの前をよぎり、カウンターに腰を下ろした。インド更紗のエプロンをした感じのいい女性がにっこり笑って、いらっしゃい、と言い、焼き上がったホットケーキを皿に移した。そして、隣でコーヒーを入れていた六十がらみ、丸顔、たれ目、猫背の男に言った。

「一志さん、これコーヒーと一緒に四番テーブルにお願い」

3

「生きてた？　白川さんが？」

電話の向こうで、港大先生はひとしきりむせ返った。

「うわーい、もったいない。オレ今、白川さんを偲《しの》んで飲み始めたところだったんだよ。特別だからってラフロイグを開けたのに、驚いてこぼしちゃったじゃないか。どういうことだよ葉村さん」

どういうことか知りたいのはこっちのほうだ。間違いない白川さんだ、と騒いだのはわたしではない。第一、よかったではないか。青春時代のお友達がお元気で。

「ていうかそれ、ホントに白川さん本人だったのかな」

港大先生は疑り深そうに言った。

「あの写真の〈角田治郎〉のほうが、オレにはホンモノの白川さんに見えたんだけど」

「わたしが会った相手は偽者で、白川さんの奥さんと共謀して白川さんの戸籍を乗っ取り、押し出された白川さんが〈角田治郎〉になっていたんじゃないかってことですよね。それはわたしも考えました。なにしろわたし自身、白川さんを知りません。だからさっき動画を送りました」

動画では、白川一志が照れくさそうに、港大先生に話しかけていた。

『ジローちゃん、ご無沙汰してます。ボクはこうして元気です。ずっと会いたかったけど、酒を断っている元依存症なもので、ジローちゃんみたいな酒飲みには連絡しにくかったんだ。あ、これ、女房です。紹介したいから、酒抜きでよければ今度、店に来ませんか。弥生ちゃんも元気だよね？　ぜひ一緒に来てよ。待ってるよ』

「なるほど、間違いなく白川さんだ」

しばらくして、動画を見た港大先生が言った。

「少し痩せて老けたけど、別人ってことはないな」

「白川さんは玄武稈一郎のマネージャー時代に、東京で再会した同級生の女性と入籍したそうです」

わたしは事務的に言った。

「相手の女性は当時、既婚の男の子どもを妊娠していたので、戸籍上父親が必要ならオレがなってやるよ、という便宜的な結婚だった。白川さん自身、酒の問題を抱えていたし、女性のほうも子どもの生物学上の父親からもらった手切れ金でカフェを始め、ひとりで子育てをしていた。つまりふたりは完全に戸籍の上だけの夫婦だったわけですが、今は一緒に暮らし、白川さんはバリスタの勉強をして、そのカフェで働いています」

「ほっほお。それで？」

「それでって……〈角田治郎〉は白川さんではなかった。白川さんにもあの写真を見てもらいましたが、誰かはわからない。玄武程一郎のポスターについては、ちゃんとあのときジローちゃんが持ち帰った。以上です」

港大先生は不満げな声をたてた。

「そうじゃなくて、白川さんとその奥さんの話は？　ふたりの間にどんな愛憎があったのか、入籍に至った白川さんの心情はどうだったのか、それが年を経《へ》て一緒に働いて暮らすに至った心の軌跡とか葛藤とか、そういうことは聞いてないわけ？」

「……はあ」

「おいおい、ダメだよ葉村さん。それこそが白川さんの人生の要《かなめ》だよ。なんて言うかな、そう、男女の心理の機微をあぶり出し、普遍的な人間ドラマにするためには、そこを突っ込まないと」

いつから白川さんの一代記を作ることになったのだか。脱線もたいがいにしてもらいたい。

「これから〈角田治郎〉が働いていた清掃会社に行ってみます。なにかわかったらまたご連絡します」

いま来た路線を取って返した。夕方五時を過ぎて、電車は混み始めていた。港大先生が白川さんを持ち出さなければ、こんな無意味な回り道をしなくてもすんだのだが。

京王線に戻って、仙川駅から三鷹行きのバスに乗った。中央道の下で降りて、清掃会社のオフィスまで歩いた。〈三鷹パーフェクト・クリーナーZ〉。データによれば社員数三十人の小さな有限会社だが、三階建てのビルの前の駐車場に、小型ワゴンが五台、中型ワゴンが五台、ピザのデリバリー用に似た箱を後部に装着したスクーターが五台、停まっていた。どの乗物もブルーグリーンで、帚を背負いバケツを提げたペンギンが描かれていた。

ちょうど仕事が終わって出てきた男性二人をつかまえた。交渉の末、近所の居酒屋で話を聞かせてもらえることになった。四人がけの席に落ち着き、とりあえずビールと世間話から始めた。ひとりは若狭《わかさ》、もうひとりは荒木といった。荒木には見覚えがあった。奇遇にも、六月末に遭遇した交通事故で、バスから怪我人を助け出していた男だったのだ。

「へえ、葉村さんもあの事故現場に居合わせたんですか」

冷凍物の枝豆をつまみながら、荒木は驚いていた。

「あれはひどかった。ワゴンで帰社する途中だったんですけどね、目の前でバスにダンプが突っ込んだ。今でも時々、夢に見ますよ」

「わたしもです」

「そういえば、あの事故のとき、おまえあのヒトと組んでたんだよな」

若狭が言うと、荒木は顔をしかめた。

「角田さん、バスから火が出てみんな死ぬ、とかわめいて逃げちゃったんだ。あのときだけじゃなくて、面倒が起こるといつのまにかいなくなってる。だから他人の戸籍を使ってたと聞いても、あんまり驚かなかった。警察沙汰とか困るんだろうって思ってたから。ここだけの話だけど」

荒木は声を潜めた。

「角田さん、あ、ホントは角田さんじゃなかったけど、そうとしか呼びようがないからそう呼ぶけど、うちには十五年勤めてたのに、ずっと非正規雇用のままだったんですよ。正社員の話も断ってた。怪しかったよな」

「そうかあ？　あのヒト、週に四日くらいしか働いてなかったじゃないか。正社員になったら仕事が増える。だからだろうってみんな思ってたよ」

若狭が鼻を鳴らした。わたしは訊いた。

「ちなみに週四日働くと、月どれくらいの収入になるんですか」

「そうですね。危険物系の掃除、例えばでかいタンクの内部清掃とか強い液剤を使わなきゃならないだとか、ゴミ屋敷だと一日三万円か、場合によってはそれ以上もらえますけど、あのヒトはごく一般的な家庭やオフィスの掃除の担当ばかりだったから、一日七千円から一万二千円ってとこですか」

月二十万前後。〈ハイツ・アルデバラン〉の家賃が五万円。余裕があるとは言えないが、暮らしてはいける。だが、

「ヒマな時間はなにをしてたんでしょう」

「さあね。でも働くのが嫌いだったわけじゃないと思いますよ。ほら、目に見えて汚いところが目に見えてきれいになる作業だと、誰でもテンションあがるんです。だけど、掃除の必要ないほどきれいなところを何度もクリーンナップする作業だと、穴掘らされては埋め戻させられているような気分になって、三回やれってとこを二回でいいかってなるわけ。怠けたがりは特にそう。でもあのヒトは、そういうのでも律儀で丁寧にこなしてた。だから正社員に、って話が出たわけだし」

荒木がお品書きを見て、刺身盛り合わせを食べたいんだけどいいですか、と気後れしたように訊いてきた。特大を注文した。払うのは角田治郎だから、と言うと、ふたりは笑い、ひとしきり〈角田治郎〉の話をした。

控えめで、酒の席でもけっして羽目を外さなかった。いま思えば、酔っぱらってよけいなことを言いたくなかったんだろう。深い付き合いじゃなかったけど、たまに帰りに一杯やった。愚痴を黙って聞いてくれて、アンタは自分の若いときよりずっとがんばってるよ、なんて言ってくれるの、あのヒトくらいだったから。

あのヒト、〈原島食堂〉にはよく行ってたな。原島のオヤジさんとは、すごく仲がよかった。ケイちゃん、ジロちゃんって呼び合ってたよ。石川県？　かどうかはわかんないけど、原島のオヤジさんは北陸の出身だった。ふたりは同郷かもしれない。

原島のオヤジさんが死んだときは、角田さん、ホントに落ち込んでた。〈原島食堂〉はオヤジさんひとりでやってたし、店の二階に一人で暮らして、身寄りもなかった。厨房で倒れてるのを角田さんが見つけて救急車に同乗したけど、病院に着いたときには手遅れだったって。それでそのまま火葬場に運んで、遺骨を持ち帰ったんだけど、店の大家ががっちり鍵かけててさ。あんたは他人なんだからって、店に入れてくれなかった。角田さん、涙ぐんでたって、奥村のおばちゃんが言ってた。

ひでえな。

あの一帯の店舗の大家って、亀伊《かめい》灯油店だろ？　いや、がめついんだよ、あそこのバアさん。一度、依頼があって店舗の掃除をしたんだよ。こっちもやれ、あっちもやれって掃除範囲をどんどん広げたあげく、金は最初の見積もり以上はビタ一文払わないってもめたんだ。

知ってる。評判悪いよな。駅前の鍼灸院《しんきゅういん》にツケで通って、全然よくならないってごねて料金踏み倒したとか、死んだ亭主の法事に出す和菓子もまずかったと難癖つけて値切ったとか、いろいろ聞いてるよ。あのババアなら〈原島食堂〉の金目のものパクりかねない。それに気づけるのも角田さんくらいだろ。だから角田さんを閉め出したんじゃないの。

特大の刺身盛り合わせが運ばれてきた。あらためて〈角田治郎〉の冥福を祈って献杯した。

「鍼灸院で思い出したんだけど」

荒木が鯛を飲み込むと、言った。

「角田さんが指圧院から出てくるところ、見たことがあります」

「へえ、どこのですか」

「吉祥寺の公園通から一本、曲がったとこ。雑居ビルの二階。〈きしみ健康指圧院〉とか言ったかな。すごい名前だから覚えてた」

「どこか痛めてたんですか」

「教えてくれなかった。見られたの知って、ちょっと慌ててたかな。みんなには内緒にしてくれって拝まれましたよ。身体の具合が悪いとわかったら、仕事を回してもらえなくなるって。このご時世、行きつけのマッサージ店くらい誰でも持ってるし、気にすることないって言ったんですけどね」

荒木はまだ三十代半ばだろう。おそらく六十歳前後の〈角田治郎〉とは、身体が動かなくなり仕事をなくす恐れへの実感が全然違う。にしても、指圧院への出入りを内緒に、というのは妙だ。

「その指圧院、有名なところなんですか」

「さあ。古そうでしたけどね。角田さんも、ウチに来る前から惰性で通ってるんだって言ってました。吉祥寺駅近だと、このあたりより料金は高いのにね」

「でもあのヒト、意外に小金は持ってたんじゃないかな」

若狭が言った。

「たまに自炊してるって言ってたんだ。実際にスーパーで何度か見かけたこともあるけど、大トロとか、百グラム千八百円の牛肉とか、高そうなチーズとか、当たり前みたいに買ってたよ。米も五キロ三千円するブランド米だったし。金がない人間があんな食材、買わないよ」

支払いを済ませ、ふたりより先に店を出た。アジア・アフリカ語学院前の停留所まで歩き、吉祥寺行きのバスに乗った。〈角田治郎〉になる以前から通っていた指圧院に行ってみたかった。顧客情報だ。そう簡単に教えてはもらえないだろうが、その場合は警察を担ぎ出すという手もある。

バスは吉祥寺通を北上していった。連雀通を渡るとき、あのバス事故を思い出した。言われてみればあのとき、バスが爆発すると大騒ぎしたあげく、逃げていった男がいた。あれが〈角田治郎〉だったとは。外見はまったく覚えていないけれど、恐怖に満ちたあの声は、いまも耳の底に残っている。

公園通には九時すぎに着いた。繁華街の指圧院なら十時くらいまでやっているかと思ったが、〈きしみ健康指圧院〉の看板の灯りは消えていた。看板によれば、水・木が休み。午前十一時から午後九時まで。各種健康保険取扱（要医師同意書）。予約制。

二階を見上げると、中には灯りが見えた。荒木が言った通り古い建物で、指圧院のドアの鍵はありふれたシリンダー錠だった。一目で鍵が開いているのがわかった。そっとノブをひねり、ドアを開けた。

玄関にカーテンが下がっていたが、ほぼ全開で内部がよく見えた。待合室らしく応接セットがあって、雑誌が置かれた部屋。さらにその奥が施術室らしく、ベッドがあった。ベッドの上では白衣の男と白衣の女がからみあっていた。いや、白衣はほぼ脱げていたから、半裸の男と半裸の女か。

いずれにせよ、とてもじゃないが、施術中には見えなかった。

4

翌朝、九時過ぎに高田馬場に出た。まだ大型店がオープンする前、オフィスや学校が始まった後。ひとが少なく、収集前の生ゴミの臭いがした。大都会、繁華街のすっぴんが容赦なくおひさまにさらされる時間帯だ。

太ったネズミが小走りに道をよぎり、空き缶の前で立ち止まった。丸い背中で四方に目を配る。と、物音がしてネズミは慌てて走り出し、電柱にぶつかっては方向を変え、下水の蓋にぶつかって方向を変え、ポテチの空き袋の手前で立ち止まった。危険から隠れたつもりで、目をくりくりさせている。

震災前は西武新宿線沿線に住み、西新宿にオフィスを構える長谷川探偵調査所と契約していたので、経由地の高田馬場を利用することが多かった。帰り道、食事をとったり飲みに行ったり。この道もよく歩いた。その頃よりも真新しいビルが増え、古くからの店を追い出してチェーン店が入り込み、喫煙やゴミやホームレスに関する条例ができた。それでも路地裏の、生ゴミと嘔吐物が入り交じったサイアクの臭いは一掃できずにいる。日本人は、自分たちが思っているほどきれい好きではない。

住所を頼りにたどり着いた場所は、昨夜ストリートビューで確認したときと同様、現実でも駐車場だった。三方をビルに囲まれて、立地はいいのに駐車されている車は一台だけ。青空駐車場とは言いながら、青空などまず見えない。寒々しい場所だ。

だが地価はものすごい。風呂敷ほどの広さの土地でも、目の玉が飛び出るほどだ。

ぼんやりと立ち尽くしていると、港大先生から電話がかかってきた。

「連絡どうも。〈角田治郎〉の本名、わかったんだって? すごいね葉村さん。〈角田治郎〉が前から通ってた指圧院を突き止めて、健康保険証の写しをもらったって。ああいうところも病院並みに顧客情報を表に出さないだろ。どうやって情報とったんだ? その聞き込みの技術、今後のためにぜひ知りたいな」

「まあ、タイミングがよかったというか」

わたしは言葉を濁した。えらいところを見ちゃった結果、指圧師のセンセーは白衣を着直し、むくれる女性助手にも着衣の乱れを直させた。そして、はずしてあった結婚指輪をはめ直すと、写真の〈角田治郎〉が一九九六年から通っている〈古閑《こが》寛太《かんた》〉であること、当時は運送屋で働いていると言っていたこと、全身が凝っていたが、特に一度、背中をひどく痛めていたのを、私の腕で治したのだ、などということを自慢たらしくぺらぺらしゃべった。

「私の施術により、とっくに背中は治っていたはずだが」

センセーはしかつめらしく言った。

「本人はまだ痛い、まだ痛いと言い続け、通ってきていた。背中を丸める癖も、いくらやってもとれなかった。問題は精神的なものかもしれないと思い、五年ほど前からはその方面の施術も追加した。ええ、これは私が考案したやり方だが、脊椎《せきつい》の痛みをとるためにはここのツボと、ここを刺激して……」

長々と治療の説明をしたあげく、初診の際にとったという〈古閑寛太〉の国民健康保険の保険証のコピー、のコピーをお土産に持たせてくれたのだ。聞き込みの技術などというレベルの話ではない。

その古閑寛太の住所が、いまわたしが立っているこの高田馬場の駐車場になる。

「いま、カミさんと昔の名刺と年賀状を調べているところだけど」

港大先生は言った。

「古閑寛太という名前にはふたりとも心当たりはないし、名刺も年賀状もまだ見つかってない。ただ考えてみたら、九九年に今の葉崎の家に引っ越すとき、かなりの家財道具を処分したんだ。おまけに数年前の台風で土石流の被害にあってさ。家は半壊したし、泥まみれになったものをずいぶん捨てた。家の補修で仮住まいに移ったとき、そこから戻ってきたときにも、それぞれ大量のゴミを出した。年賀状と名刺だけはとってあったつもりだったんだけど、何年分かなくなっている。でも、まあ、必要ないよね」

港大先生はしゃがれ声で笑った。

「なんたって保険証が出てきたんだから。裏を取るまでもなく、あの〈角田治郎〉は古閑寛太できまりでしょう」

「だったらいいんですけど」

わたしは言葉を濁した。他人の戸籍を借用していた男が、他人の保険証を借用していないという保証はない。これまでの調査によれば〈角田治郎〉は石川県と縁がありそうなのに、古閑という名字なのも気になる。古閑は南九州に多い名前だ。江戸時代ではないのだし、石川県在住の古閑さんがいても、なんの不思議もないのだが。

ノブと白川さんで、ツーアウト。慎重にならざるをえない。

「ひょっとして、古閑寛太という名前で検索してなにか、問題でも見つかったのかな」

わたしは言った。

「問題なのは、健康保険証に記されていた住所のほうなんです」

「なにそれ」

「実はこの住所、このあたりでは有名で、呪われた土地と呼ばれています」

「知りません？　ほとんど都市伝説みたいな話なんですけど」

高田馬場でこの土地について知らなければもぐりだ。とはいえ飲み屋で流布《るふ》された噂話だから、どこまで本当かはわからないのだが。

バブルが終わりを迎える寸前、突然、この土地が注目された。隣に新築ビルの建設計画が持ち上がり、施工主の大手デベロッパーが、ついでにここも買い足したいかな、と言い出したのだ。この話に、大勢のサメどもが食いついた。

もともとは戦後、バラックの店舗が並んでいた場所だった。あるときそこに店を出していた連中で協議をし、金を出し合って土地の権利を得たうえで、商業ビルを建てた。その結果、この場所には土地の権利者が五人いた。やがて権利者が年を取り、死んで相続が始まると、土地の権利を主張できる人間がねずみ算式に増えた。これが厄介の始まりだった。

「早めに権利を売って、さっさと逃げた人間はよかったんですけどね」

わたしは言った。

「欲に目がくらんで売り渋った権利者のひとりが公園で凍死しているのが見つかりました。別の権利者たちも、兄弟が相続でもめて殺し合ったり、急性アルコール中毒、バーの女と心中、ホームから飛び出て轢死《れきし》、ってまあ、不審死の山ですよ。他にも、近所で不動産屋がひき逃げにあい、地上げ屋が闇討ちされ、銀行員が転落死、何人かの街金《まちきん》が襲撃され……この土地にからんでのことかどうか、わかりませんけど。とにかく、この異常事態はバブルがはじけてデベロッパーが撤退し、二十一世紀に入ってからも続きまして、決着がつかぬまま、とにかく大勢の血が流れたんです」

「すごい。高田馬場版『血の収穫』じゃないか」

先生は好奇心をそそられたように、熱く言った。

「ダシール・ハメットの大傑作だよ。街の独裁者が労働争議つぶしにヤクザを雇い入れ、結果、街をヤクザに乗っ取られてしまう。そして街の刷新を訴える独裁者の息子が探偵を呼び、殺される。以後、飛び交う銃弾、屍《しかばね》累々、男を操る悪女、そしてアイスピック……」

「アイスピックねえ」

放っておくと長くなりそうなので、わたしはムリに先生の独白に割り込んだ。

「先生みたいに面白がったひとが、だいぶ話を盛ってると思いますよ、この呪われた土地の伝説。ともかく、古閑寛太の住所がこれだなんて見過ごせません。ちょっとこのあたりで聞き込んでみます。また連絡します」

通話を終了したとたん、異様な空気に包まれた。振り向いた。目の前に男が立っていた。エジプトを出て久しいモーゼみたいな風体《ふうてい》の、つまりはホームレスに見えた。ありったけの衣類を着込み、頰がこけ、素足に健康サンダルを履《は》き、髪とひげが長い。

「おまえっ」

モーゼはぐいぐいとこちらに近寄ってきた。右脚は義足で、脇の下に松葉杖を差し込んでいた。

「呼んだな。いま、オレを呼んだな」

返事をする間もなく、胸ぐらをつかまれた。意外に石鹼《せっけん》のいいにおいがした。

「あいつらの仲間か。いいか。オレを追い払えると思ったら大間違いだ。ここは、オレの土地だ。オレのものだ。いいか。証拠はない。オレがやったっていうなら証拠をもってこい。それまでは殺されても出て行かねえぞ。いいか。わかったかっ」

わたしは必死に声を絞り出した。

「えーと、ひょっとしてあなた、古閑寛太さん？」

首の骨が折れるかと思うほど持ち上げられて、落とされた。モーゼはこめかみをバリバリ搔《か》いた。地面に尻餅をついて咳き込むわたしの上に、石鹼滓《かす》が舞い散った。

「おまえっ。オレを知ってるな。オレは誰だ」

参ったな、と思いながらお尻で後ずさるようにして、ずるずるとモーゼから距離をとった。彼は特に答えてほしかったわけではないらしく、勝手に続けた。

「オレはこの土地の王だ。王は戦士だ。やられる前にやる。完全に息の根を止める。最後の一人になるまで生き延びるんだ。おまえらが死ぬのを見届けてやる。この土地の権利者は、このオレ、古閑寛太、ただ一人になるんだ」

古閑寛太は言葉を切りながらしゃべり、そのつど、振り上げた拳《こぶし》を下ろし、振り上げては下ろして歯を剝き出した。

殺人宣言なのかもしれないが、こういう場合、権利者が死ねば死ぬほど相続関係がややこしくなるのではないか。権利者が死んで、妻と息子が相続したが、息子が死んで権利が嫁に移り、嫁が死んで権利はその両親と兄弟に移り、妻が死んで権利が妻の兄弟姉妹と甥に移り……といった具合に。よっぽど執念深く殺していっても、権利者が古閑寛太ひとりになるまでには、何百年もかかりそうだ。

古閑寛太は突然しゃべるのをやめ、向きを変えて駐車場の奥へ入って行った。例の、一台だけ停まっていた車はよく見るとすべてのタイヤがひしゃげ、土地に根を下ろした体になっていた。古閑寛太は車の中からカセットコンロを取り出し、鍋と野菜を出してきて料理を始めた。

立ち上がって尻をはたき、おそるおそる近寄って、〈角田治郎〉の写真を鼻先に広げてみせた。

「このひとに心当たり、ありませんか」

古閑寛太は胸元をぼりぼり搔いていた手で写真をひったくった。

「こいつか。近頃見ない。どうしておる」

「ご存知なんですか。名前は？　なんていうんです」

古閑寛太はうなり声をあげた。写真を引き裂き、丸めて地面に落とし、松葉杖で踏みにじった。さらにこちらをにらみつけて、またうなる。

きびすを返してとりあえず逃げた。道路まで出て振り返ると、古閑寛太はわたしに興味をなくしたらしく、車の陰にかがみ込んで、コンロの火を調整していた。これ以上、この男からはなにも聞き出せそうもない。

この時間、この近所で話が聞ける情報通はいないか、考えた。喫茶店〈キプリング〉を思いついた。ここのマダムはもう半世紀以上、街を見続けている。

店はわたしが西武線を離れたあと、移転したと聞いていた。つぶれていたらどうしようかと思ったが、店もマダムも無事だった。マダムはもろてをあげて歓迎してくれた。場所は変わっても内装は昔のまま。名物のカレーの香りがあらゆるものにしみこんでいるのもそのままだ。ただしコーヒーは、以前とは比べ物にならないほど美味しくなっていた。マダムは情が深いと評判で、悲惨な焙煎所《ばいせんじょ》に義理立てをし、豆をそこから仕入れ続けていたのだ。ようやくその悪縁が切れたらしい。

近況を報告して、世間話をしてから、古閑寛太の話を持ち出した。マダムは呪われた土地に詳しかった。たびたび流血沙汰があったせいで、何度も警察があの付近で聞き込みをしたり、捜査をしたりで〈キプリング〉に立ち寄ったのだという。

「ちっぽけな土地にかかわり合ったばっかりに、人生狂ったわよね、キングも」

マダムは首を振った。かつて舞台女優だったとかで、いちいち仕草が大きい。

「キングって、古閑寛太のことですか」

「呪われた土地の王。自分でそう名乗ってるんだから」

そもそも彼の父親が、あの土地の権利を伯父から相続したのよね、とマダムは言った。

「父親ってのは飲んだくれで、妻と生まれたばかりの子を捨てて出て行って、数十年、音信不通だったの。それが十五年ほど前になるかな、彼の前に突然、父親の知り合いという人物が現れて、父親が死んだと言ったわけ」

男は荻登《おぎのぼる》と名乗った。そして、古閑の父親が肝臓をやられて病院に入ったとき面倒を見た、そこで全財産を自分に譲るという遺言状をもらった、どうせあんたは親孝行もしていないんだし、遺留分を放棄してもらいたい、と言い出した。

寛太は断った。当時、彼は運送業を営んでいた。九〇年代の末、どん底不況のまっただ中。なまじの営業努力では追いつかなくなり、料金をまけて仕事をとり、人件費を出せずに時には自分で現場に出向いた。七十をすぎた母親まで働かせるはめになり、とにかく金がほしかった。しかも調べてみたら、問題の土地は不況にあっても数十億で取引される可能性が高い。相続の遺留分だけでも、億近い金になる。手放せるわけがない。

荻登の名刺の肩書きは〈経済アナリスト〉。べらぼうに高そうなスーツを着て高級外車に乗り、長財布に分厚い札束。アタッシェケースに多額の現金と匕首《あいくち》を入れて持ち歩き、とうていカタギには見えない。

申し出を断ると不穏なやりとりになったが、古閑寛太も意固地だった。本籍地をあの土地に移し、嫌がる家族を説得して、一家で近所に引っ越した。すでに更地《さらち》になっていたあの土地に、いざとなったら住み着いてやる、と公言した。

しばらくして事故が起きた。荷下ろし中、突然、積み荷のインド製の扇風機の山が崩れて寛太が下敷きになったのだ。右脚はつぶれて切断、会社は立ち行かなくなった。債権者が押しかけてきた。妻は子をつれて出て行き、ひとりで借金取りに対応していた母親は倒れた。

義足になった寛太が、泣く泣く会社をたたんでいると、荻がやってきた。彼はこの有様を鼻で笑い、今度こそ遺留分を放棄しろ、と言った。親に孝行もしないで遺産だけ欲しがるごうつくばりに、神様がインドの扇風機を投げつけたのさ。

インドから輸入した、金属製で重い扇風機の在庫の移動という仕事を〈古閑運送〉がふられたのは、事故当日のことだった。事故は小さく報道されたが、扇風機がインド製だということは一般には知られていなかった。寛太はなぜそれを知っているのか、荻に詰め寄った。荻はまた鼻で笑い、なくしたのが脚でありがたいと思え、と言った。

「で、刺しちゃったのよね。キングが。荻登を。手近にあったアイスピックで」

5

「アイスピックで」

電話の向こうで、港大先生はおうむ返しに言った。

「なんと、ますます『血の収穫』じゃないか。すごいねえ。あとは悪女さえ出てくれば完璧だ。いないの？　悪女」

握りこぶしを振り上げては振り下ろしていた古閑寛太の姿を見ていれば、そんなに面白がれるはずがない。事実、荻登はめった刺しで、現場を見た刑事はマダムに「風呂掃除用のスポンジみたいに穴だらけだった」と語ったそうな。

当時の週刊誌の記事によれば、事件の顚末はこうだ。

九九年七月三日午前四時三十分、あの土地の奥にひとが倒れているのを巡回中の警察官が発見した。死亡して十二時間以上が経過していた。死因は失血死。全身穴だらけで、頸動脈にも鎖骨下動脈にも上腕動脈にも刺傷があったことから、被害者は全身からスプリンクラーなみに血を噴き出し、死んだと思われた。

にもかかわらず、現場に血液はほとんどなかった。財布やケータイといった身元を示すようなものもない。ただし、荻と面識のあった捜査員が左肩甲骨あたりの特徴的な虎の彫り物に気づき、すぐに死体の身元が荻登だと判明。前日の昼過ぎ、愛人に、「古閑運送のクソを黙らせに行く」と言いおいて出かけたことがわかった。その件がすんだら晴海《はるみ》にまわる、倉庫の中身の件で取引があるとも言い、少なくとも三千万近い現金を持って出たはずだった。

荻の愛車は高田馬場の現場近くに放置されていた。後部座席からも運転席からも、荻の血痕が見つかった。二四六号線沿いの古閑運送を刑事が訪ねた。がらんとした事務所内は血まみれだった。返り血に染まった古閑寛太が床の真ん中に大の字になり、鎮痛剤をたらふく飲んで意識を失っており、部屋の隅にはアイスピックと、荻登のケータイと財布が落ちていた。

「荻登には恐喝と詐欺《さぎ》、傷害の前科が複数あります。寛太の息子の小学校にも押しかけていたし、寛太の母親が倒れたときにも、荻登が古閑運送のオフィスから出てきたのが目撃されていました。一方で、古閑寛太は右脚切断以後、強い鎮痛剤をかなりの量、服用し続けていて、その副作用と思われる記憶障害や幻覚も起こしていたそうです」

　被害者には相当な落ち度があり、加害者は心神喪失を主張できる。

「古閑寛太にくだされた判決は懲役十年だったそうですが、こういうケースなら判決は七年か、それ以下になる可能性もあったそうです。週刊誌の記事の言い分ですけどね」

「三千万はどうなったんだ？」

「見つからなかったそうです」

「おかしいじゃないか」

　港大先生は不満そうに言った。

「だいたい、なんで死体がわざわざ高田馬場まで運ばれたんだ？　右脚がなくて鎮痛剤に頼っているような人間がそんなめんどくさいことするか？　ていうかできるのかなあ」

「共犯者がいたんじゃないかって話はもちろん、出たそうですよ」

　わたしは時間を確かめながら言った。

「週刊誌によれば、古閑寛太は自分がすべてやったと自慢して、裁判もその線で進められたそうですけど。とにかくこの後、〈キプリング〉のマダムが、この事件の担当だった元捜査員を紹介してくれることになりました。一時に会うんですが、詳しいことはそれでわかると思います」

たぶん、あの〈角田治郎〉の正体もはっきりするはずだ。

食事をすませ、いくつか調べ物をして喫茶店〈キプリング〉に戻った。カウンターのマダムの前には柔和そうな老人と、なんと角田港大先生が座っていた。わたしを見るなり先生は「来ちゃった」と言った。

「来ちゃっ……ても、そりゃかまいませんが」

「経験豊富な元捜査員の話を聞けるなんて、こんな機会は逃せない。それに、なんといっても〈角田治郎〉のことだから」

バリトンの美声にマダムはうっとりし、さりげなくおだてられた内藤《ないとう》という元捜査員も笑みを浮かべた。依頼人に出しゃばられるとなにかと迷惑なのだが、今回は例外ということになるだろう。

テーブル席に移った。古閑寛太に写真を捨てられてしまったので、タブレットで〈角田治郎〉を拡大して内藤に見せた。彼はあっさり言った。

「この男なら覚えています。古閑運送で働いていたことがあったので、話を聞きに行きました。名前は津田次郎《つだじろう》。間違いありません」

「津田次郎……」

やっとたどり着いた。今度こそ間違いない。

わたしは大きくため息をついた。それにしてもすごい名前だ。〈つのだじろう〉と一音違いではないか。

「古閑寛太の共犯として捜査されたんですか」

「うーん」

内藤は首を傾《かし》げた。

「そもそもこの事件、捜査本部はたたなかったんです。死体が出て、すぐに身元がわかって、犯人と殺害現場、凶器がまとめて出ましたからね。古閑もすんなり自分が刺したこと、遺体を捨てに行ったことを認めたし」

「片足が義足で鎮痛剤まみれだったのに、大の男の死体を捨てに行ったこともですか」

「遺棄現場から古閑寛太の血指紋が出たんですよ。車止めに手をついた痕がありましてね。運転席にも、ハンドルにも、古閑の指紋が残ってました。それに、問題の駐車場に防犯カメラがありましてね。死体遺棄の一部始終が写ってました。今ほど画像はよくなくて、人物の特定は難しかったんですが、古閑には顕著な身体的特徴がありましたから」

マダムがチーズケーキを運んできた。内藤は嬉しそうにケーキのセロファンをはずした。現役時代から、ずっと甘党なのだという。

「強《し》いていえば、車から下ろすのはともかく、乗せるのは古閑には大変だったんじゃないか、という話が出ましたかね。ただ、運送屋ですからね。力持ちだし、台車とか使えばできたでしょう」

片手でわたしを持ち上げられたのだ。

「古閑は取り調べで、呪われた土地に死体を捨てれば、他の死体の山に隠せる、と供述しました。あの土地の関係者がまた不審死を遂げたというみせしめにして、他のやつらを追い出すんだ、とも。古閑は強度のストレスを次々に受けて、薬のせいもあって、ちょっとおかしくなってました。まともな人間なら、そうはいかないことくらいわかりそうなものでしょう。共犯者がいたとしたら、なおさらあんな場所に死体を捨てたりしませんよ」

「でも大金が消えたんですよね」

「三千万ね。最初からそんな金、なかったという結論になりました」

「え？」

わたしと港大先生は同時に言った。内藤はケーキを食べ終え、未練がましくフォークをなめている。わたしは自分のケーキを差し出した。

「週刊誌の記事を読んだんですね。確かに、愛人はそう供述しました」

内藤はニコニコしながらまたセロファンをはがした。

「ですが、他にそれを証明するものはなにもない。荻登の金の流れはきわめて不透明だったし、事件の本筋に関係ないので専門の捜査は行なわれませんでした。愛人宅にいくら置いていたのかについては、当人とその愛人しか知らなかった。後日談になりますが、愛人は道玄坂で飲食店を始めました。店の権利金は即金だったそうですよ」

三千万を持って出たと言ったのは嘘で、愛人が自分のものにした、と言いたいらしい。

「すると、内藤さんはどうして津田次郎に話を聞きに行かれたんでしょうか」

「そりゃあ被疑者の日頃の様子を聞いて、参考にするためですよ。あの場合は特に、古閑に判断能力があったかどうか、事件が突発的なものだったのかどうか、周囲の話も聞いておかなくてはなりませんからね。共犯説も、捜査当初は否定されてなかったし」

「それで、津田次郎の様子は？」

「津田次郎は運のない男でね」

内藤は、これを引っ張り出してきましたよ、と古い手帖をめくりながら話し始めた。

「長野の生まれだが、小さい頃、母親が死んで養子に出されたんです。その後、実父の元に戻ったこともあったけど、最終的には能登の母方の祖父母のもとへ送られ、その戸籍に入った。中学を卒業すると就職のために東京に出てきて、和菓子店の主夫婦に見込まれて、再び養子になった。でもその店がつぶれ、養父母が死ぬと、いくつもの職を転々として、バブルの頃には飲食店の店長をまかされた。いっときは金回りがよかったんだって、ロレックスの腕時計見せられましたよ。そこに飲みにきていたのが古閑寛太です。当時は古閑も景気がよかった。で、バブルがはじけた」

うまくたちまわれなかった津田次郎は店の借金の一部を押しつけられ、古閑寛太に相談した。だったらうちで働かせてやる、ということになった。古閑の家に間借りして働き、三年で借金を完済した。

「ところがその頃には、今度は古閑運送がうまくいかなくなった。人員整理のため、津田は古閑の紹介した引越業者に再就職します。ですが、以後も付き合いは続いていました。マジメ一辺倒な男で古閑を恩人と慕っていたようですが、事務手続きは苦手、金はない、人脈も持ってない。古閑の苦境を救うわけにはいかなかったようですが」

「共犯の疑いもあった、とおっしゃいましたね」

「ええ。でもアリバイがありましたよ。事件が起きたのは九九年七月二日の夕方四時から五時ですが、その日、津田はお休みで、町歩きの最中見つけた三鷹の定食屋で早めの夕飯を食べていた。定食屋のオヤジさんが証言してくれました」

「〈原島食堂〉」

「ええ、そうです。おや。なぜ知ってるんですか」

説明しかけたわたしの脚を、港大先生が蹴って内藤に訊いた。

「当時、津田が働いていた引越業者、どこだかわかりますか」

「〈シーグラム引越舎〉です」

港大先生から預かっていたお金から包んだお車代を、内藤に渡して別れた。どうしても呪われた土地をこの目で見たい、という先生を案内して、高田馬場を歩いた。

「十五年前、九九年の七月、オレとカミさんが都内から葉崎に引っ越したときに頼んだのも、シーグラム引越舎だった」

ぶらぶらと歩きながら、先生が言った。

「我々夫婦は当時、ものが捨てられないほうでね。引っ越しを決めたのも、そうすりゃ少しは家財道具が減るだろう、そんな思惑もあった。おかげで作業は足掛け五日続いたな。いろんなものをもらってもらったよ。ゴミとして引き取ってもらうものもあったし、個人的にほしいという不要品はあげた。片づけに来ていた作業員のなかに、津田次郎がいたんだろう。さすがに思い出せないけどね」

「玄武程一郎のポスターは、そのとき津田にあげたんですね」

そして戸籍抄本は、津田が見つけて盗み出したのだ。

「家の売買に必要だったか、証明書をもらうのにいるんだったか、不動産取引の最中に戸籍抄本をとる機会があったんだな」

港大先生はぼんやりと言った。

「とった理由は覚えてないが、見て、そのまま雑に放ってあったんだろう。それを津田次郎が見つけた。身元を隠して生活したい、そう思っていたなら、ちょうどいいものを見つけたわけだ。名前は一音違いだしな。となると、つまり三千万は本当にあったんだろうな」

「そうですね」

「津田次郎は古閑運送の事務所で、事件の際、居合わせたか、直後に行き合わせたかした。それで、金を見つけて、持ち逃げしたんだ。だから、オレの戸籍を使い、〈原島食堂〉でのアリバイを作った。でもって、その三千万で、めだたない程度にちびちび贅沢してたんだろう。いい肉食って、大トロ食って。だけど、そんなちょっとばかりの贅沢のために、正社員にもなれず、安アパートにひとりで暮らして。そんな人生に価値があったのかねえ」

津田次郎は養子に行き、実家に戻り、母方の祖父母の養子になって、さらに東京でも和菓子屋の籍に入った。それほど戸籍にこだわりを持たなかった……いや、持てなかったのではないだろうか。

それに、古閑寛太は津田次郎を「近頃見ない」と言ったのだ。次郎はずっと、古閑寛太の世話をし続けていたのかもしれない。出所してから出迎えて、時には奢った食事を差し入れるなどして。困っているときに手を差し伸べてくれ、健保のない時期には、おそらくは自分の保険証を貸してくれるほど、親切にしてくれた恩人なのだから。おまけに……。

いくら治療しても治らない猫背。治っているはずなのに痛み続ける背中。精神的なものだと、指圧師はにおわせた。

三千万の持ち逃げのせいだけではない。津田次郎は他人の戸籍を借用するほど怯えて逃げた。荻登の死体を車に乗せた「共犯者」は、やっぱり津田次郎だったのだ。さらにもしかすると、それだけではなかったのかも。

荻登の死体の傷は、数えきれないほどあった……。

駐車場についた。奥に古閑寛太の古い、動けなくなった車があった。寛太の姿は見えなかった。車の中で寝ているのかもしれない。十一月の曇天《どんてん》の下、三方をビルに囲まれたこの場所で、昼は白くなかった。

「あの戸籍抄本……ショックだったな」

駐車場の前に立ち止まって、港大先生がぼんやりと言った。津田次郎に無断借用されたことを言っているのかと思ったが、違った。

「九〇年代の後半にかけて戸籍がコンピュータ化されただろ。九九年にとって持って帰ってよく見たら、コンピュータ化されて、戸籍内の死んだ人間の記載が省かれて、消えていた。オレとカミさんの子ども。光って名づけた。五日しか、生きられなかった。合理的だよなあ」

先生は駐車場を見回した。

「きっちりと隙間なくビルを建てて。問題のある場所はきれいに避けて。死んだ人間の戸籍は消して。ムダがない。効率的だ。反吐《へど》が出る」

不意に、車が揺れて、中から古閑寛太が出てきた。両足をドアの外に出し、義足を外して車の上に載せた。それから身を屈めて除菌消臭剤を取り出し、丹念に義足にかけた。

遠目でそれを眺めながら、先生が言った。

「あのときオレは、コンピュータ化される前の古いタイプのやつをよこせ、と役所に言って戸籍抄本を取り直した。子どもが存在しなかったことになってるようなやつ、カミさんには見せたくなかったからな。白川さんが……あのアパートで白川さんが、カミさんを見つけてくれたんだ。風呂なしアパートでよかったよ。洗面器で手首切ったって、なあ?」

「白川さんのカフェの住所、ちゃんとお伝えしましたっけ」

しばらくして、わたしは尋ねた。

聖夜プラス1

十二月

1

世の中には大勢のひとがいる。それぞれがそれぞれの思いや規範や義理その他によって、己《おのれ》の行動を決定する。そして、ひとたび誰かが行動を起こせば、それは他のひとに必ず波及する。波は見ず知らずの、はるか遠いところで生活しているひとにも届く。場合によってはその遠くのひとでさえ、頭から波をかぶり、溺れそうになる。

わたしみたいに。

「先週、多摩湖の近くで白骨死体が見つかったの、覚えてますか」

電話の向こうで富山泰之が言った。

「ありましたね」

わたしはあくびをかみ殺しながら、ぼんやりと答えた。

どういうものだかこのところ、白骨死体と縁がある。どこの家のクローゼットにも骸骨がいるそうだから、縁があっても不思議ではないが、もちろん嬉しくもない。しかし、そうなるとかえって、白骨死体発見のニュースが記憶に残ってしまう。

多摩湖畔に住むヒマで善良な老婦人が、クリスマスまでカウントダウンが始まろうかという十二月のある日、ふと、隣の空き地にステキなもみの木が立っているのに気がついた。もみの木は道路に面して五本、植えられていたのだが、ほとんどが虫か病気にやられたらしく、変色し小ちゃかった。

しかし、老婦人の家に近い、一番端の一本は違った。二メートルほどの高さに成長し、青々と健康的に葉を広げていた。まるで絵本に出てくるクリスマスツリーのような、きれいな左右対称に成長していたのだ。

ヒマで善良な老婦人宅の前は通学路になっていた。そこで老婦人は思った。子どもたちのために、このもみの木を飾りつけましょう。きっとみんな喜んでくれるわ。

この老婦人は善良だったから、子どもの笑顔のためなのだしと、他人の敷地内のもみの木を無断で勝手に飾りつけることにした。ヒマだったから、家の物置から昔使った天使や電飾や星やモールを探し出し、延長コードを使って電飾を灯してみた。

「電飾は四十年以上も昔のもので、古式ゆかしい白熱灯だった。コードの銅線がむき出しだったそうです」

富山はのんびりと言った。

「そのバアさんが電飾つけっぱなしで晩ご飯を作っている間に漏電して、クリスマス飾りに引火した。消防車が駆けつけて水を噴射したところ、勢いでもみの木が傾き、そのあらわになった根本から、死後五年以上経過した白骨死体が出てきた。一本だけもみの木が元気だったのは、肥料をもらえてたからだったわけですね」

「はあ」

わたしは再度、あくびをかみ殺した。時節柄、注目ニュースにはなったが、それがどうしたっていうんだ。

「そのクリスマスツリーがあった空き地の持ち主が、なんと園田均《そのだひとし》さんなんですよ」

富山はファンファーレを鳴らすかのように声高《こわだか》に言った。わたしはぽかんとなった。

「……誰でしたっけ」

「やだな、ほら、元外交官の。東西冷戦期にヨーロッパにいて、リアルスパイ活動をしていた、ル・カレとかレン・デイトンとかフリーマントルといった、スパイ作家との面識もある、あの園田さんですよ」

園田均は数年前に『リアルスパイの肖像』を出版した。『冷戦期ヨーロッパで暗躍した元外交官の【回顧録】』というキャッチコピーも麗々しいこの作品は、政財界のお偉方にメディアで取り上げられるなどして注目された。スパイ小説やその作家についての言及も多く、彼らと園田氏とのツーショット写真も満載だ。

なによりスパイの情報戦として、騙し合いに化かし合いが綿密に描かれ、ミステリファンにも愛読者が多い。

そこで今年、この作品が文庫化されたとき、〈MURDER BEAR BOOKSHOP〉でサイン会をやった。これがきっかけで、終活を始めた園田氏が、蔵書の処分をうちに任せてくれることになったのだ。

折しも、クリスマスイブからクリスマス当日にかけての深夜、うちでは〈クリスマス・ミッドナイト・パーティー〉と題したイベントを予定している。実情は、イブに予定のない常連客を集めての始発までの飲み会だが、さすがにそれだけではミステリ専門書店の沽券にかかわる。そこで「真夜中のオークション」と称して、選りすぐりのミステリ本をオークション形式で落札させる、というメインイベントを計画した。

オークションの目玉は、園田氏が譲ってくれたスパイ作家のサイン本の数々だ。

富山は『リアルスパイの肖像』について熱くその面白さを語り、その蔵書処分をウチがまかされたとはどれほど光栄かと自画自賛していたが、相づちも打たずにいると、やっと本題に入った。

「園田さんが作成したリストには、ギャビン・ライアルの『深夜プラス1』のハードカバー初版原書のサイン本があったのに、先日送ってもらった蔵書からそれだけ抜けてたんです。探して店まで持ってきてくれるはずだったんですが、さっき園田さんから電話があって、本は見つかったが家まで取りにきてほしい、と。白骨の件で、警察から事情を聞かれたりマスコミの取材があったりで、疲労のピークだとか。園田さんも八十歳ですからね。ムリはさせられません」

わたしは思わず手を伸ばし、重いまぶたを持ち上げて、時刻を確認した。十二月二十四日AM七時三分二十八秒。

「……まさか、わたしに取りにいけと」

「他に誰がいるんですか。ボクは足がアレだし、平日だから土橋くんは会社があるし、本郷《ほんごう》くんは葉村さんがいないからずっとレジに詰めていてもらわなきゃならない。当然、葉村さんの出番ですよね。……ねえ、聞いてます？　葉村さん、返事が聞こえませんが。電波が悪いのかな。おーい、葉村さーん」

富山は十月末のハロウィン・イベントで脚を負傷し、歩くのが大変な状態が続いている。一時は、船橋から吉祥寺までの出勤も難しかったのだ。おかげでしばらくの間、わたしはひとりで店を切り盛りせねばならず、目が回るほど忙しかった。おまけに、動けずにヒマを持て余した富山が〈MURDER BEAR BOOKSHOP〉のやっているSNSの更新にはまり、なんの相談もなく、思いつきをアップしてよけいな仕事を増やしてくれたりもする。最終的には、背に腹は代えられないと常連客をこき使って、なんとかしのいでいたほどだ。

見かねた土橋が見つけてくれたアルバイトの本郷が来るようになって、この三日間、久しぶりに〈白熊探偵社〉の調査員として働いた。夫をたたき出したいので離婚できる落ち度を見つけてほしい、というのがその依頼だった。最近、帰宅後にジョギングをするようになったというその夫を三晩にわたって尾行。夜半の住宅街を走り回った結果、夫が他人の家のブロック塀をよじ上って二階のベランダにあがり、干しっぱなしの女性用下着をポケットにねじ込むところを、写真に収めることができた。

それで一件落着だったはずが、予想外のことが起こった。ヘンタイ夫が下りようとしてベランダの手すりをまたいだ瞬間、足を滑らせ、古いブロック塀をぶっ壊しながら道に転落したのだ。夫は全身を打ってそのまま動けなくなり、物音に驚いて飛び出してきた人々は、夫のポケットからはみ出た下着に気づき、閑静な住宅街は騒然となった。

「その場から逃げ出して、すぐ依頼人に連絡しましたけどね」

わたしは愚痴った。

一驚きの展開で依頼人は興奮してしまうし、一緒に病院や警察に行ってくれと頼まれるし、結局、帰宅したのはけさの四時ですよ。でもって、まだ七時ですよ。こんな時間に叩き起こして本取って来いって、クリスマスイブの朝だってのに無茶ぶりがすぎませんか」

「そうですか。つまり、依頼は片づいたんですよね。よかった」

「……はい？」

「心配いりませんよ。オークションはクリスマスのカウントダウン直後に始めますから。まだ十七時間もあります」

再び二の句が継げなくなったが、富山はほがらかに話し続けた。

「常連の柿崎《かきざき》さんと野々村《ののむら》さん、他にも何人かが、すでに『深夜プラス1』をめぐってネット上で腹の探り合いを始めています」

「なんでまた。ギャビン・ライアルのサイン付き原書ってだけなら、ネット書店でも二百五十ドルくらいで売ってますよね」

「柿崎さんは以前、狙っていた乱歩の『犯罪幻想』の限定二百部版を野々村さんにかっさらわれたそうです。その恨みもあって、今度は野々村さんの鼻を明かしたいのかな。野々村さんはあの時代のスパイ小説の大ファンだし、『深夜プラス1』を聖典と呼んであがめてるし、本の出所がリアルスパイですからね。園田さんの蔵書はいわば、東西冷戦期のヨーロッパを知る貴重な資料でもある。きっと、あれのオークションが一番盛り上がりますよ。なのに実物はありません、ってわけにはいかないんです」

「だとしても……」

「園田さんは病院の予約の関係で、午前中にきてほしいと言ってます。本を受け取って、日付がクリスマスに変わるまでに店に届けるだけ。大丈夫。葉村さんならできます」

「あのですね……」

「園田さんの住所はメールしときますから、よろしく」

電話は切れた。

ふとんをひっかぶって二度寝を試みたが、腹が立って眠れたものではない。おまけにすぐにまたスマホが鳴って、「園田均　多摩湖（東大和市湖畔四丁目二十三番地X号）」と、電話番号が書かれた連絡事項が届いた。さらにメモ。

「店に園田さんへの手みやげを用意してあります。レジの上の東急の紙袋ですので、寄ってピックアップしていってください」

おいおいおいおい。

起きてファンヒーターのスイッチを入れ、温めている間に階下に降りて風呂場へ行き、熱いシャワーを浴びて部屋に戻った。わたしが住んでいる木造のシェアハウスの問題点は、冬寒いこと。たぶんこの家が建てられた頃には、断熱材なんて存在していなかったのだろう。おかげで厚着をして出かけ、電車の中で汗みどろになり風邪《かぜ》を引く、という同居人が、一冬に三人くらい出る。

ときどき鼻をかみながら、髪を乾かした。おかげで少し、頭が冷えた。こうなったら、さっさとやることをやってしまおう。とっとと本をとってきて、店に置いて、それから部屋に戻って昼寝をしよう。今晩も徹夜になるんだから。

　ゆうべの調査の報告書をまとめ、預かっていた調査料から規定の料金と経費を差し引き、残金を計算した。東大和市湖畔までの行き方を調べた。ウールのパンツにカシミアのVネックセーター、ツイードのジャケットに着替えた。出勤組の同居人たちと一緒に、トーストを食べスープを飲んだ。八時半に家を出た。

　バスで吉祥寺に向かい、店に寄った。鍵を開け、レジから紙袋をとり、また鍵をかけて駅に戻った。JR中央線で国分寺へ。西武多摩湖線に乗り換えて、武蔵大和駅で下車の予定だ。駅から園田邸までは徒歩十五分くらいだろう。

　武蔵大和駅には十時二十分に到着した。思ったよりも時間がかからなかったが、多摩もここまでくると、気温がさらに低下するのを忘れていた。あいにくの曇天で、低い空からいまにも雪が舞い落ちてきそうだ。ホワイトクリスマスになるかもしれない。

　などと思えば、暗くて寒くてひどい天気にも、うつにならずに耐えられた。若い頃は。マスクをしていても顔が冷たい。帽子をかぶってくるんだったと後悔しつつ、鼻をすすりながらひたすら歩いた。おかげで思っていたより早く、ポイントに到着した。顔を上げて、ナビのポイントと現実の風景を見比べた。

　そこは、立ち入り禁止のテープが張り渡された空き地だった。雑草が踏みにじられ、木が数本倒れたり折れたりして木肌がむき出し。道から見て一番右の木など、黒こげで根っこから持ち上がり、傾いている。

　これはいったい……。

あぜんとしていると、突然、救急車のサイレンが近づいてきた。見る間に空き地の隣家の前に停まり、なかからきびきびと隊員たちが降りてくる。ブザーを押して、玄関扉を開けた。なにやら空気が緊迫してきた。

サイレンに飛び出してきた野次馬にまぎれて、のぞき込んだ。やがて女性がストレッチャーに載せられ、運び出されてきた。酸素マスクをあてがわれ、顔や頭にガーゼがあてられて顔は見えない。野次馬はどよめき、憶測が飛び交い始め、わたしも好奇心にかられて身を乗り出したが、はっと我に返った。

いやいや、そんなことより園田邸はどこだ。

「おや。富山さんはなにを勘違いしたのかな」

電話をかけると、園田均はいぶかしげに言った。

「その東大和市の住所は、確かにうちの土地なんだけど、空き地です。我が家は多摩湖じゃなくて、多摩市にあります」

「たっ、多摩市？」

「最寄り駅は京王線の聖蹟桜ヶ丘です。お聞きになってますか、うちの多摩湖畔の地所、つまりその東大和市の空き地から骨が出てきてしまった件。富山さんに聞かれて、ご興味がおありのようだったのでそっちの住所もお教えしたんですが、多摩市と多摩湖で混同されたんでしょうかねえ」

しばらく声が出なかった。頭の中をものすごい勢いで考えが経《へ》巡《めぐ》っていたからだ。京王線仙川のうちから聖蹟桜ヶ丘までは電車で一本。それをこんな僻地《へきち》へ送り出して……

そもそも吉祥寺に寄ってけってのも、中央線の国分寺経由なら途中で寄れるが、聖蹟桜ヶ丘に行くならそのためだけに仙川・吉祥寺間を往復するしかなく……要するに人使いの荒さは相変わらず、ってだけでも腹が立つというのに……。

と〜や〜ま〜っ、てめ〜、なにしてくれてんだ〜っ。

2

斜めがけしていたショルダーバッグに東急の紙袋をしまいこみ、マスクを外し、きびすを返して全速力で武蔵大和駅へ向かった。ひたすら走ったが、十時四十七分の国分寺行きが目の前で出てしまった。次は十一時七分発だ。

検索した。これに乗ると、国分寺で中央線に乗り換え、立川で南武線に乗り換え、分《ぶ》倍河原《ばいがわら》で京王線に乗り換えて、聖蹟桜ヶ丘着が十一時五十七分。午前中にご自宅にたどり着くのはいくらなんでも不可能だろうが、とりあえず行くしかない。

国分寺行きを待つ間、武蔵大和駅の吹きさらしのホームで凍えながら電話をかけた。四十を越えてから冷え性がひどくなった気がする。靴下は三枚重ね、手袋も欠かせない。走って汗をかいたせいか、よけいに全身が冷えてきた。鼻水が止まらない。

話を聞くと、富山は大笑いした。

「そりゃあ、すいませんでしたねえ。多摩湖まで行っちゃったんですか。面白い。ネットにあげちゃおう」

「……はいっ？」

「知り合いの土地から白骨死体が出てくるなんて、あんまりないですからね。それも、リアルスパイの土地からですよ。気になっていたものだから、ついそんなことになっちゃったんですね。知ってます？　園田さんとこの白骨、女性だったそうなんですよ」

知らないよ。

「死後五年前後で、年齢は五十歳から六十五歳程度。いや実は、前にウチで講演をしてくれた法医学の先生が今回の白骨の担当なんですよ。チャンスと思っていろいろ聞いたんですけど、この年代の女性の行方不明者って案外、多いんですね。問い合わせが三十件以上も寄せられているそうです。なかには、絶対ウチの女房に違いないんだから書類にそう書いてくれって、ずいぶんしつこいのもいるそうですよ」

冷えが二の腕まで這い上がり、悪寒《おかん》がしてきた。どうでもいいわ、白骨なんか。

「今度は園田さんご本人にご住所を確認しましたっ」

わたしはつけつけと富山のおしゃべりを遮った。

「なので、念のためお聞きします。レジの上の紙袋の中身は、間違いなく園田さんへの手みやげなんですね」

「ええ、東急で買ったヨックモックですよ。間違いありません。やだなあ、葉村さん。一度失敗したからって、そこまで心配しなくても大丈夫ですよ」

はあ？

「……いま、なんて？」

「住所を間違えたのは私のミスですが、葉村さんもマヌケでしたよね」

富山はぬけぬけと言った。

「出かける前に、ちゃんと園田さんに住所を確認して、駅からの道とか聞いておけばよかったのに。プロの探偵なら、それくらいのことはやっておかないとねえ」

あやうくスマホを西武多摩湖線の線路めがけて放り投げるところだった。我ながらあっぱれな自制心を発揮して、電源を切るだけですませた。三回もの乗り換えの間、実に手持ち無沙汰だったが、電車の暖房と外気との温度差で気分が悪くなり、スマホをのぞく気にもなれなかった。

聖蹟桜ヶ丘には予定通り十一時五十七分に到着した。駅でスマホの電源を入れ、園田邸の位置を確認した。でかけた後かもしれないが、とりあえず行ってみるしかない。

駅の南側に出て、多摩川の支流の大栗川を渡り、いろは坂通をのしのしあがって住宅街へ入った。多摩湖畔にしろこの辺りにしろ、郊外の街はなにか物悲しい。似たり寄ったりの建て売り住宅が、整然とした区画の中にきちんと立ち並びながら、確実に老いてきている。

歩道に散らかった落ち葉を踏みながら、犬を連れた住人やうつむいて歩くステッキ姿の老人、大きな買い物カートを重そうに引くおばあさんなどとすれ違った。ガードレールに腰かけて、煙草を意地汚く根本まで吸っている男の前を行き過ぎた先が、ナビのポイントだった。歩道にまで枝を伸ばす大きな桜の樹の陰に鉄の門があって、鉄の格子《こうし》の間に〈ＳＯＮＯＤＡ〉という飾り文字が埋め込まれている。

門の前にはタクシーが停まっていた。後部座席に白髪まじりの頭が見えた。と、見る間にタクシーは発車して、坂道を遠ざかって行く。

うわー。間に合わなかったか。

それでも一縷《いちる》の望みにすがり、園田邸の門内に駆け込んだ。

門から家までは石段になっていた。その先に、凝った塔のある館がちらりと見えた。曲がりくねった石段の途中には石灯籠《いしどうろう》とトナカイの飾りがあった。

石段の終点は少し広いスペースになっていて、飛び石が置かれていた。分厚い玄関ドアに、本格的なクリスマスリースがかけられている。玄関のチャイムを鳴らした。重厚なチャイムが屋内に響き渡った。

「まあ、主人はたった今、出たところですのよ」

〈MURDER BEAR BOOKSHOP〉の葉村と名乗ると、インターフォンの向こうで園田夫人は気の毒そうに言った。

「病院の予約がありましてね。確か、本をお持ちになるんでしたわよね」

「ギャビン・ライアルの〝Midnight Plus One〟という本なんですが。著者のサインが入っていて、英語の原書です」

「探してみます。ドアの鍵、開いておりますから、お入りください」

黒ずんでいるがピカピカに磨かれた真鍮《しんちゅう》のドアノブを引き開けて、お邪魔します、と言いながら一歩、中に入った。目の前の玄関ホールは吹き抜けで、高い天井から天使や星やその他の飾りのついた、長いモールが吊り下がっていた。玄関の上がり口には、白くて毛足の長いフェイクファーの敷物が置かれている。

気がついて、ショルダーバッグに入れっぱなしだった東急の紙袋を出し、しわを伸ばした。マスクとマフラーを外した。鼻のかみ通しで鼻まわりのファンデは完全に落ち、赤くなっているだろうが、ここで化粧直しというわけにもいかない。園田夫人の老眼が進んでいることを祈ろう。

「ありました。これじゃないかしら」

やがて、奥から年配の女性が出てきた。深いグリーンのストールで全身を包み、タータンチェックの巻きスカートをはき、ほぼ真っ白の髪を耳の長さで切りそろえて金のピンで止めていた。ストールには小さなジンジャークッキー坊やのブローチが止められていて、足下は毛皮付きのヘップサンダルだった。しわはあるが白い肌に、チークとリップだけをさしている。

さすが元外交官夫人。上品でエレガントで、おちゃめな装いだ。

差し出された本を見た。オレンジ色の文字で〝MIDNIGHT PLUS ONE〟とあり、拳銃を持った男が草むらに潜み、武装した三人組の様子をうかがっている表紙になっている。表紙の縁が少し焼けているが、装釘全体が黄みを帯びているからそう見えるだけかもしれない。表紙を開くと、万年筆で Gavin Lyall とそっけなくサインしてある。

「こちらですね。お預かりいたします」

富山からです、と東急の紙袋を渡し、ショルダーバッグにいつも入れているビニール袋を取り出して、本を入れてショルダーバッグに納めた。よかった、と思った。本が見つからないので主人が戻る頃出直してください、などと言われなくてすんだ。

安堵のあまり、長いため息をついていると、夫人が言った。

「今日は葉村さん、このまま本を持って早稲田に戻られるの？」

「ウチの店は吉祥寺ですが」

「あら、そうだった？　早稲田の本屋さんかと思ってたわ」

「まっすぐ、吉祥寺の店に戻ります」

「そう。ねえ、三週間前にシュトレンを焼いたの。一本お持ちになって。薄く切ってありますから、紅茶と一緒に召し上がると、美味しいと思うわよ」

断る間もなく夫人は身を翻《ひるがえ》し、アルミホイルに包んだうえ透明の袋に入れ、クリスマスカラーのリボンをつけたシュトレンらしいものを、三本もって戻ってきた。

「わたくし、毎年クリスマスにシュトレンを焼くんですけど、お友達にお分けするので、毎年楽しみにしてくださってるの。だけどもう、みんな年だし、持っていくのも取りにきてもらうのも大変で。送ろうかと思っていたのだけど、ほら、多摩湖のこと。ご存知でしょう？」

「はあ」

「あの土地はわたくしの従姉のものだったのよ。他に身寄りがなくて、七年前にわたくしが相続したんですけどね。五年前に家を取り壊して更地にしたときに、解体業者の方が余っていたもみの木を持ってきて植えてくださったわけ。すぐにでも買い手がつくかと思ったのに、なぜか売れなくてねえ。固定資産税はかかるし、ときどき解体業者の方が草むしりをしてくださるから御礼をさしあげたり、出費ばっかり。あげくのはてに人骨が出てくるだなんて。主人にもすっかり迷惑をかけて、わたくしもう」

夫人は小指の先で目の縁を拭《ぬぐ》った。わたしはどぎまぎした。

「あ、でもご主人は冷戦期のヨーロッパでご活躍なさったほどの方でらっしゃるから、その点、肝が据わっているのでは」

「あなた、結婚してらっしゃらないわね」

夫人は眼光鋭くわたしを見た。

「ダメよ、男って太っ腹に見えて、案外、不意打ちに弱いんですから。おまけにアレは警察の領分で、主人は蚊帳の外だもの。別にわたくしを叱ったりするわけじゃないけど、どんどん機嫌が悪くなるのよ。おかげで、せっかくのクリスマスなのに、シュトレンを小包にするのもおっくうでいるうちに、イブ当日になってしまって。葉村さん、このお菓子届けてくださらない？　ちょっと帰り道に寄っていただくだけでいいの」

この状況で断れる人間がいるだろうか。

「はあ、承知しました」

「悪いわねえ」

夫人は東急の紙袋からヨックモックを出すと、空いた紙袋にシュトレンを入れた。

「スマホお持ちね。メモしてくださる。一本はね、千歳船橋のお友達用ね。もう一本は杉並の方南町《ほうなんちょう》。後の一本は本屋の皆さんで召し上がってね。ああ、よかったわ。葉村さんが来てくださって。クリスマスって奇跡が起こるものよねえ」

本当にありがとう、助かるわあ、と盛大に感謝されながら、わたしは園田邸から押し出された。

帰り道？　千歳船橋と方南町が？　路線もなにも、まるで違うじゃないか。さすが元外交官夫人。ひとをこき使うすべは富山より長《た》けている。わたしはくしゃみを連発しながら石段を降りた。どいつもこいつも。

しかしまあ、とわたしは気を取り直した。本は手に入ったし、簡単なお使いを片づけるだけだ。今日はクリスマスイブだ。多少の善意をみせてもバチは当たるまい。

石段を駆け下り、門を出た。シュトレンはドライフルーツをたっぷり入れ、お酒をなじませたドイツのお菓子だ。日がたつほど味がなじんでおいしくなるような食べ物だから、日持ちするように堅く焼いてあり、ずっしりと重い。それが三本。

東急の紙袋をぐっと握って歩き出したとき、男がひとり、こちらにむかって走ってきた。マスクをして毛糸の帽子を目深《まぶか》にかぶり、最近珍しい紺のピーコートを着ている。さっき、ガードレールに座って煙草を吸っていた中年男だ。がに股で、右脚と右手を同時に前に出すような姿でバタバタと坂道を駆け上ってくる。運動音痴を絵に描いたような走りっぷりだ。

と、観察する間にこの男は目の前にいて、いきなりこぶしを突き出してきた。

たぶん、ひとを殴ったこともないに違いない。あっさりよけられる殴り方だったが、さすがにわたしも意表をつかれて驚いた。そのせいでよろけると、男はショルダーバッグには目もくれず、東急の紙袋に飛びついてひったくり、逃げ出した。

わたしはあっけにとられて口を開けた。

な、なんなんだいったい。

3

体勢を立て直して、追いかけた。右手と右脚、左手と左脚を同時に交互に出す走り方のくせに、男はめちゃくちゃ速かった。あっという間にいろは坂を駆け下りていく。眠気がすっかり吹き飛んだ。けさからのイライラがすべて噴出したみたいだった。逃がしてたまるか。

わたしは全力で追いかけた。追いかけながら、泥棒、ひったくり、と叫んだ。

その声が届いたらしく、男は何度か振り返った。よっぽどわたしがおそろしい形相をしていたのだろう、振り返ったままつんのめり、体勢を立て直そうとしてさらに石畳に足をとられ、宙に浮くような勢いで顔面から地面に叩き付けられた。

わたしは脚をゆるめた。息を吐きながら男に近寄っていく。と、つぶれたゴキブリみたいになっていた男が不意に起き上がり、東急の紙袋をそのままに、這うようにしてまた逃げ出した。

よっぽどひどく膝を打ったらしく、今度はのろかった。すぐに追いつけそうだったが、いきなり全力疾走したおかげで、こっちも咳《せき》が止まらなくなっていた。しばらく身体を折り曲げて呼吸に専念し、落ち着いたところで東急の紙袋を取りにいった。

紙袋から飛び出たシュトレンの包みが歩道に散らばっていた。頑丈な食べ物でよかった。ヨックモックなら粉々だったかもしれないが、シュトレンはびくともしていない。拾い集めて紙袋に戻し、男を捜した。はるかかなたをがに股で逃げ去って行く。通りかかって一部始終を見ていたらしい犬を連れた老人が、わたしに話しかけてきた。

「なんだあれ。ひったくりかい」

「はあ。クリスマスのお菓子をひったくろうとするなんて、どういうつもりでしょうね」

苦笑いしてみせると、老人は義憤にかられたらしく、ギンガムチェックのお洋服を着せた小型犬を抱き上げながら言った。

「警察呼ぶかい。目撃者が必要なら、オレがなってやるよ」

少し考えた。なにも盗まれていないし怪我もしていない。師走《しわす》の忙しいさなか、警察が被害届を受け付けてくれるかどうかわからないし、捜査してくれるかどうかなお疑わしい。事情を聞かれる時間を取られるだけだ。

老人に感謝して別れた。気分は悪かった。奇妙な泥棒だ……ショルダーバッグではなく、紙袋を狙うとは。おまけに煙草を吸いながら、あんなところに腰掛けていた。人通りはそこそこあるし、比較的人目につく。もしひったくりに成功していても、目撃証言はすぐに得られそうだ。要はシロウトだ。

金に困って切羽詰まり、ひったくりをやらかす人間はもちろんいる。特に師走には。だが、そういうやつでもデパートの紙袋なんか狙わないだろう。

ぼうっとしそうになるのを、がんばって正気を保ちながら、聖蹟桜ヶ丘の駅に着いた。

肩が凝っていて、悪寒が止まらず、空腹だった。駅ビルで昼食をとることにした。チキンの店は満員だったのでバーガーショップに入った。チーズバーガーとポテトを買ったが、食べ始めると胸焼けがした。コーヒーに砂糖を三袋入れ、血糖値があがってきたところで、千歳船橋への行き方を検索した。

特急で明大前まで出て井の頭線で下北沢、そこから小田急線で千歳船橋。または分倍河原にて南武線乗り換えで登戸、そこから小田急線。または京王線で千歳烏山まで出てバスで千歳船橋。

どれにしてもめんどくさい。

千歳船橋から方南町は、さらにひどかった。下北沢で井の頭線に乗り換えて新代田からバスに乗るか、小田急線で新宿まで出て丸ノ内線に乗り換える。なにが通り道、帰り道だ。大回りを通り越して、まったく別の大遠足ではないか。

車ならこんな面倒はなかったのに、と思った。いっそのこと今からでもレンタカーを借りて、富山に請求書を送りつけてやろうか。昨日までの探偵仕事での収入から、二割を〈MURDER BEAR BOOKSHOP〉に払うことになっているが、そこからレンタカー代を差し引いてしまえばいいのだ。

とはいえどう考えても、クリスマスイブに空いているレンタカーがあるとは思えなかった。たぶん、空《す》いている道もない。

あきらめて、京王線の特急を待っていると、富山からの着信があった。

「今晩のパーティーなんですけど」

富山が言った。

「チキンとサンドウィッチとフルーツの用意はしたんですが、ケーキはどうしたものかと思いましてね。もしかして葉村さん、気を利かせてどこかに予約を入れた、なんてことは」

「してません」

「困ったな。さっき、常連の柿崎さんがクリスマスケーキをうちのパーティーに持って行くつもりだ、と書き込んだんですね。そしたら野々村さんが怒って、ケーキでつって『深夜プラス1』をオークションの前に入手するつもりなら、こっちにも考えがあるとかなんとか言い出したんですよ。本の取り合いで盛り上がるはずが、なんだか雰囲気が悪くなりそうで」

バカバカしい。わたしは喉の奥の痛みをこらえながら言った。

「子どもじゃないんだから、ケーキは賄賂《わいろ》にはなりませんと言ってやればいいじゃないですか」

「どうしたんだろうなあ、野々村さん。いつもはあそこまで過激じゃないのに。昔、インサイダー取引で大もうけした金で古本街を荒らし、古書の値段を釣り上げた男、なんて柿崎さんにののしられたせいかなあ」

「野々村さんて元広告代理店勤務じゃなかったですか」

「二十年くらい前ですか。野々村さん、テレビプロデューサーと組んで健康番組を作ってたんですよよ。いろんな食材を健康やダイエットに効くと取り上げると、それを信じた視聴者がスーパーに買いに行って売り切れになり、その食材を扱う食品会社の株が上がる。そのうち自分の持っている株が値上がりするように食材を選ぶようになったわけですよ。いまそんなことやったら、大変ですけどね。それはともかく」

特急がホームに入ってきた。園田夫人にお使い頼まれて、今からあちこちより道です、と伝えようとしたら、咳が出た。ひたすら咳き込んでしゃべれないというのに、富山は気にせず勝手にしゃべった。

「どこかでクリスマスケーキ、買ってきてください。葉村さんが持ってくるって口実で、柿崎さんにはケーキを断ったので。よろしく」

ようやく咳がやんだとき、電話はすでに切れていた。今度は京王線の線路にスマホを投げ込むところだった。

特急に乗っている間だけでも眠りたかったが、神経が興奮している。ふと気になって、富山がなにをアップしたのか調べてみた。リアルスパイのSさんの蔵書の処分を請け負ったこと、一冊だけオークション用の貴重なギャビン・ライアルのサイン本が店に届くのが今日になってしまったこと、店の女性従業員のHさんがサイン本を一人で受け取りにいったのだが、うっかり多摩市と間違えて多摩湖に出向いたことなどなど。KさんとNさんのサイン本をめぐる争いからケーキの顚末まで、洗いざらい書いてあった。

名前をイニシャルにすればなにを言ってもいいだなんて、そんなルールはこの世のどこにもないってば。

頭に血がのぼった状態で明大前と下北沢を経由して小田急線に乗り、二時九分に千歳船橋駅に到着した。

シュトレン一本目のお友達は、品川恵理子《しながわえりこ》といった。城山通を経堂へ向かって行った先のマンションの三階に住んでいた。

「園田さんからさっき、お電話をいただきましたのよ」

恵理子は、自分は園田夫人の高校の二年下の下級生なのだ、と言った。一人暮らしのようだったが、花の刺繡《ししゆう》をほどこしたニットのアンサンブルにロングスカート、薄化粧で髪の毛もきれいに整えられていた。家に帰るなり化粧を落とし、ウエストゴムのパンツと三年もののユニクロのフリースに着替える女からすると、同じ人類とも思えない。

ご苦労様でした、なにもないけどせめてお紅茶でも召し上がってらして、と半ば強引に家に招かれた。女の親切にはたいてい下心がある。紅茶を一口、すすり終えないうちに恵理子は言い出した。

「いらしてくださって、ホントに良かったわ。葉村さん、でしたわよね。これから方南町の辻《つじ》さんのお宅に行かれるのよね」

「はあ」

「荷物になって申し訳ないけど、ついでにこれも届けていただけないかしら。辻さんのお孫さんに作ってほしいって頼まれてたものなのよ」

ダイニングテーブルの反対側の椅子に編みぐるみのシロクマが二匹、座っていた。サンタの帽子をかぶり、首に緑色のリボンを巻いている。

「これ、二匹ともですか」

「あら、二匹とも連れて行ってくださるの？　葉村さんて、園田さんが言ってらしたとおり、本当にご親切なのね。ありがたいわ。一匹はね、阿佐ヶ谷の小石原宮子《こいしばらみやこ》さんに。お気の毒なのよ、小石原さん。ステキなご主人に恵まれて、雪《ゆき》さんっていう娘さんももうけられたのに、ご主人は早くに亡くすし、雪さんはどうしようもない男と結婚してね」

品川恵理子は生き生きとゴシップを語りながら、優雅な手つきで紅茶を注いだ。

「娘婿も公務員だった頃は、真面目に働いていたらしいわよ。でも、定年退職して、退職金と年金が入って、ヒマになってからギャンブルにハマり出したの。ああいうのって依存性が強いんですってねえ。あっという間に退職金も貯金もすって、家まで抵当に入れたのに、まだやめられない。小石原さんは娘さんに、離婚するようにってずいぶん意見したのよ」

わざと時計を見たが、恵理子は気にもとめずにしゃべり続けた。

「でも雪さんは、なんとかご亭主を立ち直らせようとがんばって。ご亭主と母親の板挟みになってしまったものだから、大喧嘩してそれっきり、小石原さんにはここ何年も電話一本してこないんですって。お気の毒よね。せめて小石原さんにもクリスマスにプレゼントをと思って、このコをもう一匹作ったの。明日届けるつもりだったけど、葉村さんが方南町から吉祥寺に戻るなら、通り道ですわよねえ」

わたしが口を開く前に、恵理子はカードに阿佐ヶ谷の住所を書き始めていた。まったく。送ればいいじゃないか、送れば。宅配便を使えば間違いなく翌日に届くし、日本経済のためなのだし。

お礼に葉村さんにもぜひシロクマを贈りたいわ、と言うのを固辞して千歳船橋駅に戻り、二匹のシロクマと二本のシュトレンが入った紙袋を抱えて三時すぎの小田急線新宿行きに乗った。マスクをしているのに、咳とくしゃみを連発すると周囲の乗客ににらまれた。悪寒がするし、立っているのもだるい。なんとかしなくては。

新宿は混んでいた。キオスク風の薬局に駆け込んで、葛根湯と栄養ドリンクを買って飲んだ。同じ組み合わせを飲んでいる人間が他にもいた。みんながみんな、クリスマス気分に浮かれているわけではない。

イブがなんだと言わんばかりに、電話で商談を続けているサラリーマン。買い物を終えて、げっそり疲れた顔で帰宅の途につこうとしている主婦。片手に参考書を抱えた、顔色の悪い受験生。大量のクリスマスケーキを売りつくそうと、必死に声を張り上げているアルバイター。

丸ノ内線に乗り、四時少し前に方南町に着いた。暗くなり始め、看板その他に灯りがともりだした方南通を大宮八幡のほうへ進み、南下して住宅街に入った。辻聡子《さとこ》は園田夫人からの連絡を受けて在宅していた。シュトレンとシロクマを渡すと、またなにか頼まれる前に、先手を打って、これから阿佐ヶ谷に急がなくてはいけないのだ、と言った。

「吉祥寺に早く戻りたいんですが、品川さんにどうしてもと頼まれまして」

「それはご迷惑でしたわねえ。あの方、いいひとなんだけど強引だから。この編みぐるみも別に、お願いしたわけじゃないんですけど」

辻聡子は苦笑して、小首をかしげた。彼女の家は古い木造家屋だった。そのせいだろう、足首まである室内用のブーツをはき、毛皮の縁取りのある帽子をかぶっていた。

「阿佐ヶ谷っておっしゃったけど、ひょっとして小石原宮子さんのところかしら」

「はい」

わたしはあきらめて答えた。今度はなにを持って行けと。

「実は……初対面の方にはお話ししにくいんですけど。よろしいかしら」

ここでよろしくないと言えるなら、わたしは今ここに立っていない。黙っていると、辻聡子は勝手にしゃべり始めた。

「宮子さんからさっき電話があったんですけどね。義理の息子さんが変な電話をかけてきて脅《おど》されたとか、その息子さんに殺されるんじゃないかなんて怯えてらっしゃるの」

おいおいおい。

なんと返事をしたものか、口を開けていると辻聡子は手を振った。

「ホントに脅迫されたんじゃないと思うわ。義理の息子さんのことを話すたびに、どんどん大悪党になっていくんですもの。娘さんとの仲を裂かれたってずいぶん恨んでるみたいなの。義理の息子のほうだって、宮子さんには近寄るもんですか。前に顔を合わせたときには、警察呼んだそうですからね」

はあ、と言おうとしたらくしゃみになった。わたしは外していたマスクをかけ直した。

「宮子さんはわたくしよりも五歳上ですし、お一人暮らしですしね。娘さんと疎遠になられてから、人付き合いもなさらなくて。少し前からあの方、本当とは思えないようなことを口走ることもあったんですのよ。ちょっと、かなあ、って心配しておりましたの」

ボケてきたとか、認知症とか、育ちのいい方は口には出しにくいのだろうが、要するにそういうことを言いたいらしい。

「葉村さん、お急ぎなのに申し訳ないけれど、実際にお会いになって、もし宮子さんの様子が変だったら、お報せくださらないかしら。以前からのお友達が、クリスマスイブにひとりぼっちで、義理の息子からの脅迫なんて妄想に怯えているとしたら、放っておけないし」

わたしはひとしきり咳き込んだ。わざとしたわけではない。寒い玄関先で立たされっぱなしのうちに、本当に喉が痛くて息苦しくなってきたのだ。ただ、これだけ具合が悪そうなのだから、やっぱりいいわ、と言ってくれるんじゃないかと期待したが、間違いだった。クリスマスの善意は家族や友人知人に向けられるものだ。初対面のお使いにではなく。辻聡子はわたしが咳き込み終わるまで、大きな目を見開いて、黙って待っていた。

辻聡子の携帯番号をスマホに入れて、丸ノ内線の方南町駅へ向かった。もはやすべての車がヘッドライトをつけ、夕焼けを背景に電線が黒い切り絵のようになっていた。商店のウインドウの電飾がようやく本領を発揮し、昼間の粗《あら》を隠して、街をクリスマスの国のように見せている。

丸ノ内線は混んでいた。子どもの頃、丸ノ内線の古い車両の白い灯りが落ち、オレンジ色の非常灯に切り替わる瞬間が不思議と好きだったな、と思い出した。その瞬間、地下鉄はスピードを落とし、ゆっくりとうねるように進むのだ。

南阿佐ケ谷駅には五時少し前についた。少しは薬が効いてきたのか、肩こりと頭痛がましになってきた。よし、と思った。さっさと小石原家にシロクマを届け、本とシュトレンとケーキを吉祥寺に持って行き、風邪がひどくてみんなに伝染《うつ》しそうだからと言い訳をして、家に帰ろう。タクシーを奢れば七時過ぎには家に着くだろう。それで熱い風呂でよくよくあったまって、湯たんぽ入れて眠るんだ。

小石原宮子の家は青梅街道の南側、阿佐ヶ谷住宅の近くにあった。これまで訪ねた家の中で、いちばん古かった。周囲に新築やリフォームしたらしい家が建ち並んでいるからなおさらだ。小石原邸の隣家など、クリスマスツリーと雪だるまとサンタの置き物をたて、イルミネーションで飾り付けまでしてあった。個人宅のイルミネーションは、たいがいヘタクソで貧乏臭い。いまどき、電気をムダに使ってなにも感じないとは、うらやましいかぎりだ。

小石原宮子の家のチャイムを押した。奥で、どたんと音がした。しばらく待っているとドアが大きく開き、髪を振り乱した老婆が、靴下のまま飛び出してきた。

「助けて。婿に殺される」

老婆はわたしにしがみついてきた。

うわー。わたしはうんざりした。これは想像よりはるかに重症だ。すぐに辻聡子に報せねば。

そう思った次の瞬間、家の奥から包丁を振りかざした男が飛び出してきた。

「あんたが認めればいいんだ」

男はげっそりと頬がこけ、髪もひげも汚らしく顔にへばりつき、老いて見えた。パジャマのようなぺらぺらの生地の上下を着て、黒の革靴を履き、ダウンコートを羽織っている。

男はわたしなど目に入らぬらしく、口角泡を飛ばして叫んでいた。包丁がクリスマスのイルミネーションを反射して、赤に白に金色にと、キラキラ光った。

「母親なんだから、これは娘ですと言えばいいんだ。夫と母親が認めれば、あれは雪ってことになる。そうすりゃ雪が死んだことになって、オレは助かるんだ」

「このバクチ狂い」

わたしの背後に隠れながら、小石原宮子とおぼしき老婆がわめいた。

「なんでアタシがあんたのために、警察に嘘つかなきゃならないんだい。とっとと帰れ」

「なんだとこのババア。オレが殺されたらどうすんだ」

「自業自得だ、殺されちまえ」

「だったらてめえも殺してやる」

小石原宮子の娘婿は、わたしに向かって包丁を振り上げた。逃げようとしたが、宮子がわたしにものすごい勢いでしがみつき、動けない。

わたしはとっさに娘婿の膝を蹴り飛ばした。ついでに宮子の靴下しかはいていない足を、思い切り踏みつけてやる。

義理の親子が前後で悲鳴を上げた。どこかで窓が開く音が聞こえ、通行人が立ち止まった。まだつかもうとしてくる老婆から、わたしは逃げ出したが、溺れるものの勢いで、宮子は手を振り回した。その手が当たってわたしの顔からマスクがはずれて地面に落ちた。顔を背けた瞬間に、宮子はショルダーバッグのヒモにつかまってきた。

「助けてえ」

老婆は叫んだ。湿布と干物と防虫剤が入り交じったような臭いがどっと襲いかかってきた。通行人に警察を呼んでくれ、と言ったとたんにくしゃみが出た。くしゃみのしぶきが宮子の顔面に降りかかった。それでも彼女はバッグのヒモを離そうとはしない。

娘婿が体勢をたて直し、このクソババア、ババア死ね、とわめきながら包丁を振り回し、こっちへ向かってきた。わたしはシロクマとシュトレンが入っている東急の紙袋を婿めがけて投げつけ、そのすきになんとかショルダーバッグのヒモから頭を抜いた。

ざくっと音がして、紙袋が切れ、道に落ちた。わたしはようやく老婆から逃れ、隣りの家の前まで逃げて行った。振り向くと、宮子はショルダーバッグを抱きしめるようにして地面に座り込んで身体を丸め、娘婿はその上で包丁を振り回していた。イルミネーションの灯りがぺかぺか点滅するごとに、ふたりの動きが照らされ、夜道でアートなパフォーマンスでもしているかのようだった。

わたしは隣家のサンタをひっぺがして駆け戻り、娘婿の後頭部をぶん殴った。殴ってから気づいたのだが、サンタはプラスティック製で軽く、ぽこんと間の抜けた音を立てた。しまった、と思ったのに、驚いて勘違いしたのか、婿は前のめりになった。

通報していた通行人が駆けつけてきて、よろけた婿の手から包丁をもぎ取ろうとした。抵抗しようとした婿の頭を、わたしはもう一度サンタで殴った。包丁は通行人の手に移動し、婿は地面にへたへたと座り込んだ。

「オレは殺されるんだ」

婿は地面をたたきながらわめいた。

「冗談じゃないんだ。ヤバい筋から金借りたんだ。畜生、絶対勝てるはずだったんだ。間違いない情報だって言うから三百万突っ込んだのに、なんでレートが下がるんだよ」

そこへ、ようやく警官がやってきた。婿は別人のようにおとなしくなり、おどおどと、ただの親子喧嘩なんだ、と繰り返し始めた。あがっていた息と鼓動がまともになったところで、わたしは小石原宮子からショルダーバッグを取り返そうとしたが、宮子はバッグを抱え込んで離さず、わたしを睨みつけた。

「なにすんだい泥棒。アタシんだよ泥棒」

てんやわんやのすえに、南阿佐ヶ谷署に行くことになった。宇佐見《うさみ》という担当の捜査員に事情を説明したが、まったくの無関係だと何度繰り返しても、彼はわたしにバアさんを押しつけようとするばかりだった。

無関係って、クリスマスプレゼントを届けにきたんでしょ。初対面って、名前も家族の事情も知ってるわけでしょ。あんた、葉村さんだっけ？　クリスマスイブの晩に、気の毒なお年寄りを警察署に置いてけぼりにするなんて、ひどくないか。

宇佐見はイラついていた。師走の警察官が、クリスマスイブにくだらない刃傷沙汰《にんじょうざた》を担当させられているのだ、ふだんなら同情できた。しかし、わたしの気力も体力も、やたらな移動、こき使われるストレス、ひどくなる一方の風邪との戦いで目減りしていて、すでにエンプティー寸前だった。

宇佐見とわたしはストレスに腐ったもの同士、刺々《とげとげ》しい言い合いをした。

辻聡子に電話をさせてくれ、とわたしは言った。すればいいじゃないか、と宇佐見は言った。辻聡子の連絡先はスマホに入っており、スマホは小石原宮子が抱きしめて離さないショルダーバッグに入っているのだ、と言った。ところでアンタ、身分を証明するものは？　それもショルダーバッグに入っていた。小石原宮子が空腹を訴えた。知り合いならアンタ、なんかごちそうしてやれば？　財布もショルダーバッグに入っていた。

自分のバッグなら、自分で取り戻せばいいじゃないか、と宇佐見はボールペンを回しながら、腰をあげようともしなかった。しかたなく取り戻そうとすると、小石原宮子はバッグを抱きしめたまま叫び、わめき、泣き、大暴れをした。娘婿をサンタで殴るのは、あの男がこのバアさんを刺したあとにすべきだった、と一瞬、本気で考えた。

破れた東急の紙袋を中身ごと巻いて持っていた。そこに園田夫人のシュトレンが入っているのを思い出した。本屋の皆さんで、と言われたわけだが、警察の皆さんで食べたからといって、あの上品なご婦人が暴れたりはしないだろう。

アルミホイルを開いて、薄く切ってあるシュトレンを取り出した。ブランデーとドライフルーツ、それに焼けた小麦と砂糖がいりまじり、奇跡のような甘い香りが殺風景な警察署のオフィスに広がった。

これを鼻先に差し出すと、あっけなかった。小石原宮子はバッグを放り出し、シュトレンを持って、食べ始めた。

すっかり宮子の臭いがついてしまったバッグを床から拾い上げ、中身を確かめた。スマホ、財布、探偵仕事の備品、そしてなにより〝Midnight Plus One〟、すべて無事だ。本の端が少しつぶれている……かもしれなかったが、気のせいだと思うことにした。たとえつぶれていても、別にいいではないか。冒険小説に傷と危険はつきものだ。

連絡をとると、辻聡子はすぐにこちらに来ると言ってくれた。宮子の処遇が決まると、不思議と宇佐見の刺々しさが薄まった。どうやら天涯孤独なお年寄りを、クリスマスイブに、ひとりぼっちで放り出すことになるんじゃないかと恐れていたらしい。ムリもないが。誰だって、イブにイヤな人間にはなりたくはない。

「それにしても、結局、稲川《いながわ》はなにを考えていたのかねえ」

シュトレンを一切れつまむと、なおくつろいだ表情になって、宇佐見は言い出した。稲川研吾《けんご》というのが、小石原宮子の娘・雪の亭主の名前だそうだ。

「わかりませんけど、ひょっとして、先週、多摩湖畔の空き地のクリスマスツリーの下から女性の白骨死体が出てきたって事件、ご存知ありません?」

「さっき犯人が逮捕されたよ」

宇佐見はこともなげに言った。わたしは驚いた。

「何者だったんですか」

「死体が見つかった空き地の近所に住んでる解体業者だそうだ。五年前、親しかったスナックのママが家に借金の取り立てにきた。もめてつかみ合いになったら、相手がいきなり倒れて死んだそうだ」

「嘘でしょ」

「まあ、少なくとも本人はそう言っているらしい。警察に届け出たら、殺人犯にされるんじゃないかと思って、自分が家の解体を担当したばかりで更地にした土地にママの死体を埋めて隠した。目印にもみの木も植えといた。土地が売れて、工事が始まるまえに、死体を運び出すつもりだったらしい。でも、いったん埋めたらもう、死体がどんなことになっているのか想像するだけで怖くて、掘り出せなかったそうだ」

園田夫人が解体業者の話をしていたのを思い出した。なぜか土地が売れなかったということも。解体業者なら不動産取引とも縁がある。土地が売れないように、解体業者が裏で画策していたのかもしれない。

「にしても、よく犯人がわかりましたね」

富山が法医学者から得た情報では、白骨死体の身元すら、まだ割れていなかったはずだ。もちろん死体の身元がわかっていても、富山のような外部のシロウトに、法医学の先生がぺらぺらしゃべるはずもないが。

宇佐見は三枚目のシュトレンをかじりながら、肩をすくめた。

「空き地の隣家に住む、ヒマで善良な老婦人が、もみの木をクリスマスツリーにしようとして火事を出した。おかげで白骨が見つかった。というわけで解体業者は怒り、けさヒマで善良な老婦人のところへ押しかけて、よけいなことをしやがって、と殴る蹴る」

「ひどい」

それであの救急車か。

「酔っぱらってたそうだがね。いつ自分のところに捜査の手が及ぶか、不安で飲まずにはいられなかったんだろう。犯罪者はたいてい自滅するもんだよ。……だけどこの件と、稲川研吾と、なんの関係があるんだ?」

わたしは白骨の鑑定をしている法医学の先生のところへ、絶対ウチの女房に違いないんだから書類にそう書いてくれ、としつこく言ってきた男がいたらしい、と富山から聞いた話をした。それと稲川が口走っていたことを考え合わせると、

「誰のものでもいいから、てごろで条件のあう遺体を宮子さんの娘で、本人の妻の雪さんということにして、生命保険金を受け取ろうとしてたんじゃないですか。無茶な話ですけど、実の母親を巻き込めばなんとかなると思ったのかも。いくら肉親が自分の家族のだと認めても、相手は白骨死体だし、ともかくも事件なんだし、すんなり通るはずもないですけど、かなり逆上してましたからね。ホントにマズい筋からお金を借りて、切羽詰まってるんでしょう」

「ふん」

宇佐見は鼻を鳴らし、ボールペンでこめかみをぼりぼり掻いた。

一犯罪者でなくても自滅する奴はいるもんだ。だが、もしアンタの言うことが正しいとして……奴の女房はいま、どこでどうしてるんだ？　ボケた母親になんの連絡もなしで」

それはわたしにも答えられない質問だった。稲川研吾なら答えられるのかもしれないが。

シュトレンでべたべたになった顔を、編みぐるみのシロクマにこすりつけている小石原宮子に別れを告げ、南阿佐ヶ谷警察署を出た。時計を見て、気絶しそうになった。なんだかんだでもはや八時半すぎ。勘弁してもらいたい。

阿佐ケ谷駅まで歩き、中央線で吉祥寺に出ることにした。中杉通を歩いていると、肺がぜいぜいと音を立てているような気がした。気温が下がり、シャッターを下ろし始めた商店も出て、クリスマスソングが寒々しく聞こえてくる。コーヒーでも飲もうかな、と考えた。熱くて濃いやつ。できればスパイスが入っているものを。

阿佐ケ谷駅の前についたとき、着信音が鳴った。

「申し訳ない、園田です」

園田均の声は、なぜか強張っているようだった。

「葉村さん、まさかとは思いますが、もうあの本売ってしまいましたか」

「あの本、とおっしゃいますと」

「ギャビン・ライアルですよ。〝Midnight Plus One〟のサイン本です」

「いえ、手元にあります。いろいろあって、まだ店に着いておりませんので」

園田氏は大きくため息をついた。

「妻が面倒なお願いをしたようですね。申し訳ありません。ああ、でもよかった。すみませんがその本、間違いなんです」

わたしはスマホを握ったまま立ち尽くした。

「はい？」

「妻が渡したのは、アメリカ版の〝Midnight Plus One〟でした。それは違うんです。売ってはいけない本だったんですよ」

5

阿佐ケ谷駅から中央線で新宿に出て、定員めいっぱい、ぎゅうぎゅう詰めの京王線の特急に乗り換えた。聖蹟桜ケ丘には九時半に着いた。全身がだるかった。坂道を登りたくなかったが、タクシーは一台も見当たらない。しかたなく歩いて園田邸に行った。途中でふらふらした。でも倒れるほどではなかった。いっそ倒れたかった。

「本当に申し訳なかった」

園田均は玄関でわたしを出迎え、書斎に案内してくれた。どうやら家族パーティーの真っ最中のようで、奥から笑い声が聞こえてくる。

昼間、夫人に渡された本を差し出した。園田は受け取り、別の本をこちらによこした。白地にオレンジの文字で大きくGAVIN LYALLとあり、黒でタイトルと拳銃。ブルーのインクで拳銃の脇に女性の姿が印刷されていた。

「これがイギリス版、つまり元版です。表紙を開いてみてください。サインもあります」

「確かに」

確認して、わたしは首を傾げた。昼間受け取った本のサインと、

「この本のサイン、なんだかちょっと違いますね」

園田均はしばらく黙っていたが、意を決したように、言い出した。

「ええ。違うんです。だって昼間渡したほうの本には、私が書いたんですから」

「書いたって、サインを？」

「はい」

「え、じゃこれ、偽のサイン本ってことですか。園田さんがでっちあげた」

「そういうことです。だからこれを、売るわけにはいかなかったんですよ」

書斎の隅に、ウイスキーとグラスがお盆に載せて置いてあった。やりますか、と園田は聞き、首を振ると自分のグラスにウイスキーを注いだ。うわー。こういうの、あちらのドラマでは見たことあるけど、実物は初めて見た。

「葉村さんは私の本、『リアルスパイの肖像』ですが、お読みになっていただけましたか」

「はい、たいへん興味深く拝読しました」

わたしはけさがた聞いた富山の熱い感想を、そのまま流用することにした。

「小説やドラマでしか知らないスパイの情報戦が、本当はどんなものなのか、わかって面白かった。新聞記事のなかのわずかな記述から情報をたぐっていったり、商社マンや

観光ガイドやいろんな職種の人間が敵方に買収されていたり、買収されていると見せかけて、向こうから得た情報をもらしてくれたり。化かし合いや騙し合いで手に汗握りました」

園田均はうっすらと笑った。

「ということは、葉村さんはあれを、ノンフィクションだと思ったわけですか」

返事をするまでに、少し時間がかかった。

「……まさか、違うんですか」

「あれは小説です。もちろん、現実に経験したり見聞きしたことを土台にしていますが、たいていは完全なる虚構です」

わたしはぽかんと口を開けた。

「いやだって、帯に回顧録ってあったし、園田さんとスパイ作家のツーショット写真や当時の赴任国で撮影した写真も掲載されて」

「もともと老スパイが昔を振り返る、という回顧録風の設定で書いたんですよ。作品を持ち込んだときに、編集者が言ったんです。これはノンフィクションテイストにしたほうが絶対に売れる、と。だから実際の写真を使って現実味を増すようにしました。写真は本物ですよ。だけど文章が小説ではないなんて、どこにも書いてありませんよ」

小説だとも書いてないが、そういえば、帯のコピーにあった【回顧録】にはカッコがついていた。

なんてこった。作品そのものが騙しであり化かしであったとは。

「後になって読みかえしてみて思ったんですけどね」

園田氏は含み笑いをした。

「私の文章、あんまりうまくないですよね。小説だったら怒られたかもしれない。でもノンフィクションでなら、この下手さ加減がよけいにリアルにみえたんでしょうかね」

園田氏はデスクチェアに腰を下ろして、ため息をついた。

「当時私はヨーロッパの大使館に勤務していましたが、ごく普通の日常生活を送っていました。もちろん著名人にお会いしたりすることはあったし、私が知らないだけで重要な事柄に触れていたこともあったのかもしれない。新聞記事から重要と思われる情報をピックアップしたり、商社マンやマスコミの特派員と情報交換してましたよ。でも、それが大局から見てどんな意味を持つのか、本当の意味で理解できていたとは思えません。情報戦において、日本はあの時代、蚊帳の外でした。真に重要な情報は私たちを素通りしていった」

彼はウイスキーを一口飲んだ。

「あるいは、それすら私の勘違いかもしれませんね。本当は重要な情報を与えられていたのに、それを見逃したり、気づかなかったりしたのかもしれない。同僚や上司は気づいていて、私だけが気づけなかったのかもしれない。なんだか雲をつかむような話ですけど、大きな象が前にいるのに、自分がその象をなでているかどうかもわからない。それほどその象がばかでかくて、複雑に動き回っている……わかります?」

「いえ。あんまり」

「私がスパイ小説の愛読者になったのは、小説に登場するスパイなら少なくともある程度、象をなでまわしてみせてくれるから。小説でなら、世界の全体像が個人の目を通しながらも俯瞰《ふかん》で見られるからですよ。そのカタルシスは、現実を知るものにとって、はかりしれないほど大きいんです」

園田氏はアメリカ版の〝Midnight Plus One〟に手を載せた。

「帰国した後、あるパーティーの席上、スパイ小説の知識で国際情勢を語ったら、私は情報通の勉強家と言われるようになりました。政治家に呼ばれて、話をしたこともあります。政治なんていい加減なもんだなと思いましたよ」

家の奥でまた、笑い声がした。楽しそうな家族のパーティー。クリスマスイブは更《ふ》けていく。

「その頃、ある政治家に、きみはスパイ作家とも親しいんだろう、ギャビン・ライアルとかいう作家のサインが欲しい、と頼まれました。だけどただの読者なんだし、国際電話一本で、サイン本を送ってもらえるほど親しいわけもない。サイン本は持ってましたが、『とかいう作家』なんて言われちゃ譲る気にもなれなかった。本物を渡す必要ないな、とうちにあったアメリカ版に自分で偽のサインをしました。幸い、相手はそんな頼み事をしたのも忘れたらしく、その後、連絡がなかったので、偽サイン本は私の手元に残っていたわけです」

蔵書整理をすることになって、これはまぎれちゃいけないと別の場所にわざわざ置いてあったのがかえってあだになり、夫人がこれを渡してしまった、と夜になって気がついた。オークションの目玉なら、なお表には出せない。

「葉村さんには戻っていただくことになってしまった。妻が迷惑をかけたうえに、本当に申し訳なかった」

園田氏は頭をさげた。わたしは書斎を見回した。書棚はすでに空《から》。シュレッダーにかけられた紙ゴミがビニール袋に詰め込まれ、部屋の隅に積み上げられていた。

「つかぬことをうかがいますが、こちらの蔵書や資料はもう……？」

「ええ、ほとんど処分を終えたようなものです。ペーパーバックなどが段ボールに詰めた状態で物置に何箱かありますが、二束三文のものだけですね」

今日中に吉祥寺に戻るためのデッドラインが迫っていた。わたしは『深夜プラス1』の原書を持ち、園田氏にいとまを告げた。玄関で靴をはいていると、園田夫人が出てきた。アルコールが入っているらしく、ほんのりと顔が赤くなっている。

「まあ、これからまっすぐ早稲田にお戻りになるの？」

「ウチの店は吉祥寺です」

「でしたらシュトレンをお持ちになって。三週間前に焼いたの。味がなじんで、ずいぶんおいしくなっているのよ。クリスマスにはやっぱり、シュトレンよ」

さっきもいただきましたと止める間もなく夫人は奥に引っ込んだ。見た目よりも酔いが回っているらしい。わたしは玄関先に突っ立ったまま、園田氏に尋ねた。

「もしや、早稲田の古本屋がこちらに出入りされているんでしょうか」

園田氏はバツが悪そうに、肩をすくめた。

「あの本を出してしばらくしてから、蔵書の整理はうちにまかせてくれと言ってきている古書店があります。あなたのところにある資料は日本やヨーロッパの近現代史研究に大変役立つに違いない。大学の図書館や研究室が欲しがるだろう、と言いましてね。おぞけをふるって断りましたよ。そんな資料を期待されても困ります。といって、いま葉村さんにお話ししたような事実を打ち明けられるような相手でもありませんでした。思い込みが激しそうなひとだったので」

ひとによっては確かに、詐欺だ食わせ物だ騙されたと大騒ぎする可能性は高い。フィクションをノンフィクション風に装って売り出す手口は、小説の世界ではまれにあるが、近現代史も取り扱うような古書店の店主なら、真面目に怒り出しそうだ。

もう一つ、思い出したことがあった。ウチの店の常連の野々村さん。インサイダー取引で得た収入で古本街を荒らし、古書の値段を釣り上げた男。しかもスパイ小説好き。

「それがどうかしました？」

いつのまにか、ほくそ笑んでいたらしい。園田氏が不思議そうにわたしを見ていた。わたしは首をふり、夫人が紙袋に入れて持ってきたシュトレンをありがたく受け取った。

聖蹟桜ヶ丘から特急で明大前に出て、井の頭線で吉祥寺に戻って時計を見た。二十三時二十七分。終電前に帰ろうとするひとの波が駅前で渦になっていた。

まだ開いている店があったので、売れ残りの大きなクリスマスケーキを買った。すでにセットされているドライアイスで箱に霜ができていた。クッキーでできたお菓子の家、サンタにトナカイ、そり。マジパンの小人。クリスマスツリーにバラの花。雪だるま。クリスマスの完璧なマーケティング・ケーキ。

ケーキの上に紙袋を載せて捧げ持ち、夜道を急いだ。〈MURDER BEAR BOOK-SHOP〉の灯りが見えるあたりにさしかかると、不意に道がふさがれた。ピーコートの男と、その他にふたり。

「本をよこせ」

ピーコートの男が言った。

わたしが首を振ると、左側にいた男が近寄ってきて、ケーキの箱の上に載せてあった紙袋をひったくった。外灯で中の本を確認し、うなずく。その間、わたしは身動きもできなかった。両手がケーキでふさがっていたからだ。

ピーコートの男の鼻には、巨大な絆創膏《ばんそうこう》が貼ってあった。こいつ、顔面からぶっ倒れたんだっけ、と思い出した。

思い出したのを、ピーコートの男も気づいたらしい。黙って立ち去りかけたのに、戻ってきてわたしの顔に指を突きつけた。

「おい、おまえら二度と園田先生に近寄るな。おまえらんとこに蔵書の処分なんか頼んだら、本をなくされるのがオチだって、これでみんな知ることになる」

「そういう噂をネットで流すわけ？」

「オレはそんなことはしない。だが、喉から手が出るほど欲しがっている本を入手し損ねたら、誰だって文句を並べたくなるんじゃないかな」

ピーコートの男はせせら笑って去っていった。

彼らの姿が見えなくなると、わたしは両手でケーキを抱えたまま、〈MURDER BEAR BOOKSHOP〉に急いだ。早足で歩きながら考えた。あのピーコートの男が、早稲田の古本屋ではないかと思いついたのは正解だったようだ。

彼は園田均の蔵書の処分がウチにまかされたことを、富山の書き込みで知った。古書に大金を支払う上客が、ウチのオークションに参加することも。〈MURDER BEAR BOOKSHOP〉の女性従業員が、ひとりで貴重なサイン本を園田邸まで受け取りに行ったことも。その従業員が今晩、日付が変わるまでに店に本を届けることも。全部。

そこで、貴重な本を途中で奪えば、ウチと園田氏との仲を裂ける。おまけに奪った本を野々村に高く売りつけることもできる。さらにはウチの評判を落とすこともできる。

なあんて考えたのかもしれないな、と思って、念のために細工をしておいてよかった。ピーコートはか弱いが、もし仲間を連れてきたら、風邪をひいてふらふらのわたしひとりで太刀打ちするのは難しい。予想通りだった。

店に着いた。パーティーの行なわれている二階へと駆け上がった。ドアを開くと、十二人くらいの客たちが金色の三角帽子をかぶり、まさにカウントダウンを始めたところだった。

わたしは大きなケーキをテーブルに置いた。ぜいぜい言いながら、ショルダーバッグを肩から外したところで、みんながいっせいに、

「ONE!」

と叫び、次の瞬間、メリー・クリスマスと言いながら、クラッカーを鳴らした。

わたしはショルダーバッグの底から、〝Midnight Plus One〟を出して、富山に渡した。もちろん、イギリス版。ハードカバーの初版。本物のサイン本だ。

園田邸の書斎を出る直前、すべてを話してすっきりしたようすの園田均に、偽のサイン本をどうするつもりか聞いた。捨てるしかない、と彼は言った。だったらいただけません？　クリスマスプレゼントとして、またはお駄賃として。もちろん、サインを塗りつぶすか、偽のサインだと大書してくださったうえで。

園田氏は妙な顔をしたが、言われた通りにしてくれた。ピーコート男は、後で奪った本をじっくり見て、きっと驚くだろう。まともなサインではないことは、誰にでもひとめでわかるのだから。

待ちに待った主役の劇的な到着に、みんながいっせいにおおっ、と声をあげた。富山がなにかわたしに言ったが、その歓声に消されて聞こえなかった。

わたしは店を出た。誰もわたしを止めようとしなかった。

夜空は静かに晴れていた。駅までの道を戻りながら、シュトレンを置いてくるのを忘れたことに気がついた。そのまま進んだ。時計を見た。聖夜を一分すぎていた。繁華街のネオンが反射して、空は明るいトンネルのようであった。

富山店長のミステリ紹介ふたたび

お久しぶりです。〈MURDER BEAR BOOKSHOP〉店長の富山泰之でございます。『さよならの手口』に引き続き、作中に登場するミステリについて紹介するよう、文春文庫部長・花田朋子様より仰せつかりました。恐ろし……もとい、恐れ多くて断れませんので、簡単に解説させていただきます。あ、マニアの皆さん。ミステリ専門書店店長の解説なのにこの程度かい、なんて言わないでね。よろしくお願いいたします。

p.19　**コージー・ミステリ**　暴力行為の比較的少ない、後味のいいミステリの総称。最近では、食べ物やペットの登場する楽しげな舞台に、謎や殺人のちょい足しミステリを、主にコージー・ミステリと呼ぶようですが。ここであげた以外にも、チーズだはちみつだ中国茶だと、様々な食べ物が売りのシリーズが出ています。正直、私でも全部は読めません。

p.19　**『ジェシカおばさんの事件簿』**『刑事コロンボ』の生みの親リチャード・レヴィンスン&ウイリアム・リンクによる、八〇年代を代表する探偵TVドラマ。冒頭の「私はジェシカ・フレッチャー。ミステリー作家です。頭の中で推理を進めながら小説を書くのって、本当に楽しい仕事です」という日本版オリジナル、森光子さんのナレーションが懐かしい。レシピ本とは"THE MURDER, SHE WROTE COOKBOOK"。ドラマのキャストやスタッフの自慢レシピを集めたお手軽本でした。

p.19 **レシピ本** 本文では『シャーロック・ホームズ家の料理読本』『アガサ・クリスティーの晩餐会』"James M Cain Cookbook""The Nancy Drew Cookbook""ROALD DAHL'S Cookbook"をあげましたが、他にもトラ猫ミセス・マーフィーや『奥さまは魔女』、ネロ・ウルフなどの料理本が売れました。

p.19 **レン・デイトン** イギリスのスパイ小説作家。『イプクレス・ファイル』の主人公に名前はありませんが、マイケル・ケイン主演で映画化されたときハリー・パーマーとなりました。ちなみにこのレシピ本には、他にもスイーツが多数。イングリッシュ・トライフルのレシピには、「トップはアーモンドやチェリー、アンジェリカでお花を作って飾る」指定まで。アクション・クックブックのわりに、乙女です。

p.20 **坂木司** 『和菓子のアン』、続編の『アンと青春』、どちらも和菓子描写が絶品です。読後、苦手な練切《ねりきり》をつい買ってしまいました。

p.20　ジョアン・フルーク　クッキー屋を営むハンナを主人公にしたシリーズは、糖質と脂質がスーパーリッチなクッキーのレシピがしこたま入る、悪魔の書。

p.20　バートラム・ホテル　隆盛をきわめるコージー・ミステリの原点が『バートラム・ホテルにて』。駄作ですが、ホテルのティータイムの描写がステキすぎて、後世に多大な影響を与えてしまいました。さすが女王クリスティーはこのステキさをミステリ的背負い投げに使いましたが、現在なら出版社に脅され、背負い投げをカットさせられ、「バートラム・ホテル・シリーズ第十八作発売中！」てなことになっていたかも。

p.35　『悪魔の手毬唄』　横溝正史の代表作。金田一耕助は峠で「ごめんくださりませ。おりんでござりやす。……可愛がってやってつかあさい」と呟きながら歩く腰の曲がった老婆に遭遇します。これが惨劇の幕開けに。

p.52　クレイグ・ライス　アメリカの女流ミステリ作家。『スイート・ホーム殺人事件』には、「女房の濃厚なチョコレートケーキ」を自慢する部長刑事が出てきます。クリスティーのシードケーキは『鏡は横にひび割れて』で言及。『スタイルズ荘の怪事件』のTVドラマにも出てきましたね。ちなみにシードケーキとは、キャラウェイシードなどタネ系のハーブを使ったケーキで、ツブツブ感がたまらないそうです。

p.53　ダフネ・デュ＝モーリア『レベッカ』　ゴシックロマンの系譜のてっぺんに立つ傑作。ある娘が上流階級の館の後妻に入るが、いなくなった後も館を支配し続ける先妻レベッカの幻に苦しむ、というお話。あちらの上流階級のマダムは、超絶重たい銀のティーポットを片手で操りながら、すました顔で会話も絶やさない、というのが必須だそう。セレブには筋肉がいりますね。

p.71　高木彬光『刺青殺人事件』『白昼の死角』で知られる作家。名探偵・墨野隴人シリーズは『大東京四谷怪談』他、全五作ですが、必ず発表順にお読みください。

p.72　クリスチアナ・ブランド　技巧を凝らした謎解きミステリの女王。なぜか名探偵というのは、休暇にでかけては殺人事件に遭遇するのですが、『はなれわざ』では名探偵コックリル警部が地中海の島でそんな目に。

p.81　パトリシア・モイーズ『死の天使』はティベット夫妻がカリブ海で休暇中に事件に遭遇。ご存知『ジョーズ』はビーチに人食いザメが出現し、観光客がバリバリ食われて大騒ぎ。『メグレのバカンス』は、海辺の街で名物のムール貝を食べてメグレ夫人が入院、その病院で起きた事件にメグレが関わる。有栖川有栖のデビュー作『月光ゲーム』は、大学のミステリサークルがキャンプで山へ行き、火山の噴火と殺人事件に巻き込まれる。ミステリ作家の皆さんは、ホリデーに怨みでもあるのでしょうか。

p. 93『恐怖の愉しみ』　翻訳もののホラー短編アンソロジーが、これほど幅広く出版されている国も珍しいと思う。『恐怖の愉しみ』は「英米の怪談を訳しては名匠」平井呈一による選りすぐり。『幻想と怪奇』はハヤカワ文庫、『怪奇と幻想』は角川文庫。『怪奇小説傑作集』も読めば、古典的名作がほぼ網羅できます。

p. 93『慄然の書』　昭和五十年に継書房から出版された、ウィアード・テールズ掲載短編の傑作集で、荒俣宏が解説を書いています。超めずらしい稀覯本です。

p. 109 風邪ミステリ・フェア　フェアで並べたのは、短編では、志賀直哉「剃刀」、今野敏「厳冬」「病欠」、クリスティー「猟人荘の怪事件」、ジェイムズ・ヤッフェ「ママ、アリアを唱う」、芦原すなお「梅見月」、二階堂黎人「風邪の証言」、田中啓文「風邪うどん」など。長編では、流感で警察署が機能停止しかける『夜のフロスト』、薬局絡みの事件『水曜日ラビはずぶ濡れだった』、年中風邪っぴきのルンという刑事が出てくるマルティン・ベック・シリーズなど。映像では、映画『サブウェイ・パニック』。TVドラマ『相棒』にも「右京、風邪をひく」という佳作がありました。

これに、ロス・マクドナルド『さむけ』、ロビン・クック『フィーバー——発熱』、星新一「くしゃみ」もまぜたんです。風邪の話じゃないじゃん、って誰かツッコんでくれないかと思って。なんで客が来なかったのかなあ。ロイ・ヴィカーズ『ヴェルフラージユ殺人事件』があればよかったのか。風邪でもうろうとしているときに起こった事件を、シロウト探偵が調べるという話。レア本です。

p.115 **「失踪」「作家」** クリスティーは『アクロイド殺人事件』を発表した年、十一日間に渡って失踪。この事件をもとにした映画に『アガサ 愛の失踪事件』があります。さらにこの失踪からインスピレーションを受け、『ゴーン・ガール』が生まれたとか。『悪魔の辞典』で知られるアンブローズ・ビアスは一九一三年、革命中のメキシコで行方不明になりました。フレドリック・ブラウンの『アンブローズ蒐集家』は、ビアスの失踪がプロットに使われています。

p.115 **アルフレッド・ベスター** ベスターは『虎よ、虎よ!』で知られるSF作家。カート・ヴォネガット・ジュニアは『スローターハウス5』『タイタンの妖女』で知られる。後に名前からジュニアをとりました。TVドラマ『クリミナル・マインド』で、捜査官たちがヴォネガットの話で盛り上がっていましたね。ノーマン・メイラーは小説からノンフィクションまで書いた、ジャーナリスティックな作家です。

p.118 **C・G・ユング** スイスの心理学者。「集合的無意識」という概念で名高く、晩年の著書『空飛ぶ円盤』では、円盤と人間の無意識との密接な関係について論じています。

p.118　**ジョン・A・キール**　アメリカのオカルト研究家。その著書『UFO超地球人説』は、映画化された『プロフェシー（モスマンの黙示）』と並ぶ代表作で、UFOの意外な正体を明かした奇書だそうです。

p.145　**『ブライトン・ロック』**　『第三の男』『ヒューマン・ファクター』で知られるイギリスの作家グレアム・グリーンの小説。ブライトン・ロックは、イギリス南部ブライトン名物のキャンデーのこと。ヘイルという男がブライトンで死ぬ。アイダが不審を感じて調べ始める一方、殺人の首謀者の少年はアリバイを崩しかねない少女に接近する……。作中、アイダは「あなた、婦人探偵？」と聞かれます（丸谷才一訳）。

p.156　**学者ミステリ**　タイタニック号とともに海に消えた作家、ジャック・フットレルが生んだのが「思考機械」と呼ばれる名探偵。肩書きは哲学博士、法学博士、王立学会会員、医学博士。これくらい盛っとかないと、ホームズの対抗馬にはなれなかったのでしょうか。それにしても学者で名探偵、多い。捜査情報を入手できて推理するヒマがありそうだからか。

p.157　**駒井圭城**　菌類学者・市東五百登場の「アンモニア」は……存在しません。

p.157 **仁木悦子**　日本のクリスティーと呼ばれた女流作家。植物学者の兄・仁木雄太郎と音大生の妹・悦子の兄妹探偵登場の代表作『猫は知っていた』は猫ミステリの最高傑作です。反論は受け付けにゃー。

p.166 **ソロー**　ヘンリー・デイヴィッド・ソロー、アメリカの著作家、思想家。二年間の自給自足の生活について書いたのが『ウォールデン　森の生活』。アメリカのミステリには、ホイットマンやエミリー・ディキンスンとともに、よく言及されています。

p.166 **ディック・フランシス**　競馬シリーズで知られるイギリスの作家。葉村さんが言っているのは『決着』という作品のことでしょう。妻と六人の子どもを連れて、廃屋を甦らせては売って暮らす建築家リー・モリスが出てきます。

p.204 **北村鱒夫**　『背徳の夜』『死者との契約』の北村鱒夫、『白いめまい』『白昼の曲がり角』の島内透、ともにいまでは忘れられた作家ですが、昭和のムード歌謡のような味わいがありました。私立探偵・真木シリーズ『公園には誰もいない』『暗い落日』は結城昌治の代表作。こちらは押しも押されもせぬハードボイルドの傑作です。

p.204 **ヘミングウェイ**　ハードボイルドの定義はいろいろですが、角田港大先生によると、ヘミングウェイの『誰がために鐘は鳴る』、ハメットの『血の収穫』、ロス・マクドナルドの『縞模様の霊柩車』といった、乾いた文体で事実だけを書きながら登場人物の心の動きを読者に想像させるのが正統派のハードボイルドだそうです。

p.205　つのだじろう『空手バカ一代』で一時代を築き、『恐怖新聞』『うしろの百太郎』でも知られる漫画家。港大先生は、このふたつの名作をごっちゃにしていたみたいですね。ちなみに、つのだじろう版『悪魔の手毬唄』では、殺される娘たちが「悪魔の手毬唄」を歌う三人組のアイドル歌手という不思議な脚色がされています。

p.210『注解　警察等が取り扱う……』死因・身元調査法制研究会著、立花書房刊行。ミステリ作家や作家をめざすひとのために、ウチの店では参考資料になりそうな法律、警察、法医学、精神医学などに関する出版物も取り扱っております。ぜひ、お越し下さい。

p.236『血の収穫』前記ダシール・ハメットの傑作。原題は"Red Harvest"なので『赤い収穫』という邦題もありますが、『血の収穫』のほうがぐっとくるかな。いろいろご意見もありましょうが、私は「原典に忠実」よりも「生き生きとした日本語」派。『四人姉妹』より『若草物語』、『二年間の休暇』より『十五少年漂流記』、『リトル・プリンス』より『小公子』。昭和の邦題は味がありましたなあ。

p.256 ル・カレとか ジョン・ル・カレの代表作『寒い国から帰ってきたスパイ』は前出のグレアム・グリーンに絶賛されました。イギリス伝統の冒険小説の系譜と、謎解きミステリの系譜、どちらからも高く評価される奇跡の一冊です。『別れを告げに来た男』で知られるブライアン・フリーマントルも、グリーンに影響されたとか。

p.257 ギャビン・ライアル ルイス・ケインは、警察や敵に狙われている男を約束の時間までに送り届ける仕事を引き受けた。かくして銃弾飛び交う中、ヨーロッパを車で駆け抜けることに。冒険小説ジャンルのなかでとくに愛された作品が『深夜プラス1』です。

p.259 乱歩の『犯罪幻想』 特別装釘の限定版書籍、と聞くと、古本屋としても、ミステリマニアとしても、血が騒ぎます。特に江戸川乱歩の『犯罪幻想』の限定二百部は、乱歩の短編十一編に棟方志功の木版画十一葉がついた、ホントに特別なもの。復刻版も出ていますが、やっぱりオリジナルが欲しいですよねえ。

以上、〈MURDER BEAR BOOKSHOP〉店長、富山泰之がお送りしました。

（執筆協力・小山正）

MURDER BEAR BOOKSHOP
特別イベント企画

この場を借りて告知します。

〈MURDER BEAR BOOKSHOP〉店長・富山泰之と行く

イギリス・ミステリ・ツアー七泊八日

開店五周年を記念して、
ミステリ・ツアーを敢行いたします。
皆様、ふるってご参加ください。
（予定参加人数・二十五名）

旅先でのイベント予定

＊ベイカー・ストリート、ボンド・ストリート、ピカデリー・サーカスなど、ロンドンにおけるミステリゆかりの地をめぐったのち、帽子収集を競います。

＊深夜、ハムステッド・ヒースにて、チャールズ・ディケンズの降霊＆サイン会。

＊オックスフォードの森を抜ける道散策。

＊『バスカヴィル家の犬』の舞台となったダートムアにて野宿。脱獄囚の気持ちを味わいます。

＊『そして誰もいなくなった』の舞台となったバー・アイランドへ。立ったまま缶詰の夕食後、マーダーゲームをお楽しみください。

解説

大矢博子

葉村晶が四十肩って！

おっと、いきなり失礼。偏愛しているシリーズの大好きなヒロインがまさかの四十肩発症で、少々動揺してしまった。あらためて。

本書『静かな炎天』は、探偵・葉村晶シリーズの最新刊である。クールなヒロイン、翻訳小説を思わせるドライな筆致、シニカルなユーモア、毒気もたっぷりの人気ハードボイルドだ。ファンの熱狂的な歓迎を受けた前作『さよならの手口』（文春文庫）から二年弱、短編集としては『依頼人は死んだ』（文春文庫）以来、実に十六年ぶりになる。

それにしても「私の調査に手加減はない」がモットーで、ニヒルに淡々と仕事をこなし、刺されても殴られても監禁されても生き延びてきたタフな探偵・葉村晶が四十肩とはね。笑いながらもしみじみしてしまった。だって、彼女が二十代の頃から見てきてるんだもの。

いい機会なので、既刊を紐解きながら葉村晶のここまでを振り返ってみよう。

彼女が私たちの前に初めて姿を見せてくれたのは、一九九六年刊行の『プレゼント』

（中央公論社→中公文庫）である。初登場時の晶はまだ二十代半ばのフリーターだった。

その後、長谷川探偵調査所に三年勤めた（その間、二度殺されかける）後、退社。辞めた理由がはっきり語られるのは二〇〇〇年刊行の第二短編集『依頼人は死んだ』で、「もうすぐ二十九」の晶はフリーの調査員として、長谷川探偵調査所とあらためて契約を交わすことになる。『プレゼント』のときに住んでいたボロアパートは引き払い、友人の相場みのりと同居するのもこの巻だ。

探偵調査所を辞めてからフリーとして再契約するまでの間は「本屋の棚卸しの手伝いや、雑誌に穴埋め記事を書くことで食いつないで」いたらしい。一九九九年刊行の『ヴィラ・マグノリアの殺人』（カッパ・ノベルス→光文社文庫）に、古書店でアルバイトをする「葉村さん」の名前が出てくるので、おそらく別シリーズに出稼ぎに行っていたのだろう。

二〇〇一年の第一長編『悪いうさぎ』（文藝春秋→文春文庫）の晶は三十一歳。フリーの調査員として、女子高生の失踪事件を追う。私生活では相場みのりのマンションを出て、新宿の古いアパートに引っ越した。ＤＩＹで部屋を自分好みに作り変える様子は、シビアな事件場面とはまた違ったコージーな味わいで、晶の別の面が垣間見える。長編ということもあってか、これまでの短編集二作と比べ、ほっと息を抜く場面やユーモラスなツッコミが増えたのが同書の特徴だ。その分、人物や事件の持つ毒もパワーアップしており、その対比が葉村晶というヒロインに深みを与えた。

三十七歳になった晶が登場するのが、短編「蠅男」（光文社『暗い越流』所収）。相変わらずフリー調査員として働いている。ところが同書所収の「道楽者の金庫」では四十歳を過ぎ、しかも長谷川が引退し事務所も閉鎖されたとあって驚いた。震災から二年とのことで、二〇一三年が舞台だろう。この時点での晶は、探偵としては開店休業状態で、吉祥寺にあるミステリ専門書店〈MURDER BEAR BOOKSHOP 殺人熊書店〉でアルバイト中だ。

そして物語は『さよならの手口』へとつながっていく。四十代の晶は、調布市仙川にあるシェアハウスに住んでいる。書店のバイトは継続中で、遺品整理に赴いた先で事件に巻き込まれるという趣向だ。『悪いうさぎ』のときも刺されるわ踏まれるわ監禁されるわと多難だったが、ここでも、頭をぶつけるしアレルギーに苦しむし捻挫するし骨折するしと満身創痍。短編でも晶はしょっちゅう危険な目に遭うが、長編だとそれが次から次へと起きるので、読んでる方も気が気でない。

ということで、さあ、ようやく本書だ。年齢は引き続き四十代。職場も住処も変わらないが、今の晶は書店のバイト店員にして、公安にちゃんと届け出た正規の探偵である。

暴走ダンプの事故現場に居合わせたことがきっかけで窃盗事件を目撃する「青い影」、書店のご近所さんが次々に晶に仕事を依頼してくる「静かな炎天」、三十五年前に失踪した作家の関係者を探す「熱海ブライトン・ロック」、長谷川探偵調査所時代の同僚が立てこもり事件に巻き込まれる「副島さんは言っている」、戸籍が他人に使われていた事件を調べる「血の凶作」、そして本を取りに行くというだけの簡単なお使いがなぜか妙な方向に転がっていく「聖夜プラス1」の六作が収録されている。

尾行あり人探しあり、電話だけで謎を解く安楽椅子探偵あり格闘あり、稀覯本ありゴキブリあり（？）とバラエティに富んだ布陣。共通するのは晶の鋭い観察力とへこたれない行動力、にやりとするツッコミ、そして「それが関わってくるのか！」という伏線の妙だ。タイプの異なる探偵譚が存分に楽しめる。なお、『さよならの手口』から散見されるようになった加齢への愚痴にもにやりとするぞ。これまで犯人との格闘による名誉の負傷は多かったが、四十肩って。涙を禁じ得ない。笑いすぎて。

そうそう、前作に引き続き、作中にたくさんの古今東西のミステリが登場するのも見逃せない。毎回、書店のフェア用に揃えられるミステリのタイトルは、それだけで上等なテーマ別ブックガイドだ。ビブリオマニアにはたまらない。知らない作品が出てくると気になって、ついついネットの古書店を探すようになってしまった（でも「風邪ミステリ」は売れないと思うよ店長）。

とまれ、ここまでの葉村晶は生々流転、住むところも仕事の形態も、どんどん変わってきたことがお分かりいただけただろう。それをずっと見ていたのだから、四十肩に反応してしまうのも仕方ない。だが、二十代から一貫して変わっていない部分もある。トラブルを引き寄せる体質、頼まれると断れない性質、少し離れたところから自分を見つめる客観的な視点、主に地の文で発揮されるワイズクラック（しゃれた減らず口）、そして「容赦のなさ」だ。

初めて『プレゼント』『依頼人は死んだ』を読んだときの「日本にこんな女性探偵のシリーズが生まれるなんて！」という喜びは、今でも覚えている。葉村晶シリーズは、それまでの日本のミステリより、むしろ海外の女探偵ものの味わいに近かったのだ。

たとえば、私立探偵でも素人探偵でもなく、調査員という役どころ。家族との確執を抱えていること。女性読者が共感と憧れの両方を抱ける絶妙なバランスのヒロイン設定。探偵としてはタフでありながら、生活感もきちんと描写されているところ。

これらはどれも、八〇年代から九〇年代にかけて日本のミステリシーンを席巻した、海外の女性作家たちが描く女性探偵のシリーズの特徴だ。当時続々と生み出された彼女たち女探偵は、決してスーパーヒロインではない。文句もいうし愚痴も出る。でもへこたれず、真摯に仕事に向き合う。女だからと一人前に扱ってもらえない歯がゆさや、「あるある」という人間関係のわずらわしさの中、しぶしぶながらも頑張るヒロインに読者は共感を抱いた。他にも、ちくりと人を刺す鋭い観察眼や軽やかなユーモア、食事やワードローブといった生活描写にわくわくしたり憧れたりという楽しみもあった。

その世界が、日本を舞台にごく自然に再現されていたのである。中でも、葉村晶シリーズを読んだとき思い浮かべたのは、S・J・ローザンの『チャイナタウン』（創元推理文庫）に出てくるリディア・チンと、リザ・コディ『ロンリー・ハートの女』（ハヤカワ・ミステリ文庫）のアンナ・リーだった。こういうのを、日本の作品でも読みたい、と思っていた作品たちだ。そうしたら若竹七海が書いてくれた。どれだけ感動したことか（ちなみに、桐野夏生の村野ミロシリーズを読んだ時にはサラ・パレツキーを連想した)。

ところが、巻を重ねるうちに海外のシリーズとの大きな違いが見えてきた。まずはロマンスの不在だ。姉との一件が『プレゼント』で書かれて以降は、生活感は出してもプライベートは出さない。もうひとつ、センチメンタリズムは徹底して排除されていることにも留意したい。前述したシリーズものより、葉村晶の方が容赦がない。手加減が一切ない。時折、ぞくりとするほど残酷だ。何より、「女性なのに」や「女性ならではの」という描き方がされないのがいい。ジェンダーを前面に押し出すことなく、ごく自然に「個」として立っている。それは、葉村晶という探偵の最大の特徴である。

そして気づく。最初は翻訳ミステリの構造を日本に移植したと思っていた。けれど、そうではない。もしかしたら最初はそうだったかもしれないが、巻を重ねるうちに、葉村晶の世界は次第に独自の路線を確固たるものにしていった。毒とユーモア、シビアとコージー、そのバランスはオリジナルだ。これは若竹七海にしか作れない世界だ。

つくづく思う。ミステリはもちろん謎解きも大事だが、やっぱりヒロインが魅力的であってほしい。そして葉村晶は、抜群にかっこよくて、最高に共感できて、飛び抜けてクールで、ズバ抜けて笑えて——つまるところ、四十肩すら魅力になるくらいの、圧倒的なヒロインなのである。葉村晶は唯一無二だ。こんなヒロインが日本ミステリ界に存在し、それをリアルタイムで読めることの何と幸せなことか。

もし、あなたが既刊を未読なら、今からでもぜひ遡って読まれたい。こんなクールな探偵、知らないなんてもったいない!

(書評家)

初出

「青い影」　別冊文藝春秋３１７号（２０１５年5月）「不適切な死」をもはや原形を
　　とどめないくらいの大改稿の上、改題
「静かな炎天」　別冊文藝春秋３１９号（２０１５年8月）
「熱海ブライトン・ロック」　別冊文藝春秋３１８号（２０１５年6月）「熱海クロー
　　ズド・ブック」を大改稿の上、改題
「副島さんは言っている」　別冊文藝春秋３２０号（２０１５年10月）
「血の凶作」　書き下ろし
「聖夜プラス１」　別冊文藝春秋３２１号（２０１５年12月）
「富山店長のミステリ紹介ふたたび」　書き下ろし

本書は文春文庫オリジナルです。

ＤＴＰ制作　言語社

文春文庫

静《しず》かな炎《えん》天《てん》

定価はカバーに
表示してあります

2016年8月10日　第1刷
2016年12月10日　第4刷

著　者　若《わか》竹《たけ》七《なな》海《み》

発行者　飯窪成幸
発行所　株式会社 文藝春秋

東京都千代田区紀尾井町 3-23　〒102-8008
TEL 03・3265・1211
文藝春秋ホームページ　http://www.bunshun.co.jp

落丁、乱丁本は、お手数ですが小社製作部宛お送り下さい。送料小社負担でお取替致します。

印刷・凸版印刷　製本・加藤製本
Printed in Japan
ISBN978-4-16-790674-0

文春文庫　最新刊

昨日のまこと、今日のうそ 髪結い伊三次捕物余話　宇江佐真理
伊与太と茜、互いに想いを寄せ合う若き二人にそれぞれの転機が訪れる

その峰の彼方　笹本稜平
厳冬のマッキンリーに消えた孤高の登山家・津田。救助隊が見た奇跡とは

平蔵狩り　逢坂剛
父だという「本所のへいぞう」を探しに京から下ってきた女絵師の正体は

そして誰もいなくなる 十津川警部シリーズ　西村京太郎
高額賞金を賭けてクイズに挑む男女七人に仕掛けられた巧妙な罠とは

風葬　桜木紫乃
釧路で書道教室を開く夏紀は、謎の地名に導かれ己の出生の秘密を探る

糸切り 紅雲町珈琲屋こよみ　吉永南央
商店街の改装計画が空中分解寸前に。お草はもつれた糸をほぐせるか

あしたはれたら死のう　太田紫織
自殺未遂で記憶と感情の一部を失った少女は、なぜ死のうと思ったのか

耳袋秘帖 **蔵前姑獲鳥《うぶめ》殺人事件**　風野真知雄
強欲な札差どもの中で滅法評判がいい上総屋に、なぜか妖怪が出るという

秋山久蔵御用控 **煤払い**　藤井邦夫
博奕打ち同士の抗争が起こった。久蔵は連中を一網打尽にしようとする

寅右衛門どの 江戸日記 **芝浜しぐれ**　井川香四郎
老妻の記憶を取り戻そうとする海産物問屋の手助けをする寅右衛門だが

竜笛嫋々 酔いどれ小籐次（八）決定版　佐伯泰英

桜子は帰ってきたか　麗羅
敗戦の満州から桜子は帰ってきたのか？　一気読みミステリーついに復刊

サンマの丸かじり　東海林さだお
フライパン方式が導入された「サンマの悲劇」、みつ豆で童心が甦る⁉

名画と読むイエス・キリストの物語　中野京子
キリストを描いた絵画43点をオールカラーで読み解き、その生涯に迫る

ニューヨークの魔法の約束　岡田光世
大都会の街角で交わす〝約束〟が人と人をつなぐ――待望の書下ろし

未来のだるまちゃんへ　かこさとし
『だるまちゃんとてんぐちゃん』の著者90歳の未来への希望のメッセージ

バンド臨終図巻 ビートルズからSMAPまで　速水健朗、円堂都司昭、栗原裕一郎、大山くまお、成松哲
女、金、音楽性の不一致。古今東西二〇〇のバンドの解散事情を網羅する

犯罪の大昭和史 戦前　文藝春秋編
二・二六事件や「八つ墓村」のモデルの津山事件など昭和の事件を網羅

零《ゼロ》戦、かく戦えり！ 搭乗員たちの証言集　零戦搭乗員会
昭和15年中国でのデビューから真珠湾、ラバウル航空隊、神風特攻隊まで

俺の遺言 幻の「週刊文春」世紀末コラム　野坂昭如　坪内祐三編
週刊文春人気コラムから55本を厳選。世紀末ニホンをノサカがぶった斬る